· TRADUÇÃO DE ·
Samir Machado de Machado

Rio de Janeiro, 2022

Título original: *The Mysterious Mr. Quin*
Copyright © 1930 Agatha Christie Limited. All rights reserved.
Copyright de tradução © 2022 Casa dos Livros Editora LTDA.

The Mysterious Mr Quin™ is a trade mark of Agatha Christie Limited and Agatha Christie® and the Agatha Christie Signature are registered trade marks of Agatha Christie Limited in the UK and elsewhere. All rights reserved.

Todos os direitos desta publicação são reservados à Casa dos Livros Editora LTDA. Nenhuma parte desta obra pode ser apropriada e estocada em sistema de banco de dados ou processo similar, em qualquer forma ou meio, seja eletrônico, de fotocópia, gravação etc., sem a permissão do detentor do copyright.

Diretora editorial: *Raquel Cozer*
Gerente editorial: *Alice Mello*
Editora: *Lara Berruezo*
Editoras assistentes: *Anna Clara Gonçalves e Camila Carneiro*
Assistência editorial: *Yasmin Montebello*
Copidesque: *Bonie Santos*
Preparação: *Luíza Amelio*
Revisão: *Vanessa Sawada e Thiago Lins*
Design gráfico de capa e miolo: *Túlio Cerquize*
Imagem de capa: *Shutterstock | rawf8*
Diagramação: *Abreu's System*

Dados Internacionais de Catalogação na Publicação (CIP)
(Câmara Brasileira do Livro, SP, Brasil)

Christie, Agatha, 1890-1976
 O misterioso Mr. Quin / Agatha Christie ; tradução de Samir Machado de Machado. -- Rio de Janeiro : HarperCollins Brasil, 2022.

 Título original: The mysterious Mr. Quin
 ISBN 978-65-5511-390-7

 1. Ficção policial e de mistério (Literatura inglesa) I. Título.

22-117132   CDD-823.0872

Índices para catálogo sistemático:

1. Ficção policial e de mistério: Literatura inglesa   823.0872

Cibele Maria Dias - Bibliotecária - CRB-8/9427

Os pontos de vista desta obra são de responsabilidade de seu autor, não refletindo necessariamente a posição da HarperCollins Brasil, da HarperCollins Publishers ou de sua equipe editorial.

HarperCollins Brasil é uma marca licenciada à Casa dos Livros Editora LTDA.
Todos os direitos reservados à Casa dos Livros Editora LTDA.
Rua da Quitanda, 86, sala 218 – Centro
Rio de Janeiro, RJ – CEP 20091-005
Tel.: (21) 3175-1030
www.harpercollins.com.br

Para Arlequim, o Invisível

Sumário

Prefácio   9
1. A chegada de Mr. Quin   11
2. A sombra na janela   31
3. Na estalagem Losango & Guizos   56
4. O sinal no céu   76
5. A alma do crupiê   96
6. O homem que veio do mar   115
7. A voz na escuridão   147
8. O rosto de Helena   167
9. O arlequim morto   187
10. O pássaro com a asa quebrada   214
11. O Fim do Mundo   236
12. Beco do Arlequim   259

Prefácio

As histórias de Mr. Quin não foram escritas como série. Elas foram escritas uma por vez, em intervalos distintos. Mr. Quin, na minha opinião, tem um sabor epicurista.

Um conjunto de bibelôs de porcelana de Dresden na lareira da minha mãe me fascinava quando criança e por algum tempo depois. Eles representavam a *commedia dell'arte* italiana: arlequim, colombina, pierrô, pierrette, polichinelo e polichinela. Quando eu era menina, escrevi uma série de poemas sobre eles e acho que um dos poemas, "Harlequin's Song", foi minha primeira aparição impressa. Saiu na *Poetry Review*, e ganhei um guinéu por isso!

Depois que passei da poesia e das histórias de fantasmas para o crime, Arlequim finalmente reapareceu; uma figura invisível, exceto quando não queria ser, não exatamente humano, mas preocupado com os assuntos de seres humanos e em especial dos amantes. Ele também é o advogado dos mortos.

Embora cada história sobre ele seja bastante isolada, a coleção, escrita ao longo de um período considerável de anos, delineia no final a história do próprio Arlequim.

Com Mr. Quin foi criado o pequeno Mr. Satterthwaite, amigo de Mr. Quin neste mundo mortal: Mr. Satterthwaite, o fofoqueiro, o observador da vida, o homenzinho que, sem jamais tocar nas profundezas da alegria e da tristeza, reconhece o drama quando o vê e sabe que tem um papel a desempenhar nele.

Das histórias de Mr. Quin, minhas favoritas são: "O Fim do Mundo", "O homem que veio do mar" e "Beco do Arlequim".

Agatha Christie

Capítulo 1

A chegada de Mr. Quin

Era véspera de Ano-Novo.

Os membros mais velhos do grupo na casa em Royston estavam reunidos no grande salão.

Mr. Satterthwaite estava feliz que os jovens já haviam ido para a cama. Ele não gostava de jovens em grandes grupos. Ele os achava desinteressantes e grosseiros. Faltava-lhes sutileza, e, à medida que a vida passava, ele se afeiçoara cada vez mais a sutilezas.

Mr. Satterthwaite tinha 62 anos — um homenzinho encurvado e seco, com um rosto curioso estranhamente semelhante ao de um elfo e um interesse intenso e desordenado pela vida dos outros. Durante toda a sua vida, por assim dizer, ele se sentara na primeira fila da plateia observando vários dramas da natureza humana se desenrolarem diante dele. Seu papel sempre foi o de espectador. Só agora, com a velhice o agarrando, ele se via cada vez mais crítico do drama que era submetido a ele. Agora ele exigia algo um pouco fora do comum.

Não havia dúvida de que ele tinha talento para essas coisas. Ele sabia instintivamente quando os elementos do drama estavam à mão. Como um cavalo de guerra, ele farejava o cheiro. Desde sua chegada a Royston naquela tarde, aquela estranha premonição o agitou e o fez ficar preparado. Algo interessante estava acontecendo ou iria acontecer.

O grupo reunido na casa não era grande. Lá estavam Tom Evesham, o cordial e bem-humorado anfitrião, e a esposa séria, interessada em política, que, antes do casamento, havia sido Lady Laura Keene. Lá estavam Sir Richard Conway, soldado, viajante e esportista, mais seis ou sete jovens cujos nomes Mr. Satterthwaite não gravou e os Portal.

Foram os Portal que interessaram a Mr. Satterthwaite.

Ele nunca havia encontrado Alex Portal antes, mas sabia tudo sobre ele. Tinha conhecido seu pai e seu avô. Alex Portal correspondia bem ao tipo. Era um homem de quase 40 anos, loiro e de olhos azuis como todos os Portal, amante de esportes, bom em jogos, desprovido de imaginação. Nada havia de incomum sobre Alex Portal. A boa e habitual estirpe inglesa.

Mas a esposa era diferente. Ela era, Mr. Satterthwaite sabia, uma australiana. Portal estivera na Austrália dois anos antes, havia a conhecido lá, casado-se com ela e a trazido para casa. Ela nunca estivera na Inglaterra antes do casamento. Mesmo assim, ela não era como nenhuma outra mulher australiana que Mr. Satterthwaite tivesse conhecido.

Ele a observava agora, disfarçadamente. Mulher interessante, muito. Tão quieta e tão... viva. Viva! Era isso mesmo! Não exatamente bonita; não, não se poderia chamá-la de bonita, mas havia uma espécie de magia calamitosa sobre ela que não se podia deixar de notar, que nenhum homem deixaria de notar. Ali falava o lado masculino de Mr. Satterthwaite, mas o lado feminino (pois Mr. Satterthwaite tinha uma grande cota de feminilidade) estava igualmente interessado em outra questão. "Por que Mrs. Portal tingia o cabelo?"

Provavelmente nenhum outro homem saberia que ela tingia o cabelo, mas Mr. Satterthwaite sabia. Ele sabia de todas essas coisas. E isso o intrigou. Muitas mulheres morenas tingem o cabelo de loiro; ele nunca havia encontrado uma loira que tingisse o cabelo de preto.

Tudo nela o intrigava. De uma maneira estranhamente intuitiva, ele tinha certeza de que ela estava muito feliz ou muito infeliz — mas não sabia qual, e incomodava-o não saber. Além disso, havia o curioso efeito que ela exercia sobre o marido.

"Ele a adora", disse Mr. Satterthwaite para si mesmo. "Mas às vezes ele... sim, tem medo dela! Isso é muito interessante. Isso é peculiarmente interessante."

Portal bebia demais. Isso era certo. E ele tinha um jeito curioso de observar a esposa quando ela não estava olhando.

"Nervos", pensou Mr. Satterthwaite. "O sujeito é puro nervosismo. Ela também sabe, mas não fará nada a respeito."

Ele ficou muito curioso quanto ao casal. Algo estava acontecendo que ele não conseguia entender.

Foi despertado das meditações sobre o assunto pelo badalar solene do grande relógio no canto.

— Meia-noite — disse Evesham. — Dia de Ano-Novo. Feliz Ano-Novo, pessoal. Na verdade, esse relógio está cinco minutos adiantado... Não sei por que as crianças não esperaram acordadas para ver o Ano-Novo.

— Aposto que elas não foram realmente para a cama — disse a esposa, placidamente. — Elas provavelmente estão colocando escovas de cabelo ou algo assim em nossas camas. Esse tipo de coisa as diverte. Não consigo entender por quê. Nunca teríamos permissão de fazer uma coisa dessas na minha juventude.

— *Autre temps, autres moeurs* — disse Conway, sorrindo.

Ele era um homem alto e de aparência militar. Tanto ele quanto Evesham eram bastante parecidos: homens honestos e gentis, sem grandes pretensões intelectuais.

— Na minha juventude, todos nós dávamos as mãos em círculo e cantávamos "Auld Lang Syne" — continuou Lady Laura. — "Deveríamos esquecer as velhas amizades?" Sempre acho as palavras tão emocionantes.

Evesham se remexeu inquieto.

— Ah! Sem essa, Laura — ele murmurou. — *Não aqui.*

Ele atravessou o amplo salão onde estavam sentados e acendeu outra luz.

— Tolice minha — disse Lady Laura, em voz baixa. — Faz com que ele se lembre do pobre Mr. Capel, é claro. Minha querida, o fogo não está muito forte para você?

Eleanor Portal fez um movimento brusco.

— Obrigada. Vou mover minha cadeira um pouco para trás.

Que linda voz a dela, uma daquelas vozes baixas e ressoantes que ficam na memória, pensou Mr. Satterthwaite. O rosto dela estava na sombra agora. Que pena.

De seu lugar na sombra, ela falou novamente.

— Mr... Capel?

— Sim, o homem que originalmente possuía esta casa. Ele se matou com um tiro, você sabe... ah! Está bem, Tom, meu querido, não vou falar disso a menos que você queira. Foi um grande choque para Tom, é claro, porque ele estava aqui quando aconteceu. Você também estava, não estava, Sir Richard?

— Sim, Lady Laura.

Um velho relógio de pêndulo no canto gemeu, chiou e bufou asmático, e então bateu meia-noite.

— Feliz Ano-Novo, Tom — grunhiu Evesham superficialmente.

Lady Laura arrematou seu tricô com alguma deliberação.

— Bem, já vimos o Ano-Novo chegar — ela observou, e acrescentou, olhando para Mrs. Portal. — O que acha, minha querida?

Eleanor Portal levantou-se rapidamente.

— Para a cama, sem dúvida — ela disse levemente.

"Ela está muito pálida", pensou Mr. Satterthwaite, enquanto também se levantava e começava a se ocupar dos castiçais. "Ela geralmente não é tão pálida assim."

Ele acendeu a vela e a entregou a ela com uma reverência engraçada e antiquada. Ela a pegou, agradecendo, e subiu lentamente as escadas.

De repente, um impulso muito estranho tomou conta de Mr. Satterthwaite. Ele queria ir atrás dela, tranquilizá-la; tinha a estranha sensação de que ela corria algum tipo de perigo. O impulso diminuiu, e ele se sentiu envergonhado. *Ele também estava ficando nervoso.*

Ela não havia encarado o marido enquanto subia as escadas, mas então virou a cabeça e lançou-lhe um longo olhar inquisitivo, que pareceu ter uma intensidade esquisita. Isso afetou Mr. Satterthwaite de um modo estranho.

Ele se viu dizendo boa-noite para a anfitriã de uma maneira bastante perturbada.

— Certamente eu *espero* que seja um feliz Ano-Novo — Lady Laura dizia. — Mas a situação política me parece repleta de grandes incertezas.

— Certamente — Mr. Satterthwaite disse, sério.

— Tomara — Lady Laura continuou, sem qualquer mudança no tom de voz — que o primeiro homem que passar pela porta tenha cabelos escuros. Imagino que conheça essa superstição, Mr. Satterthwaite. Não? O senhor me surpreende. Para trazer sorte, o primeiro homem a entrar na casa no dia de Ano-Novo deve ter os cabelos escuros. Puxa vida, espero que não encontre nada muito desagradável em minha cama. Nunca confio nas crianças. São tão entusiasmadas.

Balançando a cabeça como que com um mau pressentimento, Lady Laura subiu majestosamente as escadas.

Com a saída das mulheres, as cadeiras foram levadas mais para perto da lareira.

— Me digam quando parar de servir — disse Evesham, hospitaleiro, segurando a garrafa de uísque.

Quando todos estavam satisfeitos, a conversa retornou ao assunto anteriormente censurado.

— Você conhecia Derek Chapel, não, Satterthwaite? — perguntou Conway.

— Um pouco, sim.

— E você, Portal?

— Não, nunca o conheci.

Ele respondeu de maneira tão feroz e defensiva que Mr. Satterthwaite ergueu o olhar, surpreso.

— Sempre odeio quando Laura traz o assunto à tona — disse Evesham, lentamente. — Depois da tragédia, vocês sabem, esse lugar foi vendido para um grande industrial. Ele partiu depois de um ano, não se adaptou, ou algo assim. Muita bobagem foi dita sobre o local ser assombrado, é claro, e a casa ficou mal falada. Então, quando Laura conseguiu que eu me candidatasse por West Kidleby, isso evidentemente exigiu que viéssemos morar aqui, e não foi tão fácil achar uma casa adequada. Royston estava à venda por um bom preço e, bem, finalmente a comprei. Fantasmas são bobagem, mas mesmo assim não é agradável ser lembrado que moro em uma casa onde um de meus próprios amigos se matou. Pobre Derek, nunca saberemos por que ele fez isso.

— Não será o primeiro ou o último a atirar em si mesmo sem dar razão — Alex disse, grave.

Ele se levantou e se serviu de mais bebida, derramando o uísque no copo generosamente.

"Tem algo de muito errado com ele", disse Mr. Satterthwaite para si mesmo. "Muito errado mesmo. Gostaria de saber do que se trata."

— Caramba! — disse Conway. — Escutem o vento. É uma noite selvagem.

— Uma boa noite para os fantasmas passearem — disse Portal com uma risada imprudente. — Todos os demônios do inferno saíram esta noite.

— De acordo com Lady Laura, mesmo o mais sombrio deles nos traria sorte — observou Conway, com uma risada. — Escutem isso!

O vento se elevou com outro gemido terrível e, quando se foi, ouviram-se três batidas fortes na grande porta com cavilhas.

Todos se sobressaltaram.

— Quem pode ser a esta hora da noite? — exclamou Evesham.

Eles se encararam.

— Vou abrir — disse Evesham. — Os criados já se deitaram.

Ele caminhou até a porta, tateou um pouco pelas trancas pesadas e finalmente a abriu. Uma rajada de vento gelado entrou varrendo o corredor.

Emoldurada na porta estava a figura de um homem, alto e esguio. Por algum efeito curioso do vitral acima da porta, ele pareceu para Mr. Satterthwaite trajar todas as cores do arco-íris. Então, quando deu um passo à frente, mostrou-se um homem magro e moreno, vestido com roupas de motorista.

— Preciso realmente me desculpar por essa intrusão — disse o estranho, com uma voz agradável e nivelada. — Mas meu carro quebrou. Nada grave, meu motorista está arrumando tudo, mas vai levar meia hora, mais ou menos, e está tão terrivelmente frio lá fora...

Ele se interrompeu, e Evesham retomou o fio rapidamente.

— Está mesmo. Entre e tome uma bebida. Não há nada em que possamos ajudar com o carro, há?

— Não, obrigado. Meu homem sabe o que fazer. A propósito, meu nome é Quin... Harley Quin.

— Sente-se, Mr. Quin — disse Evesham. — Sir Richard Conway, Mr. Satterthwaite. Meu nome é Evesham.

Mr. Quin agradeceu as apresentações e deixou-se cair na cadeira que Evesham tinha puxado, de maneira hospitaleira, para a frente. Enquanto estava sentado, algum efeito da luz do fogo lançou uma barra de sombra em seu rosto que dava quase a impressão de uma máscara.

Evesham jogou mais algumas toras no fogo.

— Uma bebida?

— Sim, obrigado.

Evesham a trouxe para ele e perguntou:

— O senhor conhece bem esta parte do mundo, Mr. Quin?

— Passei por ela alguns anos atrás.

— É mesmo?

— Sim, esta casa pertencia então a um homem chamado Capel.

— Ah! Sim — disse Evesham. — Pobre Derek Capel. Você o conhecia?

— Sim, eu o conhecia.

Os modos de Evesham mudaram ligeiramente, de maneira quase imperceptível para alguém que não tivesse estudado a personalidade inglesa. Antes continham uma reserva sutil, agora isso havia sido deixado de lado. Mr. Quin conhecera Derek Capel. Ele era amigo de um amigo e, como tal, foi avalizado e plenamente credenciado.

— Um caso assombroso, esse — confidenciou ele. — Nós estávamos ainda há pouco conversando sobre ele. Posso dizer que fui contra a corrente ao comprar este lugar. Se houvesse outro adequado, mas veja só, não havia. Eu estava na casa na noite em que ele atirou em si mesmo, Conway também, e juro que sempre esperei que o fantasma dele aparecesse.

— Um negócio muito inexplicável — disse Mr. Quin, lenta e deliberadamente, e fez uma pausa com ares de um ator que acaba de dizer uma deixa importante.

— Inexplicável, poderia se dizer — soltou Conway. — A coisa é um mistério sombrio, sempre será.

— Imagino — disse Mr. Quin, evasivo. — Sim, Sir Richard, o senhor dizia?

— Assombroso, foi isso. Ali estava um homem no auge da vida, alegre, leve, sem nenhuma preocupação no mundo. Cinco ou seis velhos amigos estão na casa dele. No auge do seu bom-humor no jantar, cheio de planos para o futuro. E da mesa de jantar ele sobe direto para seu quarto, tira um revólver de uma gaveta e se mata. Por quê? Ninguém nunca soube. Ninguém nunca saberá.

— Não é uma afirmação muito radical, Sir Richard? — perguntou Mr. Quin, sorrindo.

Conway olhou para ele.

— O que quer dizer? Não entendi.

— Um problema não é necessariamente insolúvel porque permaneceu sem solução.

— Ah! Vamos, meu amigo, se nada surgiu na época, não é provável que apareça agora, dez anos depois.

Mr. Quin balançou a cabeça suavemente.

— Discordo do senhor. As evidências históricas estão contra o senhor. O historiador contemporâneo nunca escreve uma história tão verdadeira quanto o historiador de uma geração posterior. É questão de ter a verdadeira perspectiva, de ver as coisas em proporção. Se quiser chamar assim, é, como tudo, uma questão de relatividade.

Alex Portal se inclinou para a frente, seu rosto se contorcendo dolorosamente.

— O senhor está certo, Mr. Quin — ele exclamou. — O senhor está certo. O tempo não elimina uma questão, apenas a reapresenta com um disfarce diferente.

Evesham sorria tolerante.

— Então quer dizer, Mr. Quin, que se tivéssemos, digamos, um Tribunal de Inquérito esta noite, sobre as circunstâncias da morte de Derek Capel, seria provável que chegássemos à verdade tanto quanto deveríamos ter chegado, na época?

— É *mais provável*, Mr. Evesham. As questões pessoais já teriam sido abandonadas, e o senhor iria se lembrar dos fatos como fatos, sem tentar dar sua própria interpretação sobre eles.

Evesham franziu a testa em dúvida.

— É preciso ter um ponto de partida, claro — disse Mr. Quin em sua voz calma e tranquila. — Um ponto de partida é geralmente uma teoria. Um dos senhores deve ter uma teoria, tenho certeza. O senhor, Sir Richard?

Conway franziu as sobrancelhas, pensativo.

— Bem, é claro que sim — ele disse, se desculpando. — Nós pensamos... naturalmente, todos nós pensamos... que devia haver uma mulher em algum lugar. Geralmente é isso ou dinheiro, não é? E certamente não era dinheiro. Nenhum problema dessa natureza. Então... o que mais poderia ter sido?

Mr. Satterthwaite se agitou. Ele havia se inclinado para a frente para contribuir com uma pequena observação própria e, ao fazê-lo, avistou a figura de uma mulher agachada contra a balaustrada da galeria acima. Ela estava encolhida, invisível de qualquer ponto, menos de onde ele estava sentado, e evidentemente ouvia com tensa atenção o que acontecia lá embaixo. Ela estava tão imóvel que ele mal acreditou na evidência dos próprios olhos.

Mas ele reconheceu o padrão do vestido com bastante facilidade: um brocado do Velho Mundo. Era Eleanor Portal.

E, de repente, todos os eventos da noite pareciam se encaixar — a chegada de Mr. Quin não fora fruto do acaso, mas sim a aparição de um ator ao ser dada sua deixa. Havia um drama sendo encenado no grande salão de Royston naquela noite, um drama que não era menos real porque um dos atores estava morto. Ah! Sim, Derek Capel tinha um papel na peça. Mr. Satterthwaite tinha certeza disso.

E, de súbito, outra vez, uma nova ideia lhe ocorreu. Aquilo era obra de Mr. Quin. Era ele quem estava encenando a peça, quem estava dando aos atores suas deixas. Ele estava no centro do mistério puxando as cordas, fazendo os bonecos funcionarem. Sabia de tudo, até mesmo da presença da mulher agachada contra a madeira no andar de cima. Sim, ele sabia.

Sentado bem para trás em sua cadeira, seguro em seu papel de plateia, Mr. Satterthwaite observou o drama se desenrolar diante do olhos dele. Silenciosa e naturalmente, Mr. Quin puxava as cordas, colocava seus bonecos em movimento.

— Uma mulher... sim — ele murmurou pensativo. — Não houve menção a nenhuma mulher durante o jantar?

— Ora, é claro — exclamou Evesham. — Ele anunciou seu noivado. Foi justamente isso que fez tudo parecer tão absolutamente louco. Ele estava muito animado com isso. Disse que ainda não seria anunciado publicamente, mas nos deu a dica de que já estava com um pé no altar.

— Claro que todos adivinhamos quem era a mulher — disse Conway. — Marjorie Dilke. Boa garota.

Parecia ser a vez de Mr. Quin falar, mas ele não o fez, e algo no silêncio dele pareceu estranhamente provocativo. Era como se ele desafiasse a última afirmação. Isso teve o efeito de colocar Conway em uma posição defensiva.

— Quem mais poderia ser? Hein, Evesham?

— Não sei — disse Tom Evesham, devagar. — Agora, o que ele disse exatamente? Algo sobre já estar com um pé no altar, mas que não poderia nos dizer o nome da mulher até que tivesse permissão dela. Não seria anunciado publicamente ainda. Ele disse, eu me lembro, que era um sujeito de muita sorte. Que queria que seus dois velhos amigos soubessem que no ano seguinte ele seria um homem casado e feliz. Claro, nós presumimos que fosse Marjorie. Eles eram grandes amigos e ele andava muito com ela.

— Só que... — começou Conway, então parou.

— O que você ia dizer, Dick?

— Bem, quero dizer, seria estranho, de certa forma, se fosse Marjorie, que o noivado não fosse anunciado imediatamente. Quero dizer, por que o sigilo? É mais como se fosse alguma mulher casada, sabe, alguém cujo marido tivesse acabado de morrer ou que estivesse se divorciando.

— É verdade — disse Evesham. — Se fosse esse o caso, é claro, o noivado não poderia ser anunciado imediatamente. E você sabe, pensando nisso agora, não creio que ele estivesse vendo Marjorie com tanta frequência. Tudo isso foi no ano anterior. Lembro-me de pensar que as coisas pareciam ter esfriado entre eles.

— Curioso — disse Mr. Quin.

— Sim, parecia quase como se alguém tivesse se colocado entre eles.

— Outra mulher — disse Conway, pensativo.

— Por Deus — disse Evesham. — Sabe, havia algo quase indecentemente hilário sobre o velho Derek naquela noite. Ele parecia quase bêbado de felicidade. E, no entanto, não consigo explicar o que quero dizer, mas ele parecia estranhamente desafiador também.

— Como um homem desafiando o destino — disse Alex Portal pesadamente.

Era de Derek Capel que ele estava falando ou era de si mesmo? Mr. Satterthwaite, olhando para ele, inclinava-se para a última opinião. Sim, era isso que Alex Portal representava: um homem desafiando o Destino.

A imaginação, embaralhada pela bebida, respondeu subitamente àquela observação sobre a história, que evocava a própria preocupação secreta.

Mr. Satterthwaite ergueu os olhos. Ela ainda estava lá. Observando, ouvindo. Ainda imóvel, congelada, como uma mulher morta.

— É verdade mesmo — disse Conway. — Capel *estava* animado, curiosamente. Eu o descreveria como um homem que tivesse apostado muito e vencido contra probabilidades quase esmagadoras.

— Tomando coragem, talvez, para o que tivesse decidido fazer? — sugeriu Portal.

E como que movido por uma associação de ideias, levantou-se e serviu-se de outra bebida.

— Nem um pouco — disse Evesham bruscamente. — Eu quase juraria que não havia nada disso em sua mente. Conway está certo. Um jogador de sucesso que conseguiu acertar na mosca e mal podia acreditar na própria sorte. Era essa a postura.

Conway fez um gesto de desânimo.

— E ainda assim — disse ele. — Dez minutos depois...

Sentaram-se em silêncio. Evesham baixou a mão com uma pancada na mesa.

— Alguma coisa deve ter acontecido naqueles dez minutos — exclamou ele. — Só pode! Mas o quê? Vamos analisar com cuidado. Estávamos todos conversando. No meio da conversa, Capel se levantou de repente e saiu da sala...

— Por quê? — perguntou Mr. Quin.

A interrupção pareceu desconcertar Evesham.

— Perdão?

— Eu só perguntei: "Por quê?" — disse Mr. Quin.

Evesham franziu a testa em um esforço de memória.

— Não pareceu importante, na época... Ah! É claro. O correio. Não se lembram daquela campainha tocando e de como ficamos animados? Estávamos havia três dias debaixo de neve, lembrem-se. A maior tempestade de neve em anos e anos. Todas as estradas estavam intransitáveis. Sem jornais, sem cartas. Capel saiu para ver se finalmente tinha recebido algo e pegou uma grande pilha de coisas. Jornais e cartas. Abriu o jornal para ver se havia alguma notícia e depois subiu com as cartas. Três minutos depois, ouvimos um tiro. Inexplicável. Absolutamente inexplicável.

— Isso não é inexplicável — disse Portal. — Claro que o sujeito recebeu notícias inesperadas em uma carta. Eu diria que é óbvio.

— Ah! Não pense que deixamos passar algo tão óbvio quanto isso. Foi uma das primeiras perguntas do legista. *Mas Capel nunca abriu nenhuma das cartas.* A pilha inteira estava fechada na penteadeira.

Portal parecia cabisbaixo.

— Tem certeza de que ele não abriu ao menos uma delas? Ele não pode tê-la destruído depois de ler?

— Não, tenho certeza. Claro, essa teria sido a solução natural. Não, todas as cartas estavam fechadas. Nada queimado, nada rasgado, não havia fogo na sala.

Portal balançou a cabeça.

— Extraordinário.

— Foi um negócio medonho — disse Evesham em voz baixa. — Conway e eu subimos assim que escutamos o tiro e o encontramos... fiquei em choque, posso garantir.

— Não havia nada a ser feito além de telefonar para a polícia, suponho? — perguntou Mr. Quin.

— Não havia telefone em Royston naquela época. Eu o coloquei quando comprei o lugar. Não, felizmente, o policial local estava na cozinha no momento. Um dos cães... você se lembra do pobre e velho Rover, Conway? Ele havia se perdido no dia anterior. Um carroceiro que passava o encontrou meio enterrado em um monte de neve e o levou para a delegacia. Eles o reconheceram como um cachorro de Capel, e um de que ele gostava especialmente, e o policial o trouxe.

Ele tinha acabado de chegar, um minuto antes de o tiro ser disparado. Isso nos poupou alguns problemas.

— Caramba, aquela foi uma nevasca e tanto — lembrou Conway. — Foi nessa época do ano, não foi? No início de janeiro.

— Fevereiro, eu acho. Deixe-me pensar, fomos para o exterior logo depois.

— Tenho certeza de que foi em janeiro. Meu caçador, Ned... você se lembra de Ned? ...se machucou no final de janeiro. Foi logo depois disso acontecer.

— Deve ter sido bem no final de janeiro, então. Engraçado como é difícil lembrar datas depois de um lapso de anos.

— Uma das coisas mais difíceis do mundo — disse Mr. Quin, em tom casual. — A menos que você encontre um marco em algum grande evento público. O assassinato de alguém da realeza ou um grande julgamento por assassinato.

— Ora, é claro — exclamou Conway —, foi pouco antes do caso Appleton.

— Logo depois, não foi?

— Não, não, você não se lembra? Capel conhecia os Appleton. Ele ficou com o velho na primavera anterior, apenas uma semana antes de morrer. Ele estava falando dele uma noite, que ele era um velho rabugento, e quão horrível deve ter sido para uma mulher jovem e bonita como Mrs. Appleton estar presa a ele. Não havia nenhuma suspeita de que ela o havia eliminado.

— Por Deus, você está certo. Lembro-me de ler algo no jornal dizendo que uma ordem de exumação havia sido concedida. Teria sido naquele mesmo dia, lembro-me de vê-lo apenas com metade da minha atenção, sabe, a outra metade se perguntando sobre o pobre velho Derek morto no andar de cima.

— Um fenômeno comum, mas muito curioso, esse — observou Mr. Quin. — Em momentos de grande estresse, a mente se concentra em algum assunto sem importância, que é lembrado muito depois com a máxima fidelidade, impulsionado, por assim dizer, pelo estresse mental do momento. Pode ser algum detalhe irrelevante, como o padrão de um papel de parede, mas nunca será esquecido.

— É bastante extraordinário o senhor estar dizendo isso, Mr. Quin — falou Conway. — Bem quando o senhor estava falando, de repente me senti de volta no quarto de Derek Capel, com Derek morto no chão, vendo tão claramente quanto possível a grande árvore do lado de fora da janela e a sombra que ela projetava sobre a neve lá fora. Sim, o luar, a neve e a sombra da árvore, posso vê-los novamente neste minuto. Por Deus, acredito que poderia desenhá-los, mas nunca percebi que estava olhando para eles na época.

— O quarto dele era o grande sobre a varanda, não era? — perguntou Mr. Quin.

— Sim, e a árvore era a grande faia, que fica bem no ângulo da entrada de carros.

Mr. Quin assentiu, como se estivesse satisfeito. Mr. Satterthwaite ficou curiosamente emocionado. Ele estava convencido de que cada palavra, cada inflexão da voz de Mr. Quin estava cheia de propósito. Ele estava conduzindo para alguma coisa; exatamente o quê, Mr. Satterthwaite não sabia, mas ele estava bastante convencido de quem estava dando as cartas ali.

Houve uma pausa momentânea, e então Evesham voltou ao tópico anterior.

— Aquele caso Appleton, lembro muito bem agora. Que sensação causou. Ela escapou, não foi? Mulher bonita, muito loura, extraordinariamente loura.

Quase contra vontade, os olhos de Mr. Satterthwaite procuraram a figura ajoelhada lá em cima. Foi imaginação dele ou ele a viu se encolher um pouco, como se tivesse levado um golpe? Ele viu uma mão deslizar para cima até a toalha da mesa, e então parar?

Houve um estrondo de vidro caindo. Alex Portal, servindo-se de uísque, havia deixado a garrafa escorregar.

— Caramba... droga, desculpe. Não sei o que deu em mim.

Evesham interrompeu as desculpas.

— Tudo bem. Tudo bem, meu caro. Curioso. Isso me fez lembrar. Foi o que ela fez, não foi? Mrs. Appleton? Quebrou o decantador de vinho do Porto?

— Sim. O velho Appleton tomava seu copo de Porto, apenas um, todas as noites. No dia seguinte à morte, um dos criados a viu tirar a garrafa e quebrá-la deliberadamente. Isso deu o que falar, é claro. Todos sabiam que ela tinha sido perfeitamente infeliz com ele. Os rumores cresceram e cresceram e, no final, meses depois, alguns dos parentes dele solicitaram uma ordem de exumação. E dito e feito, o velho tinha sido envenenado. Arsênico, não foi?

— Não... estricnina, eu acho. Não importa muito. Bem, estava claro. Apenas uma pessoa poderia ter feito isso. Mrs. Appleton foi julgada. Ela foi absolvida mais por falta de provas contra ela do que por qualquer prova esmagadora de inocência. Em outras palavras, ela teve sorte. Sim, suponho que não haja muita dúvida de que foi ela quem fez isso. O que aconteceu com ela depois?

— Foi para o Canadá, creio. Ou foi para a Austrália? Tinha um tio ou algo do tipo, que lhe ofereceu uma casa. A melhor coisa que ela poderia fazer naquelas circunstâncias.

Satterthwaite ficou fascinado com a mão direita de Alex Portal enquanto ele segurava o copo. Com que força ele o segurava.

"Você vai quebrar isso em um minuto ou dois, se não tomar cuidado", pensou Mr. Satterthwaite. "Minha nossa, que interessante."

Evesham levantou-se e se serviu de uma bebida.

— Bem, não estamos muito mais perto de saber por que o pobre Derek Capel se suicidou — comentou. — O Tribunal de Inquérito não foi um grande sucesso, não é, Mr. Quin?

Mr. Quin riu.

Era uma risada estranha, zombeteira, mas triste. Fez todo mundo ficar sobressaltado.

— Perdão — disse ele. — O senhor ainda está vivendo no passado, Mr. Evesham. Ainda é prejudicado por suas noções preconcebidas. Mas eu... o homem de fora, o estranho que passa, vejo apenas... fatos!

— Fatos?

— Sim, fatos.

— O que o senhor quer dizer? — perguntou Evesham.

— Vejo uma sequência clara de fatos, delineados por vocês mesmos, mas cujo significado vocês não viram. Vamos voltar dez anos e olhar para o que vemos, sem restrições de ideias ou sentimentos.

Mr. Quin havia se levantado. Ele parecia muito alto. O fogo trepidava irregularmente atrás dele. Ele falou em uma voz baixa e convincente.

— Vocês estão jantando. Derek Capel anuncia seu noivado. Vocês acham que é com Marjorie Dilke. Vocês não têm tanta certeza agora. Ele tem o jeito inquieto de um homem que desafiou com sucesso o Destino. Que, nas próprias palavras dele, acertou um grande golpe contra todas as probabilidades. Em seguida, vem a campainha. Ele sai para pegar a correspondência há muito atrasada. Não abre as cartas, mas vocês mencionam que ele *abriu o jornal para dar uma olhada nas notícias.* Faz dez anos, então não podemos saber quais eram as notícias naquele dia. Um terremoto distante, uma crise política próxima? A única coisa que sabemos sobre o conteúdo desse jornal é que ele continha um pequeno parágrafo, *um parágrafo afirmando que o Ministério do Interior havia dado permissão para exumar* o corpo de Mr. Appleton três dias antes.

— O quê?

Mr. Quin continuou.

— Derek Capel sobe para seu quarto e lá vê algo da janela. Sir Richard Conway nos contou que a cortina não estava fechada, e, além disso, que a janela dava para a entrada de carros. O que ele viu? O que ele poderia ter visto que o forçou a tirar a vida?

— O que o senhor quer dizer? O que ele viu?

— Acho — disse Mr. Quin — que ele viu um policial. Um policial que viera por causa de um cachorro, mas Derek Capel não sabia disso, ele apenas viu um policial.

Houve um longo silêncio, como se levasse algum tempo para todos chegarem à conclusão.

— Meu Deus! — sussurrou Evesham finalmente. — O senhor não pode querer dizer que... Appleton? Mas ele não estava lá quando Appleton morreu. O velho estava sozinho com a esposa...

— Mas ele poderia ter estado lá uma semana antes. A estricnina não é muito solúvel, a menos que esteja na forma de cloridrato. A maior parte, colocada no vinho do Porto, seria tomada no último copo, talvez uma semana depois de sua partida.

Portal saltou para a frente. A voz estava rouca, os olhos injetados.

— Por que ela quebrou a garrafa? — exclamou ele. — Por que ela quebrou o decantador? Diga-me isso!

Pela primeira vez naquela noite, Mr. Quin dirigiu-se a Mr. Satterthwaite.

— O senhor tem uma vasta experiência de vida, Mr. Satterthwaite. Talvez o senhor possa nos dizer isso.

A voz de Mr. Satterthwaite tremeu um pouco. A deixa dele finalmente havia chegado. Ele deveria dizer algumas das falas mais importantes da peça. Ele era um ator agora, não um espectador.

— A meu ver — ele murmurou, com modéstia. — Ela... gostava de Derek Capel. Ela era, eu acho, uma boa mulher, e o mandara embora. Quando seu marido morreu, ela suspeitou da verdade. E assim, para salvar o homem que amava, ela tentou destruir as provas contra ele. Mais tarde, acho, ele a convenceu de que suas suspeitas eram infundadas, e ela concordou em se casar com ele. Mas, mesmo assim, ela recuou. As mulheres, imagino, têm muito instinto.

Mr. Satterthwaite havia dito sua fala. De repente, um suspiro longo e trêmulo encheu o ar.

— Meu Deus! — exclamou Evesham, assustando-se. — O que foi isso?

Mr. Satterthwaite poderia ter lhe dito que era Eleanor Portal na galeria acima, mas ele era artístico demais para estragar um bom efeito.

Mr. Quin estava sorrindo.

— Meu carro já deve estar pronto. Obrigado por sua hospitalidade, Mr. Evesham. Espero que eu tenha feito algo pelo meu amigo.

Eles o encararam com um espanto atônito.

— Esse aspecto do assunto não lhe chamou a atenção? Ele amava essa mulher, sabe. Amava-a o suficiente para cometer assassinato por causa dela. Quando a retribuição o atingiu, como ele erroneamente pensou, tirou a própria vida. Mas, sem querer, deixou-a em maus lençóis.

— Ela foi absolvida — murmurou Evesham.

— Porque a acusação contra ela não pode ser provada. Imagino... pode ser apenas uma fantasia... que ela ainda esteja... em maus lençóis.

Portal havia afundado em uma cadeira, o rosto enterrado nas mãos.

Quin virou-se para Satterthwaite.

— Adeus, Mr. Satterthwaite. O senhor se interessa por drama, não é?

Mr. Satterthwaite assentiu, surpreso.

— Recomendo-lhe dar atenção à arlequinada. Está desaparecendo hoje em dia, mas vale a atenção, garanto. Seu simbolismo é um pouco difícil de entender, mas os clássicos são sempre clássicos, o senhor sabe. Desejo a todos uma boa noite.

Eles o observaram caminhar no escuro. Como antes, o vidro colorido lhe deu um efeito heterogêneo.

Mr. Satterthwaite subiu as escadas. Foi baixar a janela, pois o ar estava frio. A figura de Mr. Quin desceu pela entrada, e de uma porta lateral veio a figura de uma mulher, correndo. Por um momento eles conversaram, então ela refez os passos até a casa. Ela passou logo abaixo da janela, e

Mr. Satterthwaite ficou novamente impressionado com a vitalidade de seu rosto. Ela se movia agora como uma mulher em um sonho feliz.

— Eleanor!

Alex Portal se juntou a ela.

— Eleanor, me perdoe, me perdoe, você me disse a verdade, mas Deus me perdoe, não acreditei muito...

Mr. Satterthwaite era intensamente interessado nos assuntos de outras pessoas, mas também era um cavalheiro. Sentiu que deveria fechar a janela. E fez isso.

Mas a fechou bem devagar.

Ele ouviu a voz dela, requintada e indescritível.

— Eu sei, eu sei. Você esteve no inferno. Eu também estive uma vez. Amar, mas alternando entre acreditar e suspeitar, afastar as dúvidas e vê-las brotar novamente com rostos maliciosos... Eu sei, Alex, eu sei... Mas existe um inferno pior que esse, o inferno em que vivi com você. Eu vi sua dúvida, seu medo de mim... envenenando todo o nosso amor. Aquele homem, aquele passante casual, me salvou. Eu não aguentava mais, você entende. Hoje... hoje à noite eu ia me matar... Alex... Alex...

Capítulo 2

A sombra na janela

— Ouça isto — disse Lady Cynthia Drage.
Ela leu em voz alta o jornal que segurava na mão:
— Mr. e Mrs. Unkerton irão receber hóspedes em Greenways House esta semana. Entre os convidados estão Lady Cynthia Drage, Mr. e Mrs. Richard Scott, Major Porter DSO, Mrs. Staverton, Capitão Allenson e Mr. Satterthwaite. É bom saber onde estamos nos metendo. Mas eles *fizeram* uma bagunça! — observou Lady Cynthia, largando o jornal.

Seu acompanhante, o mesmo Mr. Satterthwaite cujo nome figurava no final da lista de convidados, olhou para ela de modo interrogativo. Dizia-se que, se Mr. Satterthwaite fosse encontrado nas casas de ricos recém-chegados, era sinal de que a comida era excepcionalmente boa ou de que um drama da vida humana seria encenado ali. Mr. Satterthwaite era anormalmente interessado nas comédias e tragédias de seus semelhantes.

Lady Cynthia, que era uma mulher de meia-idade, com um rosto duro e uma quantidade generosa de maquiagem, deu-lhe uma leve cutucada com uma sombrinha de última moda, que trazia largada de modo displicente sobre o joelho.

— Não finja que não me entendeu. Você entendeu perfeitamente. Além do mais, acredito que você está aqui de propósito para ver o circo pegar fogo!

Mr. Satterthwaite protestou com vigor. Ele não sabia do que ela estava falando.

— Estou falando de Richard Scott. Vai fingir que nunca ouviu falar dele?

— Não, é claro que não. Ele é aquele grande caçador, não é?

— É isso mesmo. "Grandes ursos e tigres", como diz a canção. Claro, ele mesmo é um grande leão agora. Os Unkerton naturalmente ficariam loucos para recebê-lo. E a noiva! Uma moça encantadora. Ah! Uma moça muito encantadora, mas tão ingênua, apenas 20 anos, sabe, e ele deve ter pelo menos 45.

— Mrs. Scott parece ser muito charmosa — disse Mr. Satterthwaite calmamente.

— Sim, pobre criança.

— Por que pobre criança?

Lady Cynthia lançou-lhe um olhar de reprovação e continuou abordando o ponto em questão à maneira dela.

— Porter é boa gente, mas é um pouco lento... outro desses caçadores africanos, todo queimado de sol e calado. Segunda voz para Richard Scott, sempre foi. Amigos de longa data e todo esse tipo de coisa. Pensando bem, acredito que eles estavam juntos naquela viagem...

— Que viagem?

— *A viagem*. A viagem de Mrs. Staverton. Agora você vai dizer que nunca ouviu falar de Mrs. Staverton.

— Eu *ouvi* falar de Mrs. Staverton — disse Mr. Satterthwaite, quase sem vontade.

E ele e Lady Cynthia trocaram olhares.

— É exatamente como os Unkerton — lamentou ela. — São um caso absolutamente perdido; socialmente, quero dizer. A ideia de convidar os dois juntos! Claro que eles ouviram falar que Mrs. Staverton era uma esportista e uma viajante e tudo isso, e sobre o livro dela. Gente como os Unkerton ainda não começou a perceber as armadilhas que existem! Eu mesma tive que lidar com eles no último ano, e ninguém sabe o que passei. É preciso estar constantemente ao lado deles. "Não faça isso! Você não pode fazer isso!" Graças a Deus, já parei com isso. Não que tenhamos brigado. Oh, não! Eu nunca brigo, mas outra pessoa pode assumir a tarefa. Como eu sempre disse, posso tolerar a vulgaridade, mas não suporto a maldade!

Após essa declaração um tanto enigmática, Lady Cynthia ficou em silêncio por um momento, ruminando sobre a maldade dos Unkerton conforme ela mesma a presenciara.

— Se eu ainda estivesse organizando as coisas para eles — ela continuou —, eu teria dito com bastante firmeza e clareza: "Vocês não podem convidar Mrs. Staverton junto com os Richard Scott. Ela e ele já foram...".

Ela parou de modo eloquente.

— Já foram...? — perguntou Mr. Satterthwaite.

— Meu caro! É coisa conhecida. Aquela viagem ao interior! Estou surpresa que a mulher tenha tido a coragem de aceitar o convite.

— Talvez ela não soubesse que os outros viriam? — sugeriu Mr. Satterthwaite.

— Talvez ela soubesse. Isso é muito mais provável.

— Você acha...?

— Ela é o que eu chamo de mulher perigosa, o tipo de mulher que não se prende a nada. Eu não queria estar no lugar de Richard Scott neste fim de semana.

— E a esposa dele não sabe de nada, você acha?

— Tenho certeza disso. Mas suponho que algum amigo gentil a esclarecerá mais cedo ou mais tarde. Olhe quem chegou, Jimmy Allenson. Um menino tão bom. Ele salvou minha vida no Egito no inverno passado. Eu estava tão entediada, sabe. Olá, Jimmy, venha logo aqui.

Capitão Allenson obedeceu, sentando-se na grama ao lado dela. Ele era um belo rapaz de 30 anos, com dentes brancos e um sorriso contagiante.

— Fico feliz que alguém me queira — ele observou. — Os Scott estão feito dois pombinhos, eu fiquei segurando vela, Porter está compenetrado lendo a *Field*, e eu corro o risco mortal de ser entretido por minha anfitriã.

Ele riu. Lady Cynthia riu com ele. Mr. Satterthwaite, que de certa forma era um pouco antiquado, tanto que raramente zombava de seus anfitriões antes de ter saído da casa deles, permaneceu sério.

— Pobre Jimmy — disse Lady Cynthia.

— Não é meu dever questionar, é meu dever... sair correndo. Escapei por pouco de ouvir a história do fantasma da família.

— Um fantasma Unkerton — disse Lady Cynthia. — Que divertido.

— Não é um fantasma Unkerton — disse Mr. Satterthwaite. — É um fantasma de Greenways. Ele veio junto com a casa.

— Claro — disse Lady Cynthia. — Agora me lembro. Mas não faz barulho de correntes, não é? Tem apenas algo a ver com uma janela.

Jimmy Allenson ergueu os olhos rapidamente.

— Uma janela?

Mas Mr. Satterthwaite não respondeu de imediato. Ele estava olhando por cima da cabeça de Jimmy para três figuras se aproximando vindas da casa: uma garota magra entre dois homens. Havia uma semelhança superficial entre os homens, ambos eram altos, de cabelos escuros, com rostos bronzeados e olhos rápidos, mas observando mais de perto a semelhança desaparecia. Richard Scott, caçador e explorador, era um homem de personalidade extraordinariamente viva. Ele tinha um jeito que irradiava magnetismo. John Porter, seu amigo e companheiro de caça, era um homem de compleição mais quadrada, com um rosto impassível, um tanto rígido, e olhos cinzentos muito pensativos. Era um homem quieto, sempre satisfeito quanto a ser o coadjuvante do amigo.

E entre esses dois caminhava Moira Scott, que, até três meses antes, havia sido Moira O'Connell. Uma figura esbelta, grandes olhos castanhos melancólicos e cabelos ruivos dourados que se destacavam em torno do rosto pequeno como a auréola de uma santa.

"Essa criança não deve ser machucada", pensou Mr. Satterthwaite. "Seria abominável que uma criança assim fosse machucada."

Lady Cynthia cumprimentou os recém-chegados com um aceno da sombrinha.

— Sentem-se e não interrompam — disse ela. — Mr. Satterthwaite está nos contando uma história de fantasmas.

— Adoro histórias de fantasmas — disse Moira Scott. Ela sentou-se na grama.

— O fantasma de Greenways House? — perguntou Richard Scott.

— Sim. O senhor conhece essa história?

Scott assentiu.

— Eu ficava aqui antigamente — explicou ele. — Antes de os Elliot terem que vender a casa. O Cavaleiro Vigilante, é isso, não é?

— O Cavaleiro Vigilante — disse a esposa dele, com suavidade. — Eu gosto disso. Parece interessante. Por favor, continue.

Mas Mr. Satterthwaite parecia um pouco relutante em continuar. Ele assegurou a ela que não era realmente interessante.

— Agora conseguiu, Satterthwaite — disse Richard Scott, sardônico. — Essa sua relutância só aumenta a curiosidade.

Em resposta ao clamor popular, Mr. Satterthwaite foi forçado a falar.

— É realmente muito desinteressante — disse ele, desculpando-se. — Acredito que a história original gire em torno de um cavaleiro que era ancestral da família Elliot. A esposa tinha um amante que era *roundhead*. O marido foi morto pelo amante em um quarto do andar de cima, e os dois culpados fugiram, mas quando eles olharam para a casa, viram o rosto do marido morto na janela, observando-os. Essa é a lenda, mas a história de fantasmas diz respeito apenas a uma vidraça na janela daquele quarto em que há uma mancha irregular, quase imperceptível de perto, mas que de longe certamente dá o efeito do rosto de um homem olhando para fora.

— Qual janela é? — perguntou Mrs. Scott, olhando para a casa.

— Você não consegue ver daqui — disse Mr. Satterthwaite. — É do outro lado, mas foi fechada por dentro há alguns anos. Quarenta anos atrás, eu acho, para ser exato.

— Para que fizeram isso? Achei que o senhor tivesse dito que o fantasma não andava.

— Não anda — assegurou-lhe Mr. Satterthwaite. — Suponho... bem, suponho que apenas tenha surgido um sentimento supersticioso quanto a isso.

Então, habilmente, ele conseguiu mudar a conversa. Jimmy Allenson estava perfeitamente pronto para falar sobre os adivinhos de areia egípcios.

— Impostores, a maioria deles. Prontos para lhe contar apenas coisas vagas sobre o passado, mas não se comprometem com o futuro.

— Eu pensava que geralmente fosse o contrário — comentou John Porter.

— É ilegal prever o futuro neste país, não é? — disse Richard Scott. — Moira persuadiu uma cigana a ler a sorte dela, mas a mulher lhe devolveu o xelim e disse que não havia nada a se fazer ou dizer nesse sentido.

— Talvez ela tenha visto algo tão assustador que não quis me contar — disse Moira.

— Não alimente agonias, Mrs. Scott — disse Allenson levemente. — Eu, por exemplo, me recuso a acreditar que um destino infeliz esteja pairando sobre você.

"É o que me pergunto", pensou Mr. Satterthwaite consigo mesmo. "É o que me pergunto..."

Então ele olhou para cima bruscamente. Duas mulheres vinham da casa, uma de cabelos pretos, baixa e robusta, vestida inadequadamente de verde-jade, e uma figura vestindo creme, alta e esguia. A primeira mulher era sua anfitriã, Mrs.

Unkerton, a segunda era uma mulher de quem ele tinha ouvido falar muitas vezes, mas nunca conhecera.

— Aqui está Mrs. Staverton — anunciou Mrs. Unkerton, em tom de grande satisfação. — Todos aqui são amigos, eu acho.

— Essa gente tem um dom incrível para só dizer as coisas mais horríveis possíveis — murmurou Lady Cynthia, mas Mr. Satterthwaite não estava ouvindo. Ele estava observando Mrs. Staverton.

— Olá! Richard, faz anos desde que nos conhecemos — disse, num tom despreocupado, muito à vontade, muito natural. — Desculpe não ter podido ir ao casamento. Essa é sua esposa? Você deve estar cansada de conhecer todos os velhos amigos do seu marido.

A resposta de Moira foi adequada, bastante tímida. O rápido olhar de avaliação da mulher mais velha seguiu para outro velho amigo.

— Olá, John! — disse, com o mesmo tom fácil, mas com uma sutil diferença, uma qualidade calorosa que estava ausente antes.

E então aquele sorriso repentino, que a transformou. Lady Cynthia tinha razão. Uma mulher perigosa! Muito loira, olhos azuis profundos, não a coloração tradicional da sereia, mas um rosto quase abatido em repouso. Uma mulher com uma voz lenta e arrastada e um sorriso súbito e deslumbrante.

Iris Staverton sentou-se. Ela se tornou, natural e inevitavelmente, o centro do grupo. O sentimento geral era que deveria ser sempre assim.

Satterthwaite foi arrancado dos pensamentos pela sugestão do Major Porter de um passeio. Mr. Satterthwaite, que em geral não era muito dado a passear, aceitou. Os dois homens caminharam juntos pelo gramado.

— Muito interessante essa sua história de agora — disse o major.

— Vou lhe mostrar a janela — disse Mr. Satterthwaite.

Ele os conduziu para o lado oeste da casa. Ali havia um pequeno jardim formal, o Jardim Privado, era como sempre o chamavam, e havia certo sentido no nome, pois era cercado por altas sebes de azevinho, e até mesmo a entrada para ele corria em zigue-zague entre essas mesmas sebes altas e espinhosas.

Uma vez lá dentro, era encantador, com um charme do mundo antigo de canteiros de flores convencionais, caminhos lajeados e um assento baixo de pedra, primorosamente esculpido. Quando chegaram ao centro do jardim, Mr. Satterthwaite virou-se e apontou para a casa. No comprimento, Greenways House corria para o norte e o sul. Naquela estreita parede oeste havia apenas uma janela, uma janela no primeiro andar, quase coberta de hera, com vidraças encardidas, e que dava para ver que estava fechada com tábuas por dentro.

— Aí está — disse Mr. Satterthwaite.

Esticando um pouco o pescoço, Porter olhou para cima.

— Hmm, posso ver uma espécie de descoloração em uma das vidraças, nada mais.

— Estamos muito perto — disse Mr. Satterthwaite. — Há uma clareira mais acima na floresta de onde se tem uma visão muito boa.

Ele guiou o caminho para fora do Jardim Privado e, virando bruscamente à esquerda, entrou na floresta. Um certo entusiasmo pelo espetáculo o possuiu, e mal notou que o homem ao lado estava ausente e desatento.

— Eles tiveram, é claro, que fazer outra janela quando fecharam aquela — explicou ele. — A nova está virada para o sul, com vista para o gramado onde estávamos sentados agora. Acho que os Scott estão no quarto em questão. Por isso não quis aprofundar o assunto. Mrs. Scott poderia ter ficado nervosa se tivesse percebido que estava dormindo no que poderia ser chamado de quarto mal-assombrado.

— Sim. Entendo — disse Porter.

Mr. Satterthwaite olhou para ele com atenção e percebeu que o outro não havia escutado uma palavra sequer do que ele estava dizendo.

— Muito interessante — disse Porter.

Ele golpeou com a bengala algumas dedaleiras altas e, franzindo a testa, disse:

— Ela não deveria ter vindo. Ela nunca deveria ter vindo.

As pessoas muitas vezes falavam dessa maneira com Mr. Satterthwaite. Ele parecia importar tão pouco, ter uma personalidade tão apagada. Ele era apenas um mero ouvinte.

— Não — disse Porter —, ela nunca deveria ter vindo.

Mr. Satterthwaite soube instintivamente que não era de Mrs. Scott que ele falava.

— Você acha que não? — perguntou.

Porter balançou a cabeça como se pressentisse algo.

— Eu estava nessa viagem — disse ele de repente. — Fomos nós três. Scott, eu e Iris. Ela é uma mulher maravilhosa e uma ótima atiradora. — Ele fez uma pausa. — O que os fez convidá-la? — ele terminou abruptamente.

Mr. Satterthwaite deu de ombros.

— Ignorância — disse ele.

— Vai haver problemas — disse o outro. — Devemos aguardar... e fazer o que pudermos.

— Mas certamente Mrs. Staverton...?

— Estou falando de Scott. — Ele fez uma pausa. — Veja bem, há Mrs. Scott a se considerar.

Mr. Satterthwaite estivera pensando nela o tempo todo, mas não achou necessário dizer isso, já que o outro homem a havia esquecido tão claramente até aquele minuto.

— Como Scott conheceu a esposa? — ele perguntou.

— No inverno passado, no Cairo. Uma coisa rápida. Eles ficaram noivos em três semanas e se casaram em seis.

— Ela me parece muito charmosa.

— Ela é, sem dúvida. E ele a adora. Mas isso não fará diferença.

E novamente Major Porter repetiu para si mesmo, usando o pronome que significava para ele apenas uma pessoa:

— Que se dane isso tudo, ela não deveria ter vindo...

Nesse momento, eles foram dar em uma colina gramada alta a uma pequena distância da casa. Retomando um pouco do orgulho exibicionista, Mr. Satterthwaite esticou o braço.

— Veja — disse ele.

O crepúsculo vinha rápido. A janela ainda podia ser claramente vista, e aparentemente pressionado contra uma das vidraças estava o rosto de um homem encimado por um chapéu emplumado de cavaleiro.

— Muito curioso — disse Porter. — Realmente muito curioso. O que acontecerá se esse painel de vidro for quebrado algum dia?

Mr. Satterthwaite sorriu.

— Essa é uma das partes mais interessantes da história. Esse painel de vidro foi substituído, até onde sei, pelo menos onze vezes, talvez mais. A última vez foi há doze anos, quando o então dono da casa decidiu destruir o mito. Mas é sempre igual. *A mancha reaparece*. Não é de uma vez só, a descoloração se espalha gradualmente. Geralmente, leva um mês ou dois.

Pela primeira vez, Porter mostrou sinais de interesse real. Ele teve um arrepio rápido e repentino.

— Estranhas, essas coisas. Não há explicação para elas. Qual é o verdadeiro motivo de o quarto ter sido fechado por dentro?

— Bem, surgiu uma noção de que o quarto era... azarado. Os Evesham tinham ficado nele pouco antes do divórcio. E então Stanley e a esposa estavam hospedados aqui e ficaram naquele quarto quando ele fugiu com a corista.

Porter ergueu as sobrancelhas.

— Entendi. O perigo não é à vida, é moral.

"E agora", pensou Mr. Satterthwaite consigo mesmo, "os Scott estão nele... Eu me pergunto se..."

Os dois refizeram os passos em silêncio até a casa. Caminhando quase sem fazer barulho na grama macia, cada um absorto nos próprios pensamentos, tornaram-se bisbilhoteiros sem perceber.

Eles estavam contornando a cerca de azevinho quando ouviram a voz de Iris Staverton se erguer, feroz e clara, das profundezas do Jardim Privado.

— Você vai se arrepender... se arrepender... disso!

A voz de Scott respondeu baixa e incerta, assim as palavras não puderam ser distinguidas, e então a voz da mulher se elevou novamente, dizendo palavras de que eles se lembrariam mais tarde.

— Ciúme... isso leva a pessoa aos braços do diabo... é o *próprio* diabo! Pode levar alguém a cometer assassinato. Tenha cuidado, Richard, pelo amor de Deus, tenha cuidado!

E então ela saiu do Jardim Privado na frente deles, e contornou a casa sem vê-los, andando rapidamente, quase correndo, como uma mulher enfeitiçada e perseguida.

Mr. Satterthwaite pensou novamente nas palavras de Lady Cynthia. Uma mulher perigosa. Pela primeira vez, ele teve uma premonição de tragédia, vindo rápida e inexorável, para não ser contestada.

No entanto, naquela noite ele sentiu vergonha de seus medos. Tudo parecia normal e agradável. Mrs. Staverton, com sua leveza despreocupada, não mostrou nenhum sinal de tensão. Moira Scott estava em seu estado natural, encantadora e sem afetação. As duas mulheres pareciam se dar muito bem. O próprio Richard Scott estava bastante animado.

A pessoa que parecia mais preocupada era a robusta Mrs. Unkerton. Ela confidenciou longamente a Mr. Satterthwaite.

— Pode achar uma bobagem, como queira, mas há algo me dando arrepios. E vou lhe dizer com franqueza, mandei chamar o vidraceiro sem que Ned soubesse.

— O vidraceiro?

— Para colocar um painel de vidro novo naquela janela. Está tudo muito bem. Ned se orgulha dela, diz que dá um clima à casa. Eu não gosto. Digo-lhe com franqueza. Teremos um belo painel de vidro simples e moderno, sem histórias desagradáveis associadas a ele.

— A senhora esquece — disse Mr. Satterthwaite — ou talvez não saiba. A mancha volta.

— Pode ser — disse Mrs. Unkerton. — Tudo o que posso dizer é que, se isso acontece, é contra a natureza!

Mr. Satterthwaite ergueu as sobrancelhas, mas não respondeu.

— E se acontecer? — prosseguiu Mrs. Unkerton em tom desafiador. — Não estamos tão falidos, Ned e eu, que não possamos comprar uma nova vidraça todo mês. Ou toda semana, se for preciso.

Mr. Satterthwaite não respondeu ao desafio. Ele já havia visto muitas coisas desmoronarem e tombarem diante do poder do dinheiro para acreditar que mesmo o fantasma de um cavaleiro pudesse lutar e vencer. No entanto, estava interessado no desconforto manifestado por Mrs. Unkerton. Mesmo ela não estava isenta da tensão na atmosfera. Só que ela atribuiu isso a uma história de fantasmas inofensiva, não ao choque de personalidades entre os seus convidados.

Mr. Satterthwaite estava destinado a ouvir mais um fragmento de conversa que esclareceu a situação. Ele estava subindo a grande escadaria para ir dormir, e John Porter e Mrs. Staverton estavam sentados juntos em uma alcova do grande salão. Ela falava com uma leve irritação em sua voz dourada.

— Eu não fazia a menor ideia de que os Scott estariam aqui. Atrevo-me a dizer que, se soubesse, não teria vindo, mas posso assegurar-lhe, meu caro John, que agora que estou aqui, não vou fugir...

Mr. Satterthwaite subiu a escada e ficou fora do alcance da voz. Ele pensou consigo mesmo: "Eu me pergunto agora: quanto disso é verdade? Ela sabia? Eu me pergunto... o que vai sair disso?".

Ele balançou a cabeça.

À luz clara da manhã, sentiu que talvez tivesse sido um pouco melodramático nas conjeturas da noite anterior. Um momento de tensão, sim, certamente, e inevitável sob as circunstâncias, mas nada mais. As pessoas se ajustam. A fantasia de que alguma grande catástrofe estava por vir era nervosismo, puro nervosismo, ou possivelmente fosse o fígado. Sim, era isso, o fígado. Ele deveria chegar a Carlsbad em quinze dias.

Por sua própria conta, ele propôs um pequeno passeio no início daquela noite. Sugeriu a Major Porter que fossem até a clareira para ver se Mrs. Unkerton havia cumprido sua palavra e mandado colocar uma nova vidraça. E disse para si mesmo: "Exercício, é disso que eu preciso. Exercício".

Os dois homens escolheram as palavras com cuidado. Porter, como sempre, estava taciturno.

— Não posso deixar de sentir — disse Mr. Satterthwaite, muito loquaz — que ontem fomos um pouco tolos em nossas conjeturas. Esperando, é... problemas, você sabe. Afinal, as pessoas sabem se comportar, engolir os sentimentos e esse tipo de coisa.

— Talvez — disse Porter.

Depois de um minuto ou dois, ele acrescentou:

— As pessoas civilizadas.

— O que você quer dizer...?

— Pessoas que viveram muito tempo longe da civilização às vezes regridem. Revertem. Como quer que você chame.

Eles emergiram na colina gramada. Mr. Satterthwaite estava respirando muito rápido. Ele nunca gostava de subir colinas.

Ele olhou para a janela. O rosto ainda estava lá, mais realista do que nunca.

— Nossa anfitriã mudou de ideia, pelo que vejo.

Porter lançou apenas um olhar superficial.

— Unkerton deve tê-la impedido, imagino — disse ele com indiferença. — Ele é o tipo de homem que está disposto a se orgulhar do fantasma de outra família, e que não vai correr o risco de vê-lo ser afastado se pagou à vista por ele.

Ele ficou em silêncio por um minuto ou dois, olhando não para a casa, mas para a espessa vegetação rasteira pela qual estavam cercados.

— Já lhe ocorreu — disse ele — que a civilização é muito perigosa?

— Perigosa? — Tal comentário revolucionário chocou Mr. Satterthwaite profundamente.

— Sim. Não há travas de segurança, sabe.

Ele se virou abruptamente, e eles desceram pelo caminho por onde tinham vindo.

— Eu realmente não estou conseguindo entender você — disse Mr. Satterthwaite, andando com passos ágeis para acompanhar o outro. — Pessoas razoáveis...

Porter riu. Uma risada curta e desconcertante. Então ele olhou para o pequeno e correto cavalheiro ao lado.

— Acha que é tudo bobagem da minha parte, Mr. Satterthwaite? Mas há pessoas, sabe, que podem lhe dizer quando uma tempestade está chegando. Elas sentem isso no ar de antemão. E outras podem prever problemas. Há problemas chegando agora, Mr. Satterthwaite, grandes problemas. Podem surgir a qualquer minuto. Podem...

Ele parou, agarrando o braço de Mr. Satterthwaite. E naquele tenso minuto de silêncio veio... o som de dois tiros e, em seguida, um grito... um grito na voz de uma mulher.

— Meu Deus! — gritou Porter. — Aconteceu.

Ele correu de volta pelo caminho, Mr. Satterthwaite ofegante atrás dele. Em um minuto haviam saído para o gramado, perto da cerca viva do Jardim Privado. Ao mesmo tempo, Richard Scott e Mr. Unkerton chegaram do canto oposto da casa. Eles pararam, de frente uns para os outros, à esquerda e à direita da entrada do Jardim Privado.

— Veio... veio lá de dentro — disse Unkerton, apontando com uma mão lânguida.

— Temos de ir ver — disse Porter. Ele abriu caminho para dentro do jardim. Ao contornar a última curva da cerca de azevinho, ele parou. Mr. Satterthwaite espiou por cima do ombro dele. Um grito alto explodiu de Richard Scott.

Havia três pessoas no Jardim Privado. Duas estavam deitadas na grama perto do banco de pedra, um homem e uma mulher. A terceira era Mrs. Staverton. Ela estava bem perto deles ao lado da cerca de azevinho, olhando horrorizada e segurando algo na mão direita.

— Iris — gritou Porter. — Iris. Pelo amor de Deus! O que é isso que você tem na mão?

Ela então olhou para baixo, com uma espécie de admiração, uma indiferença inacreditável.

— É uma pistola — disse ela, pensativa.

E então, depois do que pareceu um tempo interminável, mas que na realidade foram apenas alguns segundos:

— Eu... peguei.

Mr. Satterthwaite havia ido até onde Unkerton e Scott estavam ajoelhados na relva.

— Um médico — murmurava o último. — Precisamos de um médico.

Mas era tarde demais para qualquer médico. Jimmy Allenson, que se queixara de que os adivinhos da areia se preocupavam com o futuro, e Moira Scott, a quem a cigana havia devolvido um xelim, jaziam ali na última grande quietude.

Foi Richard Scott que deu uma rápida examinada. Os nervos de aço do homem se provaram nesse momento. Depois do primeiro grito de agonia, ele tinha voltado a ser ele mesmo.

Deitou a esposa outra vez, gentilmente.

— Foi atingida por trás — disse ele, brevemente. — A bala passou direto por ela.

Então voltou-se para Jimmy Allenson. A ferida ali era no peito, e a bala estava alojada no corpo.

John Porter veio na direção deles.

— Nada deve ser tocado — disse ele, com severidade. — A polícia deve ver tudo exatamente como está agora.

— A polícia — disse Richard Scott. Seus olhos se iluminaram com uma chama repentina quando ele olhou para a mulher parada perto da cerca de azevinho. Ele deu um passo na direção dela, mas ao mesmo tempo John Porter também se moveu, de modo a barrar o caminho dele. Por um momento parecia que havia um duelo de olhares entre os dois amigos.

Porter balançou a cabeça de leve.

— Não, Richard — disse ele. — Pode parecer que sim, mas você está errado.

Richard Scott falou com dificuldade, umedecendo os lábios secos.

— Então por que ela está com isso na mão?

E novamente Iris Staverton disse, no mesmo tom sem vida:

— Eu... peguei.

— A polícia — disse Unkerton, levantando-se. — Devemos chamar a polícia... imediatamente. Você pode telefonar, Scott? Alguém deveria ficar aqui... Sim, tenho certeza de que alguém deveria ficar aqui.

Com seu jeito calmo e cavalheiresco, Mr. Satterthwaite se ofereceu para fazê-lo. Seu anfitrião aceitou a oferta com evidente alívio.

— As senhoras — explicou. — Devo dar a notícia às senhoras, Lady Cynthia e minha querida esposa.

Mr. Satterthwaite ficou no Jardim Privado olhando para o corpo do que um dia havia sido Moira Scott.

— Pobre criança — disse para si mesmo. — Pobre criança...

Ele citou para si mesmo o ditado sobre o mal que os homens causam viver depois deles. Pois não foi Richard Scott, de certa forma, responsável pela morte da esposa inocente? Eles enforcariam Iris Staverton, ele supôs, não que gostasse de pensar nisso, mas não era pelo menos uma parte da culpa que ele pôs no colo do homem? O mal que os homens causam...

E a garota, a garota inocente, havia pagado.

Ele olhou para ela com uma pena muito profunda. Seu rostinho, tão branco e melancólico, ainda com um meio sorriso nos lábios. O cabelo dourado despenteado, a orelha delicada. Havia uma mancha de sangue no lóbulo dela. Sentindo-

-se um pouco como um detetive, Mr. Satterthwaite deduziu que houvesse um brinco, que tivesse rasgado a orelha quando ela caíra. Ele esticou o pescoço para a frente. Sim, ele estava certo, havia uma pequena gota de pérola pendurada na outra orelha.

Pobre criança, pobre criança.

— E agora, senhor — disse Inspetor Winkfield.

Eles estavam na biblioteca. O inspetor, um homem forte e astuto de 40 e poucos anos, estava concluindo suas investigações. Ele interrogara a maioria dos convidados, e agora já havia tirado suas conclusões quanto ao caso. Estava ouvindo o que Major Porter e Mr. Satterthwaite tinham a dizer. Mr. Unkerton estava sentado pesadamente em uma cadeira, com um olhar esbugalhado para a parede oposta.

— Pelo que entendi, cavalheiros — disse o inspetor —, vocês tinham ido dar uma volta. Estavam voltando para a casa por um caminho que serpenteia pelo lado esquerdo do que eles chamam de Jardim Privado. Isso está correto?

— Muito correto, inspetor.

— Vocês ouviram dois tiros e o grito de uma mulher?

— Sim.

— Então correram o mais rápido que puderam, saíram do bosque e foram até a entrada do Jardim Privado. Se alguém tivesse saído daquele jardim, só poderia tê-lo feito por uma entrada. Os arbustos de azevinho são intransitáveis. Se alguém tivesse corrido para fora do jardim e virado à direita, teria sido recebido por Mr. Unkerton e por Mr. Scott. Se tivesse virado para a esquerda, não poderia ter feito isso sem ser visto pelos senhores. Isso está certo?

— Isso mesmo — disse Major Porter. Seu rosto estava muito branco.

— Isso parece resolver o problema — disse o inspetor. — Mr. e Mrs. Unkerton e Lady Cynthia Drage estavam sentados no gramado, e Mr. Scott estava na sala de bilhar que dá para aquele gramado. Às 18h10, Mrs. Staverton saiu da casa, falou uma ou duas palavras para os que estavam ali sentados e dobrou a esquina da casa em direção ao Jardim Privado. Dois minutos depois, ouviram-se os tiros. Mr. Scott saiu correndo da casa e, junto de Mr. Unkerton, correu para o Jardim Privado. Ao mesmo tempo, o senhor e Mr.... hmm... Satterthwaite chegaram da direção oposta. Mrs. Staverton estava no Jardim Privado com uma pistola em mãos, da qual haviam sido disparados dois tiros. Pelo que vejo, ela atirou na moça por trás enquanto ela estava sentada no banco. Então Capitão Allenson saltou e foi até ela, e ela atirou no peito dele quando ele veio em sua direção. Entendo que tenha havido uma... hmm... ligação anterior entre ela e Mr. Richard Scott...

— Isso é uma grande mentira — disse Porter.

Sua voz soou rouca e desafiadora. O inspetor não disse nada, apenas balançou a cabeça.

— O que ela diz? — perguntou Mr. Satterthwaite.

— Ela diz que foi ao Jardim Privado para ficar um pouco em silêncio. Pouco antes de contornar a última cerca viva, ouviu os tiros. Ela fez a curva, viu a pistola a seus pés e a pegou. Ninguém passou por ela, e ela não viu ninguém no jardim além das duas vítimas. — O inspetor fez uma pausa eloquente. — Isso é o que ela diz, e embora eu a tenha advertido, ela insistiu em dar uma declaração.

— Se ela disse isso — disse Major Porter, e seu rosto ainda estava mortalmente pálido —, ela estava falando a verdade. Conheço Iris Staverton.

— Bem, senhor — disse o inspetor — haverá muito tempo para discutir tudo isso mais tarde. Enquanto isso, tenho meu dever a cumprir.

Com um movimento abrupto, Porter virou-se para Mr. Satterthwaite.

— O senhor! Não pode ajudar? Não pode fazer alguma coisa?

Mr. Satterthwaite não pôde deixar de sentir-se imensamente lisonjeado. Haviam apelado a ele, ele, o mais insignificante dos homens, e um homem como John Porter.

Ele estava prestes a dar uma resposta lamentando, quando o mordomo, Thompson, entrou trazendo um cartão em uma bandeja que levou ao seu mestre, limpando a garganta como que para se desculpar. Mr. Unkerton ainda estava sentado encolhido em uma cadeira, sem tomar parte nos procedimentos.

— Eu disse ao cavalheiro que o senhor provavelmente não poderia vê-lo, senhor — disse Thompson. — Mas ele insistiu que tinha um horário marcado e que era muito urgente.

Unkerton pegou o cartão.

— Mr. Harley Quin — ele leu. — Eu me lembro, ele vinha me ver a respeito de uma foto. Realmente marquei um encontro, mas do jeito que as coisas estão...

Mas Mr. Satterthwaite teve um sobressalto.

— Mr. Harley Quin, você disse? — exclamou ele. — Que extraordinário, que extraordinário. Major Porter, o senhor me perguntou se eu poderia ajudá-lo. Eu acho que posso. Esse Mr. Quin é um amigo. Ou, devo dizer, um conhecido meu. Ele é um homem notável.

— Um desses detetives amadores, suponho — comentou o inspetor com desprezo.

— Não — disse Mr. Satterthwaite. — Ele não é esse tipo de homem, de forma alguma. Mas ele tem um poder, um poder quase misterioso, de mostrar o que se viu com os próprio olhos e de tornar claro o que se ouviu com os próprios ouvidos. De qualquer forma, vamos dar a ele um resumo do caso e ouvir o que ele tem a dizer.

Mr. Unkerton olhou para o inspetor, que apenas bufou e olhou para o teto. Então deu um breve aceno de cabeça para Thompson, que saiu da sala e voltou trazendo um estranho alto e magro.

— Mr. Unkerton? — O estranho apertou-lhe a mão. — Lamento me intrometer em tal momento. Precisaremos deixar nossa conversa para outra hora. Ah! Meu amigo, Mr. Satterthwaite. Ainda gosta de drama, como sempre?

Por um instante, um leve sorriso esboçou-se nos lábios do estranho enquanto dizia essas últimas palavras.

— Mr. Quin — disse Mr. Satterthwaite, impressionado —, temos um drama aqui, estamos no meio de um, e eu e meu amigo, Major Porter, gostaríamos de ter sua opinião a respeito.

Mr. Quin sentou-se. O abajur vermelho lançava uma larga faixa de luz colorida sobre o padrão xadrez de seu sobretudo e deixava seu rosto na sombra, quase como se ele usasse uma máscara.

De forma sucinta, Mr. Satterthwaite recitou os pontos principais da tragédia. Então fez uma pausa sem fôlego, esperando as palavras do oráculo.

Mas Mr. Quin apenas balançou a cabeça.

— Uma história triste — disse ele. — Uma tragédia muito triste e chocante. A falta de motivo torna tudo muito intrigante.

Unkerton olhou para ele.

— O senhor não entende — disse ele. — Mrs. Staverton foi ouvida ameaçando Richard Scott. Ela sentia um ciúme rancoroso da esposa dele. Ciúme...

— Concordo — disse Mr. Quin. — Ciúme ou Possessão Demoníaca. É tudo a mesma coisa. Mas o senhor me entendeu mal. Eu não estava me referindo ao assassinato de Mrs. Scott, mas ao de Capitão Allenson.

— Você tem razão! — exclamou Porter, saltando para a frente. — Tem uma falha aí. Se Iris tivesse pensado em atirar em Mrs. Scott, ela a teria encontrado sozinha em algum lugar. Não, estamos no caminho errado. E acho que vejo outra solução. Apenas aquelas três pessoas entraram no Jardim Privado. Isso é indiscutível e não pretendo contestá-lo. Mas reconstruo a tragédia de forma diferente. Supondo que Jimmy Allenson tenha atirado primeiro em Mrs. Scott e depois em si mesmo. Isso é possível, não é? Ele arremessa a pistola para longe enquanto cai. Mrs. Staverton a encontra caída no chão e a pega, exatamente como ela disse. Que tal isso?

O inspetor balançou a cabeça.

— Não serve, Major Porter. Se Capitão Allenson tivesse disparado aquele tiro perto do próprio corpo, o tecido teria sido chamuscado.

— Ele pode ter segurado a pistola à distância de um braço.

— Por que ele faria isso? Não faz nenhum sentido. Além disso, não há motivo.

— Ele pode ter enlouquecido de repente — murmurou Porter, mas sem grande convicção.

Ele caiu em silêncio novamente, de repente se levantando para dizer, desafiador:

— Bem, Mr. Quin?

Este último balançou a cabeça.

— Eu não sou um mágico. Não sou nem mesmo um criminologista. Mas vou lhe dizer uma coisa: acredito no valor das impressões. Em qualquer período de crise, há sempre um momento que se destaca de todos os outros, uma imagem que permanece quando tudo desvanece. Mr. Satterthwaite, penso eu, é provavelmente o observador mais imparcial dos presentes. Poderia recuar na memória, Mr. Satterthwaite, e nos contar o momento que mais o impressionou? Foi quando ouviu os tiros? Foi quando o senhor viu os cadáveres? Foi quando observou a pistola na mão de Mrs. Staverton? Limpe sua mente de qualquer julgamento preconcebido e conte-nos.

Mr. Satterthwaite fixou os olhos no rosto de Mr. Quin, mais ou menos como um estudante repetiria uma lição da qual não tivesse certeza.

— Não — disse ele lentamente. — Não foi nada disso. O momento de que sempre me lembrarei foi depois, quando fiquei sozinho com os corpos, olhando para Mrs. Scott. Ela estava deitada de lado. Seu cabelo estava bagunçado. Havia uma mancha de sangue em sua pequena orelha.

E instantaneamente, ao dizer isso, ele sentiu que havia dito uma coisa incrível, significativa.

— Sangue na orelha dela? Sim, eu me lembro — disse Unkerton lentamente.

— O brinco dela deve ter sido arrancado quando ela caiu — explicou Mr. Satterthwaite.

Mas soou um pouco improvável quando ele disse isso.

— Ela estava deitada do lado esquerdo — disse Porter. — Suponho que tenha sido essa orelha?

— Não — disse Mr. Satterthwaite rapidamente. — Era a orelha direita dela.

O inspetor tossiu.

— Encontrei isso na grama — adiantou-se. Ele ergueu um pedaço de uma argola de ouro.

— Mas meu Deus, homem — gritou Porter. — Isso não pode ter sido despedaçado por uma simples queda. É mais como se tivesse sido atingido por uma bala.

— Assim foi — exclamou Mr. Satterthwaite. — Foi uma bala. Tem que ter sido.

— Foram apenas dois tiros — disse o inspetor. — Um tiro não pode tê-la atingido de raspão na orelha e nas costas também. E se um tiro arrancou o brinco e o segundo tiro a matou, não pode ter matado também o capitão... a menos que ele estivesse bem em frente a ela, muito perto... encarando-a, na verdade... Ah! Não, nem mesmo assim, a menos que, isto é...

— A menos que ela estivesse nos braços dele, você ia dizer — disse Mr. Quin, com um sorrisinho estranho. — Bem, por que não?

Todos se encararam. A ideia era tão essencialmente estranha para eles... Allenson e Mrs. Scott. Mr. Unkerton expressou o mesmo sentimento.

— Mas eles mal se conheciam — disse ele.

— Não sei — disse Mr. Satterthwaite, pensativo. — Talvez se conhecessem melhor do que imaginávamos. Lady Cynthia disse que ele a salvou do tédio no Egito no inverno passado, e o senhor — ele se virou para Porter —, o senhor me disse que Richard Scott conhecera a esposa no Cairo no inverno passado. Eles podem ter se conhecido muito bem lá fora...

— Eles não pareciam ficar muito juntos — disse Unkerton. — Não, eles na verdade se evitavam. Era quase antinatural, agora que penso nisso...

Todos olharam para Mr. Quin, como se estivessem um pouco assustados com as conclusões a que haviam chegado tão inesperadamente.

Mr. Quin levantou-se.

— Vejam só — disse ele — o que as impressões de Mr. Satterthwaite fizeram por nós. — Ele se virou para Unkerton. — É a sua vez agora.

— Hein? Não compreendo o senhor.

— O senhor foi muito atencioso quando entrei nesta sala. Gostaria de saber exatamente qual pensamento o acompanha. Não importa se não tiver nada a ver com a tragédia. Não importa se lhe parecer... supersticioso... — Mr. Unkerton ficou levemente sobressaltado ao escutar isso. — Diga-nos.

— Não me importo em falar — disse Unkerton. — Embora não tenha nada a ver com esse negócio, e você provavelmente vai rir de mim. Eu estava desejando que minha esposa tivesse deixado a coisa como estava, e não substituído aquela vidraça na janela mal-assombrada. Sinto como se isso tivesse trazido uma maldição sobre nós.

Ele não conseguia entender por que os dois homens diante dele o olhavam daquele jeito.

— Mas ela ainda não a substituiu — disse enfim Mr. Satterthwaite.

— Sim, ela substituiu, sim. O homem veio logo de manhã.

— Meu Deus! — disse Porter. — Começo a entender. Aquele quarto é revestido com painéis, suponho, e não com papel?

— Sim, mas o que isso...?

Mas Porter tinha saído da sala. Os outros o seguiram. Ele subiu direto para o quarto dos Scott. Era um quarto encantador, com painéis de cor creme e duas janelas voltadas para o sul. Porter apalpou com as mãos os painéis da parede voltada para oeste.

— Há uma mola em algum lugar, tem que haver. Ah!

Ouviu-se um clique, e uma parte do painel se abriu. Revelava as vidraças encardidas da janela assombrada. Um dos painéis de vidro estava limpo e novo. Porter abaixou-se rapidamente e pegou alguma coisa. Ele a segurou na palma da mão. Era um fragmento de pena de avestruz. Então ele olhou para Mr. Quin. Mr. Quin assentiu.

Ele foi até o armário de chapéus no quarto. Havia vários chapéus nele: os chapéus da mulher morta. Ele pegou um com uma aba grande e penas onduladas, um elaborado chapéu Ascot.

Mr. Quin começou a falar em uma voz gentil e reflexiva.

— Suponhamos — disse Mr. Quin — um homem que seja de natureza intensamente ciumenta. Um homem que tenha ficado aqui em anos passados e conheça o segredo da mola nos painéis. Para se divertir, ele a abre um dia e olha para o Jardim Privado. Lá, pensando que estão seguros e que ninguém está olhando, estão sua esposa e outro homem. Não há dúvida possível na mente dele quanto às relações entre eles. Ele fica louco de raiva. O que ele deve fazer? Uma ideia lhe ocorre. Ele vai até o armário e coloca o chapéu com a aba e as penas. Anoitece e ele se lembra da história da mancha no vidro. Qualquer um que olhar para a janela pensará estar vendo o Cavaleiro Vigilante. Assim seguro, ele os observa e, no momento em que estão nos braços um do outro, ele atira. Ele é um bom atirador, um ótimo atirador. Quando eles caem, ele atira outra vez, e esse tiro arranca o brinco. Ele joga a pistola pela janela para o Jardim Privado, desce as escadas correndo e sai pela sala de bilhar.

Porter deu um passo em direção a ele.

— Mas ele a deixou ser acusada! — gritou. — Ele ficou parado e deixou que ela fosse acusada. Por quê? Por quê?

— Acho que sei por quê — disse Mr. Quin. — Imagino, e é apenas um palpite da minha parte, veja bem, que Richard Scott já tenha sido loucamente apaixonado por Iris Staverton. Tão loucamente que mesmo encontrá-la anos depois despertou as brasas do ciúme novamente. Posso dizer que Iris

Staverton certo dia imaginou que poderia amá-lo, que ela saiu numa caçada com ele e mais outro... e que ela voltou apaixonada pelo melhor homem.

— O melhor homem — murmurou Porter, atordoado. — Você quer dizer...?

— Sim — disse Mr. Quin, com um leve sorriso. — Quis dizer o senhor.

Ele parou um minuto e então disse:

— Se eu fosse o senhor, iria até ela agora.

— Eu vou — disse Porter.

Ele se virou e saiu do quarto.

Capítulo 3

Na estalagem Losango & Guizos

Mr. Satterthwaite estava aborrecido. De modo geral, havia sido um dia infeliz. Eles haviam partido tarde, dois pneus já haviam furado, por fim tomaram o caminho errado e se perderam no meio dos ermos de Salisbury Plain. Agora eram quase vinte horas, eles ainda estavam a cerca de quarenta milhas de Marswick Manor, para onde estavam indo, e um terceiro pneu havia furado, para tornar as coisas ainda mais difíceis.

Mr. Satterthwaite, parecendo um passarinho cuja plumagem fora eriçada, andava de um lado para o outro em frente ao mecânico do vilarejo, enquanto o seu motorista conversava baixinho com o especialista local.

— Meia hora, pelo menos — disse o digníssimo, dando seu veredicto.

— E se der sorte — completou Masters, o motorista. — Está mais para 45 minutos, na minha opinião.

— Que... lugar é esse, afinal? — perguntou Mr. Satterthwaite, irritado. Sendo um pequeno cavalheiro atencioso com os sentimentos dos outros, ele usou a palavra "lugar" em vez de dizer "buraco esquecido por Deus", que primeiro havia brotado em seus lábios.

— Kirtlington Mallet.

Isso não deixou Mr. Satterthwaite mais esclarecido, mas o nome lhe soava levemente familiar. Ele olhou ao redor com desprezo. Kirtlington Mallet parecia ser constituída de uma rua desigual, tendo de um lado a oficina e o correio, espelhados por três lojas indeterminadas do outro lado. Mais adiante na estrada, porém, Mr. Satterthwaite percebeu algo que rangia e balançava ao vento, e seu ânimo se elevou ligeiramente.

— Há uma estalagem ali, pelo que vejo — observou ele.

— Losango & Guizos — disse o mecânico. — É logo ali.

— Se eu puder fazer uma sugestão, senhor — disse Masters —, por que não dar uma chance? Eles certamente poderiam lhe servir algum tipo de refeição. Não seria, claro, o que o senhor está acostumado a comer. — Ele fez uma pausa, como que se desculpando, pois Mr. Satterthwaite estava acostumado ao melhor da cozinha europeia continental e tinha a seu serviço um chef do Le Cordon Bleu, a quem pagava um salário fabuloso.

— Não poderemos pegar a estrada novamente por mais uns 45 minutos, senhor. Disso tenho certeza. E já passa das vinte horas. O senhor poderia ligar da estalagem para Sir George Foster e informá-lo sobre a causa de nosso atraso.

— Você parece crer que consegue consertar tudo, Masters — disse Mr. Satterthwaite rapidamente.

Masters, que realmente pensava isso, manteve um silêncio respeitoso.

Mr. Satterthwaite, apesar do sincero desejo de desconsiderar qualquer sugestão que viessem a lhe fazer — era esse o estado de espírito dele —, não obstante olhou para a estradinha na direção da placa da estalagem rangendo com um sentimento íntimo de aprovação. Ele era um homem com estômago de passarinho, um epicurista, mas mesmo homens assim podem ficar famintos.

— A Losango & Guizos — disse ele, pensativo. — É um nome estranho para uma estalagem. Não creio jamais ter escutado antes.

— Tem um povo estranho que frequenta o local — disse o mecânico.

Ele estava curvado sobre a roda, e a voz saiu abafada e indistinta.

— Povo estranho? — perguntou Mr. Satterthwaite. — Ora, o que quer dizer com isso?

O outro mal parecia saber o que estava dizendo.

— Gente que vem e vai. Esse tipo — disse, vagamente.

Mr. Satterthwaite ponderou que pessoas que vão a uma estalagem são necessariamente quase sempre aquelas que "vêm e vão". Essa definição parecia-lhe imprecisa. Mesmo assim, a curiosidade dele foi atiçada. De todo modo, teria que esperar 45 minutos. A Losango & Guizos serviria, tanto quanto qualquer outro lugar.

Com os habituais passinhos curtos, ele foi descendo a rua. De longe veio um tremor de trovão. O mecânico ergueu o rosto e falou para Masters:

— Tem uma tempestade vindo aí. Consigo sentir no ar.

— Caramba — disse Masters. — E ainda temos quarenta milhas de estrada.

— Ah! — disse o outro. — Não há necessidade de apressar esse trabalho. Vocês não vão querer pegar a estrada antes de a tempestade ter passado. Aquele seu chefinho não parece ser do tipo que gosta de ficar exposto a raios e trovões.

— Espero que o tratem bem naquele lugar — murmurou o motorista. — Eu mesmo vou dar um pulo lá para um lanchinho.

— Billy Jones é gente boa — disse o mecânico. — Tem um bom cardápio.

Mr. William Jones, um grandalhão de 50 anos e proprietário da Losango & Guizos, estava naquele instante sorrindo servilmente para o pequeno Mr. Satterthwaite.

— Posso lhe fazer um belo filé, senhor... *e* batatas fritas, e um queijo que agrada a qualquer cavalheiro. Por aqui, senhor, na sala de café. Não estamos muito cheios no momento, o último dos pescadores já se foi. Logo mais estaremos lotados de novo, para a caçada. Há apenas um cavalheiro aqui no momento, chamado Quin...

Mr. Satterthwaite estacou.

— Quin? — disse, animado. — Você disse Quin?

— Isso mesmo, senhor. Amigo seu?

— Sim, de fato. Ah! Sim, com certeza. — Arrulhando de entusiasmo, Mr. Satterthwaite não considerava que o mundo pudesse conter mais de um homem com esse nome. Ele não tinha dúvidas. De uma maneira estranha, a informação se encaixava com o que o mecânico havia dito. "Gente que vem e vai...", uma descrição muito adequada de Mr. Quin. E o nome da estalagem também parecia peculiarmente adequado e apropriado.

— Minha nossa, minha nossa — disse Mr. Satterthwaite.

— Que coisa *mais estranha* que venhamos a nos encontrar assim! Mr. Harley Quin, não é?

— Isso mesmo, senhor. Esta é a sala de café, senhor. Ah! Ali está o cavalheiro.

Alta, morena, sorridente, a figura familiar de Mr. Quin levantou-se da mesa em que estava sentada e aquela voz familiar falou.

— Ah! Mr. Satterthwaite, nos encontramos novamente. Um encontro inesperado!

Mr. Satterthwaite apertava calorosamente a mão dele.

— Encantado. Encantado, tenho certeza. Um golpe de sorte para mim. Meu carro, sabe. E o senhor ficará aqui? Por muito tempo?

— Somente uma noite.

— Então eu sou realmente afortunado.

Mr. Satterthwaite sentou-se em frente ao amigo com um pequeno suspiro de satisfação e olhou para o rosto moreno e sorridente à frente com uma expectativa agradável.

O outro homem balançou a cabeça suavemente.

— Asseguro-lhe — disse ele — que não tenho um aquário com peixinhos dourados ou um coelho para tirar da manga.

— Que pena — exclamou Mr. Satterthwaite, um pouco surpreso. — Sim, devo confessar, realmente adoto essa postura em relação ao senhor. Um tipo mágico. Ha, ha. É assim que o considero. Um tipo mágico.

— E, no entanto — disse Mr. Quin —, é o senhor quem faz os truques de mágica, não eu.

— Ah! — disse Mr. Satterthwaite com ansiedade. — Mas não posso fazê-los sem o senhor. Me falta... digamos... inspiração?
Mr. Quin balançou a cabeça, sorrindo.
— Essa é uma palavra muito grande. Eu dou a deixa, só isso.
O proprietário entrou naquele instante com pão e um pedaço de manteiga amarela. Quando colocou as coisas na mesa, houve um clarão vívido de relâmpago e um trovão bem próximo.
— Uma noite violenta, cavalheiros.
— Em uma noite assim... — começou Mr. Satterthwaite, então parou.
— Ora, que curioso — disse o senhorio, inconsciente da pergunta —, essas eram justamente as palavras que eu ia usar. Foi em uma noite assim que Capitão Harwell trouxe a noiva para casa, um dia antes de desaparecer para sempre.
— Ah! — exclamou Mr. Satterthwaite de repente. — Claro!
Ele pegou a pista. Sabia agora por que o nome Kirtlington Mallet lhe era familiar. Três meses antes havia lido todos os detalhes do espantoso desaparecimento de Capitão Richard Harwell. Como outros leitores de jornais de toda a Grã-Bretanha, ele havia ficado intrigado com os detalhes do desaparecimento e, também como todos os outros britânicos, havia desenvolvido as próprias teorias.
— Claro — repetiu ele. — Foi em Kirtlington Mallet que aconteceu.
— Foi nesta casa que ele ficou para a caçada no inverno passado — disse o proprietário. — Ah! Eu o conhecia bem. Um cavalheiro jovem e bonito, e do tipo que não se preocupa com nada no mundo. Deram um fim nele, é o que penso. Muitas vezes eu os vi voltando para casa juntos, a cavalo, ele e Miss Le Couteau, e todo o vilarejo dizia que eles formavam um belo casal. Com certeza, foi o que aconteceu. Uma jovem muito bonita, e muito estimada, apesar de ser canadense e desconhecida. Ah! Há algum mistério sombrio aí. Nunca saberemos direito isso. Partiu o coração dela, com certeza. O senhor já deve ter ouvido falar que ela vendeu o lugar e foi para o exterior, não suportava continuar aqui com todo mun-

do olhando e apontando para ela, e não por culpa dela, pobre querida! Um mistério sombrio, é isso o que é.

Ele balançou a cabeça, e de repente, lembrando-se dos deveres, saiu apressado da sala.

— Um mistério sombrio — disse Mr. Quin, suavemente.

A voz era provocativa aos ouvidos de Mr. Satterthwaite.

— O senhor está insinuando que podemos resolver um mistério em que a Scotland Yard falhou? — ele perguntou diretamente.

O outro fez um gesto característico.

— Por que não? O tempo passou. Três meses. Isso faz uma diferença.

— Essa é uma ideia curiosa sua — disse Mr. Satterthwaite lentamente. — De que se percebe os fatos com mais clareza depois do ocorrido.

— Quanto mais tempo decorre, mais as coisas tomam a devida proporção. É possível perceber a verdadeira relação entre os fatos.

Houve um silêncio que durou alguns minutos.

— Não tenho certeza — disse Mr. Satterthwaite, em um tom hesitante — de que me lembro dos fatos com clareza a essa altura.

— Acho que o senhor se lembra, sim — disse Mr. Quin baixinho.

Foi todo o incentivo de que Mr. Satterthwaite precisava. Seu papel costumeiro na vida era o de ouvinte e espectador. Só na companhia de Mr. Quin a situação se invertia. Ali, Mr. Quin era o ouvinte agradecido, e Mr. Satterthwaite ocupava o centro do palco.

— Foi há pouco mais de um ano que Ashley Grange passou para a posse de Miss Eleanor Le Couteau — contou ele. — É uma casa antiga e bonita, mas foi negligenciada e ficou abandonada por muitos anos. Não poderia ter encontrado uma castelã melhor. Miss Le Couteau era franco-canadense, os antepassados eram emigrados da Revolução Francesa e legaram-lhe uma coleção de relíquias e antiguidades francesas quase inestimáveis. Ela era uma compradora e também uma colecionadora, com um gosto muito fino e exigente. Tanto que, quando decidiu vender Ashley Grange e tudo o que continha depois da tragédia, Mr. Cyrus G. Bradburn, o milionário americano, não hesitou em pagar o preço extravagante de 60 mil libras por Grange do jeito que estava.

Mr. Satterthwaite fez uma pausa.

— Menciono essas coisas — disse ele, desculpando-se — não porque sejam relevantes para a história, e estritamente falando, não são, mas para transmitir uma atmosfera, a atmosfera da jovem Mrs. Harwell.

Mr. Quin assentiu.

— A atmosfera é sempre valiosa — disse ele gravemente.

— Então temos uma ideia dessa garota — continuou o outro. — Apenas 23 anos, morena, bonita, realizada, sem impolidez ou qualquer traço rude. E rica, não devemos esquecer isso. Ela era órfã. Mrs. St. Clair, uma senhora de educação e posição social irrepreensíveis, vivia com ela como dama de companhia. Mas Eleanor Le Couteau tinha o controle total da própria fortuna. E caça-dotes não são difíceis de se encontrar. Via-se no mínimo uma dezena de jovens sem recursos pendurados ao redor dela em todas as ocasiões, no campo de caça, no salão de baile, aonde quer que ela fosse. O jovem Lorde Leccan, o melhor partido da região, pediu-a em casamento, mas ela permaneceu com o coração livre. Isto é, até a chegada de Capitão Richard Harwell.

"Capitão Harwell havia se hospedado na pousada local para a caça. Ele era um cavaleiro elegante que caçava com cães. Um sujeito bonito e risonho. O senhor se lembra do velho ditado, Mr. Quin? 'Só é feliz o namoro que dura pouco.' O ditado foi cumprido pelo menos em parte. No final de dois meses, Richard Harwell e Eleanor Le Couteau estavam noivos.

"O casamento aconteceu três meses depois. O casal feliz foi para o exterior para uma lua de mel de duas semanas e depois voltou para residir em Ashley Grange. O senhorio acaba de nos dizer que foi numa noite de tempestade como esta que eles voltaram para casa. Um presságio, eu me pergunto? Quem poderia dizer? Seja como for, na manhã seguinte, bem cedo, por volta das 7h30, Capitão Harwell foi visto andando no jardim por um dos jardineiros, John Mathias. Ele estava com a cabeça descoberta e assobiava. Temos aí uma ideia, uma ideia de despreocupação, de felicidade descuidada. E, no entanto, depois daquele minuto, até onde sabemos, ninguém mais viu Capitão Richard Harwell novamente."

Mr. Satterthwaite fez uma pausa, agradavelmente consciente de um momento dramático. O olhar de admiração de Mr. Quin foi o elogio de que ele precisava, e ele continuou.

— O desaparecimento foi notável, inexplicável. Foi somente no dia seguinte que a esposa preocupada chamou a polícia. Como o senhor sabe, eles não conseguiram resolver o mistério.

— Suponho que tenha havido teorias? — perguntou Mr. Quin.

— Oh! Teorias, garanto que sim. A teoria número 1 era que Capitão Harwell havia sido assassinado, que haviam dado um fim nele. Mas se fosse isso, onde estaria o corpo? Dificilmente poderia ter sido levado embora. E, além disso, que motivo haveria? Até onde se sabia, Capitão Harwell não tinha um inimigo no mundo.

Ele fez uma pausa abrupta, como se estivesse incerto. Mr. Quin se inclinou para a frente.

— O senhor está pensando — ele disse suavemente — no jovem Stephen Grant.

— Estou — admitiu Mr. Satterthwaite. — Stephen Grant, se bem me lembro, estava encarregado dos cavalos de Capitão Harwell e foi dispensado por seu mestre por um erro insignificante. Na manhã seguinte após o casal voltar para casa, muito cedo, Stephen Grant foi visto nas imediações de Ashley Grange, e não pôde dar uma boa explicação de sua presença ali. Ele foi detido pela polícia como parte envolvida no desaparecimento de Capitão Harwell, mas nada pôde ser provado contra ele, então acabou sendo dispensado. É verdade que poderia guardar algum rancor de Capitão Harwell pela demissão sumária, mas o motivo era inegavelmente dos mais frágeis. Imagino que a polícia tenha sentido que precisava fazer alguma coisa. Veja só, como eu disse há pouco, Capitão Harwell não tinha um inimigo no mundo.

— Até onde se sabe — disse Mr. Quin, pensativo.

Mr. Satterthwaite assentiu com apreço.

— Estamos chegando lá. O que, afinal, *se sabia* de Capitão Harwell? Quando a polícia veio investigar os antecedentes, viu-se diante de uma singular escassez de informações. Quem era Richard Harwell? De onde ele vinha? Ele havia surgido literalmente do nada, ao que parecia. Era um cavaleiro magnífico e aparentemente bem de vida. Ninguém em Kirtlington Mallet se deu ao trabalho de perguntar mais. Miss Le Couteau não tinha pais ou responsáveis para fazer perguntas sobre as perspectivas e a situação do noivo. Ela era senhora de si. A teoria da polícia nesse ponto era bastante clara. Uma garota rica e um impostor insolente. A velha história!

"Mas não foi bem isso. É verdade que Miss Le Couteau não tinha pais nem tutores, mas havia uma excelente firma de advogados em Londres que agia por ela. A evidência deles tornou o mistério mais profundo. Eleanor Le Couteau desejara pagar uma quantia ao futuro marido, mas ele havia recusado. Ele próprio estava bem, declarou. Foi provado conclusivamente que Harwell nunca teve um centavo do dinheiro da esposa. A fortuna dela estava absolutamente intacta.

"Ele não era, então, um vigarista comum, mas será que o objetivo era refinar sua arte? Ele proporia chantagem em alguma data futura se Eleanor Harwell desejasse se casar com outro homem? Admito que algo desse tipo me pareceu a solução mais provável. Sempre me pareceu assim... até esta noite."

Mr. Quin se inclinou para a frente, incitando-o.

— Esta noite?

— Esta noite. Não me dou por satisfeito com isso. Como ele conseguiu desaparecer tão completamente e de modo repentino àquela hora da manhã, com cada trabalhador se movendo e correndo para o trabalho? E de cabeça descoberta também.

— Não há dúvida sobre o último ponto, porque o jardineiro o viu?

— Sim... o jardineiro... John Mathias. Havia alguma coisa ali, eu me pergunto?

— A polícia não o deixaria passar — disse Mr. Quin.

— Eles o interrogaram de perto. Ele nunca hesitou em sua declaração. A esposa confirmou. Ele saiu de casa às sete para cuidar das estufas, voltou às 7h40. Os criados da casa ouviram a porta da frente bater por volta das 7h15. Isso marca a hora em que Capitão Harwell saiu de casa. Ah! Sim, eu sei o que está pensando.

— Sabe mesmo, será? — disse Mr. Quin.

— Imagino que sim. Tempo suficiente para Mathias ter dado fim no seu patrão. Mas por que, homem, por quê? E se sim, onde ele escondeu o corpo?

O senhorio entrou trazendo uma bandeja.

— Desculpe por tê-los feito aguardar tanto, cavalheiros.

Ele colocou sobre a mesa um bife colossal e ao lado dele um prato cheio até transbordar de batatas crocantes. O aroma dos pratos era agradável às narinas de Mr. Satterthwaite. Ele se sentiu em estado de graça.

— Isso parece excelente — disse ele. — Excelente. Estávamos discutindo o desaparecimento de Capitão Harwell. O que aconteceu com o jardineiro, Mathias?

— Aceitou um trabalho em Essex, acredito. Não se importou em ficar por aqui. Havia alguns que olhavam de lado para ele, se é que me entende. Não que eu acredite que ele tenha tido algo a ver com isso.

Mr. Satterthwaite serviu-se do bife. Mr. Quin seguiu o exemplo. O senhorio parecia disposto a ficar e conversar. Mr. Satterthwaite não fez objeções, pelo contrário.

— Agora, esse Mathias — disse ele. — Que tipo de homem ele era?

— Sujeito de meia-idade, deve ter sido um tipo forte no passado, mas curvado e debilitado pelo reumatismo. Tinha essa doença terrível, ficou muitas vezes acamado por causa dela, incapaz de fazer qualquer trabalho. De minha parte, acho que foi pura bondade de Miss Eleanor mantê-lo. Ele havia deixado de ter utilidade como jardineiro, embora a esposa conseguisse ser útil na casa. Ela havia sido cozinheira e estava sempre disposta a ajudar.

— Que tipo de mulher ela era? — perguntou Mr. Satterthwaite rapidamente.

A resposta do proprietário o desapontou.

— Do tipo sem graça. De meia-idade e modos austeros. Surda também. Não que eu soubesse muito deles. Eles estavam aqui havia apenas um mês, veja bem, quando a coisa aconteceu. Dizem, porém, que ele foi um jardineiro excepcional em sua época. Miss Eleanor tinha ótimas referências dele.

— Ela se interessava por jardinagem? — perguntou Mr. Quin, suavemente.

— Não, senhor, eu não poderia dizer que se interessasse, não como algumas das senhoras por aqui, que pagam um bom dinheiro a jardineiros e passam o tempo todo cavando de joelhos também. Tolice, na minha opinião. O senhor veja, Miss Le Couteau não ficava muito aqui, exceto no inverno, para caçar. O resto do tempo ela ficava em Londres e viajava para fora, para aqueles lugares estrangeiros à beira-mar onde dizem que as senhoras francesas não colocam um dedo do pé na água por medo de estragar os trajes de banho, ou pelo menos foi o que ouvi dizer.

Mr. Satterthwaite sorriu.

— Não havia... hmm... mulher de qualquer tipo envolvida com Capitão Harwell? — perguntou ele.

Embora a primeira teoria dele tivesse sido descartada, ele se apegou à essa ideia.

Mr. William Jones balançou a cabeça.

— Nada desse tipo. Nunca houve boato a respeito. Não, é um mistério sombrio, é isso o que é.

— E sua teoria? O que o senhor acha? — insistiu Mr. Satterthwaite.
— O que eu acho?
— Sim.
— Não sei o que pensar. Acredito que ele tenha sido morto, mas por quem eu não sei dizer. Vou buscar o queijo para vocês, cavalheiros.

Ele saiu da sala carregando pratos vazios. A tempestade, que vinha se acalmando, de repente irrompeu com vigor redobrado. Um clarão de relâmpago bifurcado e um grande trovão, um após o outro, fizeram o pequeno Mr. Satterthwaite pular, e antes que os últimos ecos do trovão se extinguissem, uma garota entrou na sala carregando o queijo anunciado.

Ela era alta, de cabelos escuros, e bonita de um jeito taciturno. A semelhança com o proprietário da Losango & Guizos era evidência suficiente para proclamá-la filha dele.

— Boa noite, Mary — disse Mr. Quin. — Uma noite tempestuosa, essa.

Ela assentiu.

— Odeio noites assim — murmurou ela.

— Você tem medo de trovão, será? — disse Mr. Satterthwaite gentilmente.

— Medo de trovão? Eu não! Pouca coisa me dá medo. Não, mas a tempestade perturba as pessoas. Ficam falando, falando, a mesma coisa repetidamente, feito um monte de papagaios. Papai começa. "Isso me lembra, lembra sim, da noite, o pobre Capitão Harwell...", e assim por diante. — Ela se virou para Mr. Quin. — O senhor ouviu como ele fala. Qual é o sentido disso? Ninguém pode deixar as coisas do passado para trás?

— Uma coisa só é passada quando acaba — disse Mr. Quin.

— Isso não acabou? Suponha que ele quisesse desaparecer? Esses bons cavalheiros às vezes fazem isso.

— Você acha que ele desapareceu por vontade própria?

— Por que não? Faria mais sentido do que supor que uma criatura de bom coração como Stephen Grant o assassinou. Por que ele iria matá-lo, eu gostaria de saber? Stephen bebeu demais um dia e falou com ele de forma atrevida, e foi demitido por isso. Mas e daí? Ele conseguiu outro lugar tão bom quanto. Isso é motivo para matar um homem a sangue frio?

— Mas certamente — disse Mr. Satterthwaite — a polícia estava bastante satisfeita com sua inocência?

— A polícia! Que importa a polícia? Quando Stephen entra no bar à noite, todos os homens olham para ele de maneira estranha. Eles não acreditam realmente que ele tenha assassinado Harwell, mas não têm certeza, então olham de lado para ele e se afastam. Que vida para um homem, ver as pessoas se afastarem de você como se fosse algo diferente do resto delas. Por que papai não quer saber de nosso casamento, meu e de Stephen? "Você pode levar seus porcos para um mercado melhor, minha garota. Não tenho nada contra Stephen, mas... bem, nunca se sabe, não é?"

Ela parou, o peito arfando com a violência do ressentimento.

— É cruel, cruel, é isso que é — ela explodiu. — Stephen, ele não machucaria uma mosca! E por toda a vida haverá pessoas que pensarão que ele fez isso. Isso o está deixando estranho e amargo. Não estou supondo, tenho certeza. E quanto mais ele fica assim, mais as pessoas pensam que ele deve ter tido algo com isso.

Ela parou outra vez. Seus olhos estavam fixos no rosto de Mr. Quin, como se algo nele estivesse provocando essa explosão nela.

— E não se pode fazer nada? — disse Mr. Satterthwaite.

Ele estava sinceramente preocupado. Ele viu que a coisa era inevitável. A própria imprecisão e insatisfatoriedade das provas contra Stephen Grant tornava mais difícil para ele refutar a acusação.

A garota se virou para ele.

— Nada além da verdade pode ajudá-lo — exclamou ela. — Se Capitão Harwell fosse encontrado, se ele voltasse. Se a verdade a respeito disso viesse à tona...

Ela se interrompeu com algo muito parecido com um soluço e saiu rapidamente da sala.

— Uma garota bonita — disse Mr. Satterthwaite. — Um caso triste. Eu gostaria... gostaria muito que algo pudesse ser feito a respeito.

Seu coração bondoso estava perturbado.

— Estamos fazendo o possível — disse Quin. — Ainda temos quase meia hora antes que seu carro esteja pronto.

Mr. Satterthwaite o encarou.

— O senhor acha que podemos chegar à verdade apenas... conversando assim?

— O senhor viu muito da vida — disse Mr. Quin, com seriedade. — Mais do que a maioria das pessoas.

— A vida passou por mim — disse Mr. Satterthwaite amargamente.

— Mas ao fazer isso, aguçou sua visão. Onde outros são cegos, o senhor pode ver.

— É verdade — disse Mr. Satterthwaite. — Sou um grande observador. — Ele se emplumou, complacente. O momento de amargura havia passado.

— Eu vejo assim — disse ele depois de um minuto ou dois. — Para chegar à causa de uma coisa, devemos estudar o efeito.

— Muito bem — disse Mr. Quin com aprovação.

— O efeito neste caso é que Miss Le Couteau... Mrs. Harwell, quero dizer, é uma esposa, e, mesmo assim, não é uma esposa. Ela não é livre, não pode se casar novamente. E por onde quer que se olhe, vemos Richard Harwell como uma figura sinistra, um homem que veio do nada com um passado misterioso.

— Concordo — disse Mr. Quin. — O senhor está vendo o que todos ao redor acabam vendo, o que não se pode deixar de ver, Capitão Harwell no centro das atenções, uma figura suspeita.

Mr. Satterthwaite olhou para ele em dúvida. As palavras pareciam de alguma forma sugerir uma imagem ligeiramente diferente na mente dele.

— Estudamos o efeito — disse ele. — Ou o *resultado*, se preferir. Agora podemos passar à...

Mr. Quin o interrompeu.

— O senhor não tocou no resultado pelo lado estritamente material.

— Tem razão — disse Mr. Satterthwaite, depois de pensar por alguns instantes. — Deve-se ver a coisa minuciosamente. Digamos então que o resultado da tragédia seja que Mrs. Harwell é uma esposa e não é uma esposa, incapaz de se casar novamente, que Mr. Cyrus Bradburn tenha conseguido comprar Ashley Grange por... 60 mil libras, não é? E que alguém em Essex tenha conseguido contratar John Mathias como jardineiro! Apesar de tudo, não suspeitamos de que "alguém em Essex" ou Mr. Cyrus Bradburn tenha planejado o desaparecimento de Capitão Harwell.

— O senhor está sendo sarcástico — disse Mr. Quin.

Mr. Satterthwaite olhou para ele com atenção.

— Mas certamente o senhor concorda...?

— Ah! Concordo — disse Mr. Quin. — A ideia é absurda. O que mais?

— Vamos nos imaginar de volta ao dia fatal. O desaparecimento ocorreu, digamos, nesta mesma manhã.

— Não, não — disse Mr. Quin, sorrindo. — Já que, pelo menos em nossa imaginação, temos poder sobre o tempo, vamos virar para o outro lado. Digamos que o desaparecimento de Capitão Harwell tenha ocorrido há cem anos. Que nós, no ano 2025, estejamos olhando para trás.

— O senhor é um homem estranho — disse Mr. Satterthwaite devagar. — O senhor acredita no passado, e não no presente. Por quê?

— O senhor usou, não muito tempo atrás, a palavra atmosfera. Não há atmosfera no presente.

— Isso é verdade, talvez — disse Mr. Satterthwaite, pensativo. — Sim, é verdade. O presente tende a ser... paroquial.

— Uma boa palavra — disse Mr. Quin.

Mr. Satterthwaite fez uma reverência engraçada.

— O senhor é muito gentil — disse ele.

— Vamos escolher... não este ano, isso seria muito difícil, mas, digamos, o ano passado — continuou o outro. — Resuma para mim, o senhor que tem o dom da frase elegante.

Mr. Satterthwaite pensou por um minuto. Ele era zeloso de sua reputação.

— Cem anos atrás, temos a era do pó de arroz — disse ele. — Devemos dizer que 1924 foi a era das palavras cruzadas e dos arrombadores?

— Muito bem — aprovou Mr. Quin. — O senhor quer dizer isso nacionalmente, não internacionalmente, presumo?

— Quanto às palavras cruzadas, devo confessar que não sei — disse Mr. Satterthwaite. — Mas o arrombador teve ótima penetração no continente. O senhor se lembra daquela série de roubos famosos de castelos franceses? Supõe-se que um homem sozinho não poderia ter feito isso. Houve as façanhas mais milagrosas para conseguirem entrar. Havia uma teoria de que uma trupe de acrobatas estava envolvida... os Clondini. Certa vez, vi uma apresentação deles, verdadeiramente magistral. Uma mãe, o filho e a filha. Eles desapareciam do palco de uma forma bastante misteriosa. Mas estamos nos desviando do nosso assunto.

— Não tanto — disse Mr. Quin. — Só estamos do outro lado do Canal.

— Onde as senhoras francesas não molharão os dedos dos pés, de acordo com nosso digno anfitrião — disse Mr. Satterthwaite, rindo.

Houve uma pausa. Pareceu de alguma forma significativa.

— Por que ele desapareceu? — exclamou Mr. Satterthwaite. — Por quê? Por quê? É incrível, uma espécie de truque de mágica.

— Sim — disse Mr. Quin. — Um truque de mágica. Isso descreve perfeitamente. É a atmosfera novamente, veja só. E onde está a essência de um truque de mágica?

— A rapidez da mão engana os olhos — citou Mr. Satterthwaite, da ponta da língua.

— E basta isso, não é? Enganar os olhos? Às vezes pela rapidez da mão, às vezes... por outros meios. São muitos os dispositivos, o tiro de pistola, o acenar de um lenço vermelho, algo que pareça importante, mas na realidade não seja. O olho é desviado do negócio real, é capturado pela ação espetacular que não significa nada, absolutamente nada.

Mr. Satterthwaite inclinou-se para a frente, os olhos brilhando.

— Há algo nisso. É uma ideia.

Ele continuou suavemente.

— O tiro de pistola. Qual foi o tiro de pistola no truque de mágica que estávamos discutindo? Qual é o momento espetacular que prende a imaginação?

Ele respirou fundo.

— O desaparecimento — respirou Mr. Satterthwaite. — Tire isso e não sobra nada.

— Nada? E se as coisas seguissem o mesmo curso sem aquele gesto dramático?

— O senhor quer dizer... supondo que a senhorita Le Couteau ainda fosse vender Ashley Grange e ir embora... sem motivo?

— Bem...

— Bem, por que não? Teria provocado fofocas, suponho, haveria muito interesse em relação ao valor de todos os pertences que... Ah! Espere!

Ele ficou em silêncio por um minuto, então explodiu.

— O senhor está certo, há muitos holofotes, todos sobre Capitão Harwell. E por causa disso, ela tem ficado na sombra. *Miss Le Couteau!* Todo mundo perguntando: "Quem era Capitão Harwell? De onde ele veio?". Mas como ela é a parte lesada, ninguém faz perguntas sobre ela. Será que ela era realmente franco-canadense? Essas heranças maravilhosas foram realmente repassadas a ela? O senhor estava certo quando disse há pouco que não havíamos nos desviado muito do nosso assunto, *apenas atravessado o Canal*. Essas chamadas heranças foram roubadas dos castelos franceses, a maioria delas objetos de arte valiosos e, consequentemente, difíceis de descartar. Ela compra a casa, por uma ninharia, provavelmente. Instala-se lá e paga uma boa quantia a uma senhora inglesa irrepreensível para acompanhá-la. Então *ele* vem. O enredo é definido de antemão. O casamento, o desaparecimento e a maravilha dos nove dias! Nada mais natural do que uma mulher de coração partido querer vender tudo o que a lembra da felicidade passada. O americano é um conhecedor, as coisas são genuínas e belas, algumas inestimáveis. Ele faz uma oferta, ela aceita. Ela deixa a vizinhança, uma figura triste e trágica. O grande golpe aconteceu. Os olhos do público foram enganados pela rapidez da mão e pela natureza espetacular do truque.

Mr. Satterthwaite fez uma pausa, ruborizado de triunfo.

— Mas se não fosse pelo senhor, eu nunca teria visto — disse ele com súbita humildade. — O senhor tem um efeito muito curioso sobre mim. Com muita frequência dizemos coisas sem nem mesmo ver o que elas realmente significam. O senhor tem o dom de fazer uma pessoa ver. Mas ainda não está muito claro para mim. Deve ter sido muito difícil para Harwell desaparecer como ele desapareceu. Afinal, a polícia de toda a Inglaterra estava à procura dele.

— Provavelmente estavam procurando — disse Mr. Quin — por toda a Inglaterra.

— Teria sido mais simples permanecer escondido em Grange — refletiu Mr. Satterthwaite. — Se a propriedade pudesse ser administrada.

— Ele estava, acho, muito perto de Grange — disse Mr. Quin. Seu olhar significativo não passou despercebido a Mr. Satterthwaite.

— A casa de Mathias? — exclamou ele. — Mas a polícia deve ter revistado!

— Muitas vezes, imagino — disse Mr. Quin.

— Mathias — disse Mr. Satterthwaite, franzindo a testa.

— E Mrs. Mathias — disse Mr. Quin.

Mr. Satterthwaite olhou fixamente para ele.

— Se aquela gangue fosse mesmo os Clondini — disse ele, sonhador —, havia três deles nela. Os dois jovens eram

Harwell e Eleanor Le Couteau. Agora, a mãe seria Mrs. Mathias? Mas, nesse caso...

— Mathias sofria de reumatismo, não é? — disse Mr. Quin, inocentemente.

— Ah! — exclamou Mr. Satterthwaite. — Já sei. Mas poderia ser feito? Acredito que sim. Escute. Mathias esteve lá por um mês. Durante esse tempo, Harwell e Eleanor passaram quinze dias em lua de mel. Na quinzena antes do casamento, eles supostamente estavam na cidade. Um homem inteligente poderia ter feito os papéis de Harwell e Mathias. Quando Harwell estava em Kirtlington Mallet, Mathias estava convenientemente de cama com reumatismo, com Mrs. Mathias para sustentar a ficção. O papel dela era muito necessário. Sem ela, alguém poderia ter suspeitado da verdade. Como o senhor disse, Harwell estava escondido na casa de Mathias. Ele *era* Matias. Quando finalmente os planos amadureceram e Ashley Grange foi vendida, ele e a esposa deram a entender que iriam ocupar uma posição em Essex. John Mathias e a esposa saem de cena... para sempre.

Houve uma batida na porta da sala do café, e Masters entrou.

— O carro está na porta, senhor — disse ele.

Mr. Satterthwaite levantou-se. Assim como Mr. Quin, que foi até a janela e abriu as cortinas. Um feixe de luar fluiu para a sala.

— A tempestade passou — disse ele.

Mr. Satterthwaite estava colocando as luvas.

— O comissário vai jantar comigo na próxima semana — disse ele, com ar importante. — Vou colocar minha teoria... ah! Diante dele.

— Será facilmente provada ou refutada — disse Mr. Quin. — Uma comparação dos objetos em Ashley Grange com uma lista fornecida pela polícia francesa...!

— Exatamente — disse Mr. Satterthwaite. — Um tanto de má sorte para Mr. Bradburn, mas... bem...

— Creio que ele pode arcar com a perda — disse Mr. Quin.

Mr. Satterthwaite estendeu a mão.

— Adeus — disse ele. — Não tenho como dizer o quanto apreciei este encontro inesperado. O senhor irá embora amanhã, creio ter me dito?

— Possivelmente esta noite. Meus negócios aqui já terminaram... Eu venho e vou, o senhor sabe.

Mr. Satterthwaite se lembrou de ter ouvido essas mesmas palavras no início da noite. Muito curioso.

Ele foi até o carro, onde Masters o aguardava. Da porta aberta do bar, a voz do senhorio flutuou, rica e complacente.

— Um mistério sombrio — ele dizia. — Um mistério sombrio, é isso o que é.

Mas ele não usou a palavra "sombrio". A palavra que usou sugeria um tom bem diferente. Mr. William Jones era um homem de distinção que adequava os adjetivos à sua companhia. E a companhia no bar gostava mais de adjetivos cheios de sabor.

Mr. Satterthwaite reclinou-se luxuriantemente na confortável limusine. Seu peito estava estufado de triunfo. Ele viu a garota Mary sair para os degraus e ficar embaixo da placa rangente da estalagem.

— Mal sabe ela — disse Mr. Satterthwaite para si mesmo. — Mal sabe ela o que *eu* vou fazer!

A placa da Losango & Guizos balançava suavemente ao vento.

Capítulo 4

O sinal no céu

O juiz estava terminando de expor a acusação ao júri.

— Agora, cavalheiros, estou quase terminando o que queria lhes dizer. Há evidências para os senhores considerarem se este caso está solidamente constituído contra este homem, para que se possa dizer que ele é culpado do assassinato de Vivien Barnaby. Os senhores tiveram a evidência dos criados quanto ao momento em que o tiro foi disparado. Todos eles concordaram quanto a isso. Os senhores receberam a evidência da carta escrita ao réu por Vivien Barnaby na manhã daquele mesmo dia, sexta-feira, 13 de setembro; uma carta que a defesa não tentou negar. Os senhores tiveram evidências de que o prisioneiro primeiro negou ter estado em Deering Hill, e mais tarde, depois que as provas foram apresentadas pela polícia, admitiu que estivera. Os senhores tirarão suas próprias conclusões dessa negação. Este não é um caso de evidência direta. Os senhores terão que chegar às suas próprias conclusões sobre o motivo, os meios, a oportunidade. A alegação da defesa é que algum desconhecido entrou na sala de música depois que o réu a deixou e atirou em Vivien Barnaby com a arma que, por estranho esquecimento, o réu havia deixado para trás. Os senhores ouviram a história do réu sobre o motivo pelo qual ele levou meia hora para chegar em casa. Se os senhores não acreditam na história do réu e estão satisfeitos, para além de qualquer dúvida razoável, que o réu, na sexta-feira, 13 de setembro, descarregou sua arma à queima-roupa contra a cabeça de Vivien Barnaby com a intenção de matá-la, então, cavalheiros, seu veredicto deve ser o de culpado. Se, por outro lado, os senhores tiverem alguma dúvida razoável, é seu dever absolver o prisioneiro. Agora vou pedir que os senhores se retirem para a sua sala e deliberem, e me avisem quando tiverem chegado a uma conclusão.

O júri se ausentou por pouco menos de meia hora. Eles entregaram o veredicto que a todos parecia uma conclusão precipitada, o veredicto de "culpado".

Mr. Satterthwaite deixou o tribunal depois de ouvir o veredicto, com uma expressão pensativa no rosto.

Um simples julgamento por assassinato não o atraía. Ele tinha um temperamento muito exigente para se interessar pelos detalhes sórdidos de crimes comuns. Mas o caso Wylde havia sido diferente. O jovem Martin Wylde era o que se chamaria um cavalheiro — e a vítima, a jovem esposa de Sir George Barnaby, fora amiga pessoal do cavalheiro idoso.

Ele pensava em tudo isso enquanto subia por Holborn e depois mergulhava em um emaranhado de ruas perigosas que levavam na direção do Soho. Em uma dessas ruas havia um pequeno restaurante, conhecido por uns poucos, dentre os quais Mr. Satterthwaite. Não era barato. Era, ao contrário, extremamente caro, pois atendia exclusivamente ao paladar do *gourmet* entediado. Estava quieto — não se permitia que acordes de jazz perturbassem a atmosfera silenciosa — e bastante escuro, os garçons saindo da penumbra com passos leves, trazendo pratos de prata como se participassem de algum rito sagrado. O nome do restaurante era Arlecchino.

Ainda pensativo, Mr. Satterthwaite entrou no Arlecchino e dirigiu-se à mesa favorita em um recesso no canto mais distante. Devido à penumbra mencionada, não foi senão quando já estava bem perto da mesa que viu que ela já estava ocupada por um homem alto e moreno, sentado com o rosto na sombra e sob a luz colorida de uma janela de vitral que transformava os trajes sóbrios em uma espécie de colagem multicolorida.

Mr. Satterthwaite teria dado meia-volta, mas naquele momento o estranho se moveu levemente e o outro o reconheceu.

— Deus abençoe minha alma — disse Mr. Satterthwaite, que era dado a expressões antiquadas. — Ora, é Mr. Quin!

Ele já havia encontrado Mr. Quin três vezes antes, e a cada vez a reunião resultara em algo um pouco fora do comum. Uma pessoa estranha, esse Mr. Quin, com o dom de mostrar as coisas que você sempre soube de uma forma totalmente diferente.

Imediatamente, Mr. Satterthwaite sentiu-se animado, prazerosamente animado. Seu papel era o de espectador, e ele sabia disso, mas às vezes, quando estava na companhia de Mr. Quin, tinha a ilusão de ser um ator, e o ator principal.

— Isso é muito agradável — disse ele, sorrindo com todo o rosto pequeno e ressecado. — Muito agradável mesmo. O senhor não tem objeção alguma a que eu me junte ao senhor, espero?

— Ficarei encantado — disse Mr. Quin. — Como o senhor pode ver, ainda não comecei minha refeição.

Um deferente garçom-chefe surgiu das sombras. Mr. Satterthwaite, como convinha a um homem de paladar experiente, dedicou toda a mente à tarefa de escolher o prato. Em poucos minutos, o garçom-chefe, com um leve sorriso de aprovação nos lábios, retirou-se, e um jovem assistente começou a servir. Mr. Satterthwaite virou-se para Mr. Quin.

— Acabei de chegar de Old Bailey — começou ele. — Achei um negócio triste.

— Ele foi considerado culpado? — disse Mr. Quin.

— Sim, o júri demorou apenas meia hora.

Mr. Quin baixou a cabeça.

— Um resultado inevitável, com base nas evidências — disse ele.

— E mesmo assim... — começou Mr. Satterthwaite, então parou.

Mr. Quin terminou a frase para ele.

— E mesmo assim suas simpatias estavam com o acusado? Era isso que o senhor ia dizer?

— Acho que sim. Martin Wylde é um rapaz de boa aparência, mal dá para acreditar que tenha sido ele. Mesmo assim, tem havido um bom número de jovens de boa aparência ultimamente que se revelam assassinos de um tipo particularmente repelente e de sangue frio.

— Muitos — disse Mr. Quin calmamente.

— Perdão? — disse Mr. Satterthwaite, ligeiramente assustado.

— Muitos, para azar de Martin Wylde. Houve uma tendência, desde o início, a considerar isso apenas mais um de uma série do mesmo tipo de crime: um homem procurando se libertar de uma mulher para se casar com outra.

— Bem... — disse Mr. Satterthwaite, em dúvida. — Nas evidências...

— Ah! — disse Mr. Quin, rapidamente. — Receio não conhecer todas as evidências.

A autoconfiança de Mr. Satterthwaite retornou rápido. Ele sentiu uma súbita sensação de poder. Estava tentado a ser conscientemente dramático.

— Deixe-me tentar mostrar ao senhor. Conheci os Barnaby, entende. Conheço as circunstâncias peculiares. Comigo, o senhor verá os bastidores, verá a coisa de dentro.

Mr. Quin se inclinou para a frente com um rápido sorriso encorajador.

— Se alguém pode me mostrar isso, é Mr. Satterthwaite — ele murmurou.

Mr. Satterthwaite agarrou a mesa com as duas mãos. Ele foi elevado, erguido para fora de si mesmo. No momento, ele era pura e simplesmente um artista — um artista cujo meio eram as palavras.

Rapidamente, com uma dúzia de pinceladas largas, ele pintou uma imagem da vida em Deering Hill. Sir George Barnaby, idoso, obeso, orgulhoso de seu dinheiro. Um homem perpetuamente preocupado com as pequenas coisas da vida. Um homem que dava corda nos relógios todas as sextas-feiras à tarde e que pagava os próprios serviços domésticos toda terça-feira de manhã, e que sempre cuidava de trancar a própria porta da frente todas as noites. Um homem cuidadoso.

E de Sir George ele passou para Lady Barnaby. Aqui seu toque foi mais suave, mas não menos seguro. Ele a tinha visto apenas uma vez, mas a impressão dele sobre ela foi definitiva e duradoura. Uma criatura vívida e desafiadora, lamentavelmente jovem. Uma criança presa, foi assim que ele a descreveu.

— Ela o odiava, entende? Ela se casou com ele antes de saber o que estava fazendo. E agora...

Ela estava desesperada, foi assim que ele se expressou. Ficava indo de um lado para o outro. Ela não tinha dinheiro próprio algum, era totalmente dependente do marido idoso. Mas, mesmo assim, era uma criatura acuada, ainda insegura da própria força, com uma beleza que era ainda mais promessa que realidade. E era gananciosa. Mr. Satterthwaite afirmou isso de modo taxativo. Lado a lado com o desafio corria o veio da ganância, um agarrar-se e prender-se à vida.

— Nunca conheci Martin Wylde — continuou Mr. Satterthwaite. — Mas ouvi falar dele. Ele morava a menos de uma milha de distância. Tinha uma fazenda, esse era o ramo dele. E ela se interessava por fazendas, ou fingiu se interessar. Se o senhor me perguntar, foi fingimento. Acho que ela viu nele a única maneira de escapar, e o agarrou, avidamente, como uma criança poderia ter feito. Bem, só poderia haver um fim para isso. Sabemos qual foi esse fim, porque as cartas foram lidas no tribunal. Ele guardou as cartas dela, ela não guardou as dele, mas pelo texto dela pode-se ver que ele estava esfriando. Ele admite isso. Lá estava a outra garota. Ela também morava no vilarejo de Deering Vale. O pai dela era o médico lá. O senhor a viu no tribunal, talvez? Não, eu me lembro, o senhor disse que não estava lá. Terei que descrevê-la ao senhor. Uma garota bonita, muito bonita. Gentil. Talvez... sim, talvez um pouquinho estúpida. Mas muito tranquila, você sabe. E leal. Acima de tudo, leal.

Ele olhou para Mr. Quin em busca de encorajamento, e Mr. Quin o deu com um lento sorriso apreciativo. Mr. Satterthwaite continuou.

— O senhor ouviu falar daquela última carta que foi lida... o senhor deve ter visto, nos jornais, quero dizer. A que foi escrita na manhã de sexta-feira, 13 de setembro. Estava cheia de recriminações desesperadas e ameaças vagas, e terminava implorando a Martin Wylde que fosse a Deering Hill naquela mesma noite às dezoito horas. "Vou deixar a porta lateral aberta para você, para que ninguém precise saber que você esteve aqui. Estarei na sala de música." Foi entregue em mãos.

Mr. Satterthwaite parou por alguns instantes.

— Quando ele foi preso, o senhor se lembra, Martin Wylde negou que tivesse estado na casa naquela noite. A declaração dele foi que ele havia pegado a arma e saído para atirar na mata. Mas quando a polícia apresentou as evidências, essa declaração falhou. Eles haviam encontrado as impressões digitais dele, o senhor se lembra, tanto na madeira da porta lateral quanto em um dos dois copos de coquetel sobre a mesa da sala de música. Ele admitiu então que tinha ido ver Lady Barnaby, que eles tiveram uma conversa intempestiva, mas que ele acabou por conseguir acalmá-la. Ele jurou que havia deixado a arma do lado de fora, encostada na parede perto da porta, e que deixou Lady Barnaby viva e bem, sendo então um ou dois minutos depois das 18h15. Ele foi direto para casa, diz ele. Mas foram apresentadas evidências para mostrar que ele não chegou em sua fazenda antes das 18h45 e, como acabei de mencionar, fica apenas a cerca de uma milha de distância. Não levaria meia hora para chegar lá. Ele esqueceu completamente da arma, ele declara. Não é uma afirmação muito plausível... e ainda assim...

— E ainda assim? — perguntou Mr. Quin.

— Bem, é possível, não é? — disse Mr. Satterthwaite lentamente. — O advogado ridicularizou a suposição, é claro, mas acho que ele estava errado. Veja bem, eu conheci muitos jovens, e essas cenas emocionais os aborrecem muito, especialmente um tipo sombrio e nervoso como Martin Wylde. Agora, as mulheres podem passar por uma cena como essa e se sentir positivamente melhores por isso depois, perfeitamente equilibradas. A cena serve como uma válvula de segurança para elas, acalma os nervos e tudo o mais. Mas posso ver Martin Wylde indo embora com a cabeça girando, enjoado e miserável, sem nem pensar na arma que havia deixado encostada na parede.

Ele ficou em silêncio por alguns minutos antes de continuar.

— Não que isso importe. Pois a parte seguinte está bastante clara, infelizmente. Eram exatamente 18h20 quando se escutou o tiro. Todos os criados ouviram, a cozinheira, a ajudante de cozinha, o mordomo, a empregada e a própria criada de Lady Barnaby. Eles foram correndo até a sala de música. Ela jazia curvada sobre o braço da cadeira. A arma havia sido disparada perto de sua nuca, para que o tiro não tivesse chance de se espalhar. Pelo menos dois fragmentos penetraram no cérebro.

Ele fez uma pausa novamente, e Mr. Quin perguntou casualmente:

— Os criados prestaram depoimento, suponho?

Mr. Satterthwaite assentiu.

— Sim. O mordomo chegou um ou dois segundos antes dos demais, mas os depoimentos deles eram praticamente uma repetição uns dos outros.

— Então *todos* eles prestaram depoimento — disse Mr. Quin, pensativo. — Não houve exceções?

— Agora me lembro — disse Mr. Satterthwaite. — A empregada só foi chamada no inquérito. Depois disso partiu para o Canadá, creio eu.

— Entendo — disse Mr. Quin.

Houve um silêncio e, de alguma forma, o ar do pequeno restaurante parecia carregado de uma sensação de desconforto. Mr. Satterthwaite sentiu de repente como se estivesse na defensiva.

— Por que ela não deveria? — disse ele abruptamente.

— Por que ela deveria? — disse Mr. Quin dando de ombros.

De alguma forma, a pergunta incomodou Mr. Satterthwaite. Ele queria sair daquilo, voltar a um terreno familiar.

— Não poderia haver muita dúvida quanto a quem disparou. Na verdade, os criados pareciam ter perdido um pouco a cabeça. Não havia ninguém na casa para assumir o comando. Passaram-se alguns minutos antes que alguém pensasse em ligar para a polícia e, quando o fizeram, descobriram que o telefone estava com defeito.

— Ah! — disse Mr. Quin. — O telefone estava com defeito.

— Estava — disse Mr. Satterthwaite. E, de repente, foi atingido pela sensação de que havia dito algo tremendamente importante. — Claro, pode ter sido feito de propósito — disse ele, lentamente. — Mas parece não haver sentido nisso. A morte foi praticamente instantânea.

Mr. Quin não disse nada, e Mr. Satterthwaite achou que a explicação havia sido insatisfatória.

— Não havia absolutamente ninguém de quem suspeitar, a não ser o jovem Wylde — continuou ele. — Segundo ele próprio conta, havia saído da casa apenas três minutos antes de o tiro ser disparado. E quem mais poderia ter disparado? Sir George estava jogando bridge a algumas casas de distância. Ele saiu de lá às 18h30 e foi recebido do lado de fora do portão por um criado que lhe trazia a notícia. A última rodada terminou exatamente às 18h30, sem dúvida. Depois havia o secretário de Sir George, Henry Thompson. Ele estava em Londres naquele dia e, na verdade, em uma reunião de negócios no momento em que o tiro foi disparado. Finalmente, há Sylvia Dale, que, afinal, tinha um motivo perfeitamente bom, ainda que pareça impossível sua relação com o crime. Ela estava na estação de Deering Vale se despedindo de uma amiga no trem das 18h28. Isso a inocenta. Depois os criados. Que motivo qualquer um deles poderia ter? Além disso, todos chegaram ao local praticamente ao mesmo tempo. Não, deve ter sido Martin Wylde.

Mas ele disse isso com um tom de voz insatisfeito.

Continuaram com o almoço. Mr. Quin não estava com humor para falar, e Mr. Satterthwaite dissera tudo o que tinha a dizer. Mas o silêncio não era estéril. Estava cheio da crescente insatisfação de Mr. Satterthwaite, intensificada e alimentada de uma maneira estranha pela mera aquiescência do outro homem.

Mr. Satterthwaite de repente largou a faca e o garfo com um estrépito.

— Supondo que aquele jovem seja realmente inocente — disse ele. — Ele será enforcado.

Ele parecia muito assustado e chateado com isso. E ainda assim Mr. Quin não disse nada.

— Não é como se... — começou Mr. Satterthwaite, então parou. — Por que a mulher não poderia ir para o Canadá? — finalizou, de modo abrupto.

Mr. Quin balançou a cabeça.

— Eu nem sei para que parte do Canadá ela foi — continuou Mr. Satterthwaite, irritado.

— O senhor poderia descobrir? — sugeriu o outro.

— Acho que posso. Ora, o mordomo. Ele saberia. Ou possivelmente Thompson, o secretário.

Ele fez uma pausa novamente. Quando voltou a falar, a voz soava quase como uma súplica.

— Não é como se eu tivesse alguma coisa a ver com isso, é?

— Que um jovem vai ser enforcado em pouco mais de três semanas?

— Bem, suponho que sim, se o senhor colocar dessa forma. Sim, compreendo o que quer dizer. Vida e morte. E aquela pobre garota também. Não é que eu seja cabeça-dura, mas, afinal, de que adianta? A coisa toda não é meio fantástica? Mesmo que eu descobrisse para onde a mulher foi no Canadá... ora, isso provavelmente significaria que eu mesmo teria que ir para lá.

Mr. Satterthwaite parecia seriamente aborrecido.

— E eu estava pensando em ir para a Riviera na semana que vem — ele disse, de modo patético.

E o olhar dele para Mr. Quin falou tão claramente quanto poderia ser dito: "Vai me deixar ir, não vai?".

— O senhor nunca esteve no Canadá?

— Nunca.

— É um país muito interessante.

Mr. Satterthwaite olhou para ele indeciso.

— O senhor acha que eu deveria ir?

Mr. Quin recostou-se na cadeira e acendeu um cigarro. Entre baforadas de fumaça, ele falou deliberadamente.

— O senhor é, eu creio, um homem rico, Mr. Satterthwaite. Não um milionário, mas um homem capaz de praticar um hobby sem contar as despesas. O senhor assistiu aos dramas de outras pessoas. Nunca pensou em entrar em cena e interpretar um papel? Nunca se viu por um minuto como o árbitro do destino de outras pessoas, de pé no centro do palco com a vida e a morte em suas mãos?

Mr. Satterthwaite inclinou-se para a frente. A velha ansiedade tomou conta dele.

— O senhor quer dizer... se eu sair para essa caçada louca no Canadá...?

Mr. Quin sorriu.

— Ah! A sugestão de ir para o Canadá foi sua, não minha — disse ele, levemente.

— O senhor não pode me desconcertar assim — disse Mr. Satterthwaite com seriedade. — Sempre que me deparo com o senhor... — Ele parou.

— Sim?

— Há algo no senhor que não compreendo. Talvez nunca venha a compreender. A última vez que o encontrei...

— Na véspera do solstício de verão.

Mr. Satterthwaite ficou surpreso, como se as palavras contivessem uma pista que ele não entendia muito bem.

— Foi na véspera do solstício de verão? — ele perguntou, confuso.

— Sim. Mas não nos detenhamos nisso. Não é importante, é?

— Já que o senhor diz — disse Mr. Satterthwaite, educadamente. Ele sentiu aquela pista indescritível escorregando por entre os dedos. — Quando eu voltar do Canadá... — ele fez uma pausa um pouco sem jeito —, eu... eu... gostaria muito de ver o senhor novamente.

— Receio que eu não tenha endereço fixo no momento — disse Mr. Quin com pesar. — Mas venho a este lugar com frequência. Se o senhor também o faz, sem dúvida nos encontraremos em breve.

Eles se separaram cordialmente.

Mr. Satterthwaite estava muito animado. Ele correu até a agência Cook e perguntou sobre passeios de barco. Então ligou para Deering Hill. A voz de um mordomo, suave e respeitosa, atendeu.

— Meu nome é Satterthwaite. Estou falando em nome de uma... hmm... firma de advogados. Queria fazer algumas perguntas sobre uma jovem que recentemente foi empregada doméstica em seu estabelecimento.

— Seria Louisa, senhor? Louisa Bullard?

— Esse é o nome — disse Mr. Satterthwaite, muito satisfeito por ser informado.

— Lamento que ela não esteja neste país, senhor. Ela foi para o Canadá há seis meses.

— Você pode me dar o endereço atual dela?

O mordomo receava não saber. Era um lugar nas montanhas — um nome escocês — ah! Banff, era isso. Algumas das outras moças da casa aguardavam notícias dela, mas ela nunca havia escrito ou dado qualquer endereço a elas.

Mr. Satterthwaite agradeceu e desligou. Ele ainda não desanimara. O espírito aventureiro crescia forte em seu peito. Ele iria para Banff. Se essa Louisa Bullard estivesse lá, ele a localizaria de uma forma ou de outra.

Para a própria surpresa, ele gostou muito da viagem. Fazia muitos anos que não fazia uma longa excursão marítima. A Riviera, Le Touquet e Deauville, e a Escócia tinham sido a ronda habitual dele. A sensação de que estava partindo para uma missão impossível acrescentava um entusiasmo secreto à jornada. Que tolo os companheiros de viagem o achariam se soubessem o objetivo da aventura dele! Mas também... eles não conheciam Mr. Quin.

Em Banff ele descobriu que não seria difícil atingir o objetivo. Louisa Bullard trabalhava no grande hotel de lá. Doze horas após a chegada, ele estava cara a cara com ela.

Ela era uma mulher de cerca de 35 anos, de aparência anêmica, mas com uma estrutura forte. Tinha cabelos castanho-claros, meio encaracolados, e um par de olhos castanhos e sinceros. Ele a achou um pouco tola, mas muito confiável.

Ela aceitou de imediato a declaração de que ele havia sido encarregado de coletar mais algumas informações dela sobre a tragédia em Deering Hill.

— Vi no jornal que o senhor Martin Wylde foi condenado, senhor. Muito triste, também.

Ela parecia, no entanto, não ter dúvidas quanto à culpa dele.

— Um cavalheiro bom e jovem que deu errado. Mas, embora eu não costume falar mal dos mortos, foi a patroa que o estimulou. Não o deixava em paz, não deixava. Bem, ambos tiveram sua punição. Havia um texto que ficava pendurado na minha parede quando eu era criança, "Não se zomba de Deus", e é bem verdade. Eu sabia que algo ia acontecer naquela noite, e aconteceu mesmo.

— Como foi isso? — perguntou Mr. Satterthwaite.

— Eu estava no meu quarto, senhor, trocando de roupa, e por acaso olhei pela janela. Havia um trem passando, e a fumaça branca dele subiu no ar, e se o senhor acredita em mim, formou-se o sinal de uma mão gigantesca. Uma grande mão branca contra o carmesim do céu. Os dedos estavam tortos, como se estivessem tentando alcançar algo. Fiquei confusa. "Onde já se viu isso?", pensei comigo mesma. "Isso é sinal de que alguma coisa está vindo." E dito e feito, naquele exato instante escutei o tiro. "Veio", falei para mim mesma, e desci as escadas correndo e me juntei a Carrie e os outros que estavam no corredor, e entramos na sala de música e lá estava ela, com um tiro na cabeça, e o sangue e tudo mais. Horrível! Eu contei, sim, contei para Sir George como eu tinha visto o sinal de antemão, mas ele não pareceu dar muita importância a isso. Um dia de azar, é o que era, senti isso nos meus ossos desde o início da manhã. Sexta-feira e dia 13, o que se poderia esperar?

Ela seguiu divagando. Mr. Satterthwaite foi paciente. Por várias vezes, a fez voltar ao assunto do crime, questionando-a intensamente. No final, foi forçado a aceitar a derrota. Louisa Bullard havia contado tudo o que sabia, e a história dela era perfeitamente simples e direta.

No entanto, ele descobriu um fato de importância. O cargo em questão havia sido sugerido a ela por Mr. Thompson, secretário de Sir George. Os salários eram tão altos que ela ficou tentada e aceitou o trabalho, embora isso envolvesse a saída dela da Inglaterra muito às pressas. Um certo Mr. Denman havia feito todos os arranjos para isso e também a advertira a não escrever para as colegas de serviço na Inglaterra, pois isso poderia "colocá-la em problemas com as autoridades de imigração", declaração que ela aceitara com fé cega.

O valor do salário, mencionado casualmente por ela, era de fato tão grande que Mr. Satterthwaite ficou intrigado. Depois de alguma hesitação, decidiu se aproximar desse Mr. Denman.

Encontrou pouca dificuldade em induzir Mr. Denman a contar tudo o que sabia. Ele havia conhecido Thompson em Londres, e Thompson lhe fizera um favor. O secretário lhe escrevera em setembro dizendo que, por motivos pessoais, Sir

George estava ansioso para tirar aquela moça da Inglaterra. Ele poderia encontrar um emprego para ela? Uma soma de dinheiro havia sido enviada para aumentar a remuneração a um valor alto.

— Os problemas de sempre, suponho — disse Mr. Denman, recostando-se despreocupadamente na cadeira. — Parece ser uma garota quieta e boazinha, também.

Mr. Satterthwaite não concordou que fossem os problemas de sempre. Louisa Bullard, ele tinha certeza, não era um casinho afastado de Sir George Barnaby. Por alguma razão, tinha sido vital tirá-la da Inglaterra. Mas por quê? E quem estava por trás disso? O próprio Sir George, trabalhando por meio de Thompson? Ou este último trabalhando por iniciativa própria e arrastando o nome do empregador?

Ainda ponderando sobre essas questões, Mr. Satterthwaite fez a viagem de volta. Ele estava abatido e desanimado. A viagem não havia servido para nada.

Sofrendo de um sentimento de fracasso, ele foi para o Arlecchino no dia seguinte ao retorno. Dificilmente esperava ser bem-sucedido logo na primeira vez, mas, para sua satisfação, a figura familiar estava sentada à mesa no canto, e o rosto escuro de Mr. Harley Quin sorriu dando boas-vindas.

— Bem... — disse Mr. Satterthwaite, enquanto se servia de um pedaço de manteiga. — O senhor me enviou a uma boa caçada inútil.

Mr. Quin ergueu as sobrancelhas.

— Eu enviei o senhor? — ele objetou. — Foi ideia inteiramente sua.

— Quem quer que tenha tido a ideia, não foi bem-sucedida. Louisa Bullard não tinha nada a dizer.

Em seguida, Mr. Satterthwaite relatou os detalhes da conversa com a empregada e, em seguida, passou à entrevista com Mr. Denman. Mr. Quin escutou em silêncio.

— Em certo sentido, eu estava certo — continuou Satterthwaite. — Ela foi deliberadamente retirada do caminho. Mas por quê? Não consigo entender.

— Não? — disse Mr. Quin, e a voz dele era, como sempre, provocativa.

Mr. Satterthwaite corou.

— Atrevo-me a dizer que o senhor acha que eu poderia tê-la questionado com mais habilidade. Posso assegurar-lhe que a fiz recontar a história de novo e de novo. Não foi minha culpa não ter conseguido o que queremos.

— Tem certeza — disse Mr. Quin — de que não conseguiu o que queria?

Mr. Satterthwaite olhou para ele com espanto e encontrou aquele olhar triste e zombeteiro que ele conhecia tão bem.

O homenzinho balançou a cabeça, um pouco confuso.

Houve um silêncio, e então Mr. Quin disse, com uma mudança total de modos:

— Outro dia o senhor me apresentou uma imagem maravilhosa das pessoas envolvidas. Com poucas palavras, o senhor as descreveu tão claramente como se estivessem desenhadas. Eu gostaria que o senhor fizesse algo desse tipo com o lugar... o senhor o deixou na sombra.

Mr. Satterthwaite ficou lisonjeado.

— O lugar? Deering Hill? Bem, é um tipo muito comum de casa hoje em dia. Tijolo vermelho, você sabe, e janelas salientes. Bastante feia por fora, mas muito confortável por dentro. Não é uma casa muito grande. Cerca de dois acres de terra. Elas são todas iguais, aquelas casas nos arredores. Construída para homens ricos morarem nelas. O interior da casa lembra um hotel, os quartos são como suítes de hotel. Banheiras e pias quentes e frias em todos os quartos e uma boa quantidade de luminárias douradas. Tudo maravilhosamente confortável, mas não muito campestre. Dá para ver que Deering Vale fica a apenas dezenove milhas de Londres.

Mr. Quin ouviu atentamente.

— Ouvi dizer que o serviço de trem é ruim — comentou.

— Ah! Não sei quanto a isso — disse Mr. Satterthwaite, animando-se com o assunto. — Estive lá um pouco no verão passado. Achei bastante conveniente para a cidade. Claro que os trens só passam de hora em hora. Saem de Waterloo sempre aos 48 minutos... até as 22h48.

— E quanto tempo leva até Deering Vale?

— Cerca de quarenta minutos, apenas. Vinte e oito minutos após a hora em Deering Vale.

— Claro — disse Mr. Quin, com um gesto de irritação. — Eu deveria ter me lembrado. Miss Dale se despediu de alguém às 18h28 naquela noite, não foi?

Mr. Satterthwaite não respondeu por alguns momentos. A mente voltara rápido ao problema não resolvido. Por fim, ele disse:

— Gostaria que o senhor me explicasse o que quis dizer agora mesmo, quando me perguntou se eu tinha certeza de que não tinha conseguido o que queria.

Soava bastante complicado, colocado dessa forma, mas Mr. Quin não perdeu tempo fingindo não haver compreendido.

— Eu só queria saber se o senhor não estava sendo um pouco exigente demais. Afinal, o senhor descobriu que Louisa Bullard foi deliberadamente retirada do país. Sendo assim, deve haver uma razão. E a razão deve estar no que ela disse ao senhor.

— Bem — disse Mr. Satterthwaite, argumentando. — O que ela disse? Se ela tivesse testemunhado no julgamento, o que ela poderia ter dito?

— Ela poderia ter contado o que viu — disse Mr. Quin.

— O que ela viu?

— Um sinal no céu.

Mr. Satterthwaite o encarou.

— Está pensando *nessa* bobagem? Essa noção supersticiosa de ser a mão de Deus?

— Talvez — disse Mr. Quin — Por tudo que o senhor e eu sabemos, pode ter sido a mão de Deus, sabe.

O outro estava claramente intrigado com a gravidade daquela atitude.

— Bobagem — disse ele. — Ela mesma disse que era a fumaça do trem.

— Um trem indo ou vindo de lá, eu me pergunto? — murmurou Mr. Quin.

— Dificilmente seria um trem de ida. Eles saem dez minutos antes de cada hora. Deve ter sido um trem vindo, o das 18h28... Não, isso não pode ser. Ela disse que o tiro veio imediatamente depois, e sabemos que o tiro foi disparado às 18h20. O trem não podia estar dez minutos adiantado.

— Dificilmente, nessa linha — concordou Mr. Quin.

Mr. Satterthwaite estava olhando para a frente, ao longe.

— Talvez um trem de carga — ele murmurou. — Mas com certeza, se fosse assim...

— Não haveria necessidade de tirá-la da Inglaterra. Concordo — disse Mr. Quin.

Mr. Satterthwaite olhou para ele, fascinado.

— O trem das 18h28 — disse ele, devagar. — Mas se foi assim, se o tiro foi disparado nesse horário, por que todo mundo disse que foi antes?

— Óbvio — disse Mr. Quin. — Os relógios deviam estar errados.

— Todos eles? — disse Mr. Satterthwaite, em dúvida. — Isso seria uma coincidência muito grande, sabe.

— Eu não estava pensando nisso como uma coincidência — disse o outro. — Estava pensando que era sexta-feira.

— Sexta-feira? — disse Mr. Satterthwaite.

— O senhor me disse, sabe, que Sir George sempre dava corda nos relógios nas tardes de sexta-feira — disse Mr. Quin, como que se justificando.

— Ele os atrasou dez minutos — disse Mr. Satterthwaite, quase em um sussurro, de tão impressionado com as descobertas que estava fazendo. — Então ele foi para a ponte. Acho que deve ter aberto o bilhete da esposa para Martin Wylde naquela manhã... sim, certamente o abriu. Ele deixou a partida de bridge às 18h30, encontrou a arma de Martin na porta lateral, entrou e atirou nela por trás. Então saiu de novo, jogou a arma nos arbustos, onde foi encontrada mais tarde, e aparentemente acabava de sair do portão do vizinho quando alguém veio correndo buscá-lo. Mas o telefone... e o telefone? Ah! Sim, compreendo. Ele desligou para que não se pudesse chamar a polícia daquela maneira: eles poderiam ter anotado a hora em que a chamada fosse recebida. E a história de Wylde faz sentido agora. A hora real em que ele saiu foi 18h25. Andando devagar, ele chegaria em casa por volta de 18h45. Sim, estou vendo tudo. Louisa era o único perigo, com a conversa interminável sobre as fantasias supersticiosas dela. Alguém poderia perceber o significado do trem e então... adeus a esse excelente álibi.

— Maravilhoso — comentou Mr. Quin.

Mr. Satterthwaite virou-se para ele, corado pelo sucesso.

— A única coisa é... como proceder agora?

— Eu sugeriria Sylvia Dale — disse Mr. Quin.

Mr. Satterthwaite pareceu duvidar.

— Eu mencionei ao senhor — disse ele. — Ela me pareceu um pouco... hmm... tola.

— Ela tem um pai e irmãos que tomarão as medidas necessárias.

— É verdade — disse Mr. Satterthwaite, aliviado.

Pouco tempo depois, ele estava sentado com a garota contando a história. Ela ouviu com atenção. Não fez perguntas, mas quando ele terminou, ela se levantou.

— Preciso pegar um táxi... imediatamente.

— Minha querida, o que vai fazer?

— Estou indo até Sir George Barnaby.

— Impossível. É o procedimento absolutamente errado. Permita-me...

Ele tagarelou ao lado dela. Mas não produziu qualquer impressão. Sylvia Dale estava concentrada nos próprios planos. Ela permitiu que ele a acompanhasse no táxi, mas não deu atenção aos protestos dele. Ela o deixou no táxi enquanto ia ao escritório de Sir George na cidade.

Meia hora se passou até ela sair. Ela parecia exausta, a beleza desabando feito uma flor sem água. Mr. Satterthwaite a recebeu com preocupação.

— Eu venci — ela murmurou, enquanto se recostava com os olhos semicerrados.

— O quê? — Ele se assustou. — O que você fez? O que você disse?

Ela se sentou um pouco mais ereta.

— Eu disse a ele que Louisa Bullard havia ido à polícia com sua história. Eu lhe disse que a polícia havia feito investigações e que ele havia sido visto entrando em seu próprio terreno e saindo novamente alguns minutos depois das seis e meia. Disse que o jogo tinha acabado. Ele... ele ficou destruído. Eu disse que ainda havia tempo para ele fugir, que a polícia não viria prendê-lo antes de mais uma hora. Disse também que se ele assinasse uma confissão de que havia matado Vivien eu não faria nada, mas se ele não o fizesse eu gritaria e contaria a verdade para todo o prédio. Ele estava tão em pânico que não sabia o que estava fazendo. Ele assinou o papel sem nem perceber.

Ela empurrou o papel nas mãos dele.

— Pegue-o, pegue-o. O senhor saberá o que fazer com isso para que eles libertem Martin.

— Ele realmente assinou — exclamou Mr. Satterthwaite, espantado.

— Ele é um tanto estúpido, sabe — disse Sylvia Dale. — Eu também — ela acrescentou como uma reflexão tardia. — É por isso que sei como as pessoas estúpidas se comportam. Ficamos abalados, sabe, e então fazemos a coisa errada e nos arrependemos depois.

Ela estremeceu e Mr. Satterthwaite deu um tapinha na mão dela.

— Você precisa de algo para se recompor — disse ele. — Venha, estamos perto de um dos meus restaurantes favoritos, o Arlecchino. Você já esteve lá?

Ela balançou a cabeça.

Mr. Satterthwaite pediu ao táxi que parasse e levou a garota ao pequeno restaurante. Ele foi até a mesa no canto, o coração batendo esperançoso. Mas a mesa estava vazia.

Sylvia Dale viu a decepção no rosto dele.

— O que foi? — ela perguntou.

— Nada — disse Mr. Satterthwaite. — Quer dizer, eu meio que esperava ver um amigo meu aqui. Não importa. Algum dia, espero, vou vê-lo novamente...

Capítulo 5

A alma do crupiê

Mr. Satterthwaite estava aproveitando o sol no terraço em Monte Carlo.

Todos os anos, regularmente, no segundo domingo de janeiro, Mr. Satterthwaite trocava a Inglaterra pela Riviera. Ele era muito mais pontual do que qualquer andorinha. No mês de abril, voltava para a Inglaterra, maio e junho ele passava em Londres, e nunca se soube que tenha sentido falta de Ascot. Ele deixava a cidade após o jogo de Eton contra Harrow, fazendo algumas visitas às casas de campo antes de se dirigir a Deauville ou Le Touquet. As caçadas ocupavam a maior parte de setembro e outubro, e ele geralmente passava alguns meses na cidade para encerrar o ano. Ele conhecia todo mundo e pode-se dizer com segurança que todo mundo o conhecia.

Naquela manhã estava carrancudo. O azul do mar era admirável, os jardins estavam, como sempre, uma delícia, mas as pessoas o decepcionavam — ele os considerava uma multidão malvestida e de má qualidade. Alguns, é claro, eram jogadores, almas condenadas que não conseguiam se manter longe. Estes, Mr. Satterthwaite tolerava. Eram um pano de fundo necessário. Mas ele sentia falta do fermento habitual da elite, de sua própria gente.

— É o câmbio — disse Mr. Satterthwaite, melancólico. — Agora vem para cá todo tipo de gente que antes não poderia pagar por isso. E, é claro, estou ficando velho... Todos os jovens, as pessoas bem de vida, vão a esses lugares suíços.

Mas havia outros de quem ele sentia falta, os barões e condes da bem-vestida diplomacia estrangeira, os grão-duques e os príncipes reais. O único príncipe real que tinha visto até agora estava trabalhando em um elevador de um dos hotéis menos conhecidos. Ele também sentia falta das senhoras bonitas e refinadas. Ainda havia algumas delas, mas não tantas quanto antes.

Mr. Satterthwaite era um estudante aplicado do drama chamado Vida, mas gostava que o material dela fosse altamente diferenciado. Ele sentiu o desânimo tomar conta dele. Os valores estavam mudando, e ele estava velho demais para mudar.

Foi nesse momento que observou a Condessa Czarnova vindo em sua direção.

Mr. Satterthwaite tinha visto a condessa em Monte Carlo em muitas temporadas. Na primeira vez que a viu, ela estava na companhia de um grão-duque. Na ocasião seguinte, estava com um barão austríaco. Em anos sucessivos, os amigos dela eram de origem hebraica, homens pálidos com nariz adunco, usando joias um tanto extravagantes. Nos últimos dois anos ela havia sido vista, frequentemente, com homens bastante jovens, quase meninos.

Ela vinha andando com um homem muito jovem agora. Por acaso, Mr. Satterthwaite o conhecia e lamentava por isso. Franklin Rudge era um rapaz americano, produto típico de um dos estados do Meio-Oeste, ansioso para causar impressões, bronco, mas adorável, uma curiosa mistura de astúcia nativa e idealismo. Ele estava em Monte Carlo com um grupo de outros jovens americanos de ambos os sexos, todos do mesmo tipo. Era seu primeiro vislumbre do Velho Mundo e eles eram francos tanto na crítica como na apreciação.

Em geral, não gostavam dos ingleses no hotel, e os ingleses não gostavam deles. Mr. Satterthwaite, que se orgulhava de ser cosmopolita, gostava bastante deles. A franqueza e o vigor deles o atraíam, ainda que seus erros gramaticais ocasionais lhe dessem calafrios.

Ocorreu-lhe que a Condessa Czarnova era uma amiga muito inadequada para o jovem Franklin Rudge.

Ele tirou o chapéu educadamente quando eles se aproximaram, e a condessa fez uma reverência encantadora e deu um sorriso.

Ela era uma mulher muito alta, de aparência soberba. Os cabelos eram escuros, assim como os olhos, e os cílios e as sobrancelhas eram mais soberbamente pretos do que qualquer outro que a natureza já houvesse feito.

Mr. Satterthwaite, que conhecia muito mais segredos femininos do que seria o adequado para qualquer homem, prestou homenagem imediata à arte com a qual ela fora maquiada. A tez dela parecia ser de um branco cremoso uniforme. As tênues sombras sob os olhos eram muito eficazes. A boca não era nem carmesim nem escarlate, mas de uma suave cor de vinho. Vestia uma criação muito ousada de preto e branco e carregava uma sombrinha num tom de vermelho rosado muito favorável à tez.

Franklin Rudge parecia feliz e importante.

"Lá vai um jovem tolo", disse Mr. Satterthwaite para si mesmo. "Mas acho que não é da minha conta e, de qualquer forma, ele não quis me ouvir. Bem, bem, eu já tive minhas próprias experiências na minha época."

Mas ele ainda estava bastante preocupado, porque havia uma garotinha americana muito atraente na festa, e ele tinha certeza de que ela não gostaria nada da amizade de Franklin Rudge com a condessa.

Ele estava prestes a refazer os passos na direção oposta quando avistou a garota em questão vindo por um dos caminhos em direção a ele. Ela vestia um "terno" bem-cortado, feito sob medida, com uma camisa de musselina branca na cintura, calçava sapatos de caminhada bons e adequados, e trazia um guia de viagens consigo. Existem algumas americanas que passam por Paris e emergem vestidas feito a rainha de Sabá, mas Elizabeth Martin não era uma delas. Ela estava "fazendo a Europa" com um espírito severo e consciencioso. Tinha grandes ideias a respeito de cultura e de arte e estava ansiosa para obter o máximo possível com a limitada reserva de dinheiro que possuía.

É improvável que Mr. Satterthwaite a considerasse culta ou artística. Para ele, ela simplesmente parecia muito jovem.

— Bom dia, Mr. Satterthwaite — disse Elizabeth. — O senhor viu Franklin... Mr. Rudge, em algum lugar?

— Eu o vi apenas alguns minutos atrás.

— Com a amiga dele, a condessa, suponho — disse a garota, com rispidez.

— Hmm... com a condessa, sim — admitiu Mr. Satterthwaite.

— Aquela condessa dele não me cheira bem — disse a garota, num tom de voz bastante alto e estridente. — Franklin é louco por ela. *Por quê*, não consigo imaginar.

— Ela tem um jeito muito charmoso, acredito — disse Mr. Satterthwaite com cautela.

— O senhor a conhece?

— Um pouco.

— Estou muito preocupada com Franklin — disse Miss Martin. — Esse menino tem como regra ter muito bom senso. Nunca se pensaria que ele poderia cair nesse canto de sereia. E ele não escuta ninguém, fica mais zangado que uma vespa se alguém tenta lhe dizer uma palavra. Diga-me, de todo modo, ela é uma condessa de verdade?

— Eu preferiria não afirmar isso — disse Mr. Satterthwaite. — É possível que seja.

— Esse é o verdadeiro humor inglês — disse Elizabeth, com sinais de desagrado. — Tudo o que posso dizer é que em Sargon Springs, essa é nossa cidade natal, Mr. Satterthwaite, essa condessa pareceria um pássaro muito esquisito.

Mr. Satterthwaite achou isso possível. Ele se absteve de salientar que não estavam em Sargon Springs, mas no principado de Mônaco, onde a condessa se alinhava com o ambiente muito melhor do que Miss Martin.

Ele não respondeu, e Elizabeth seguiu em direção ao cassino. Mr. Satterthwaite sentou-se em um assento ao sol e logo Franklin Rudge se juntou a ele.

Rudge estava cheio de empolgação.

— Estou me divertindo — anunciou, com um entusiasmo ingênuo. — Sim, senhor! Isso é o que chamo de ver a vida, um tipo de vida bem diferente da que temos nos Estados Unidos.

O homem mais velho virou um rosto pensativo para ele.

— A vida é vivida da mesma forma em todos os lugares — disse, um tanto cansado. — Ela veste roupas diferentes, só isso.

Franklin Rudge encarou.

— Não entendi.

— Não — disse Mr. Satterthwaite. — Isso é porque o senhor ainda tem um longo caminho a percorrer. Mas peço desculpas. Nenhum homem idoso deveria se permitir adquirir o hábito de dar sermão.

— Ah! Tudo bem. — Rudge riu, exibindo os belos dentes típicos dos compatriotas. — Não vou dizer, veja só, que não estou decepcionado com o cassino. Achei que o jogo seria diferente, algo muito mais febril. Parece um pouco monótono e sórdido para mim.

— Jogar é vida ou morte para o jogador, mas não tem grande valor como espetáculo — disse Satterthwaite. — É mais emocionante ler sobre isso do que ver.

O jovem concordou com a cabeça.

— O senhor é um grande inseto social, não é? — perguntou ele com uma franqueza tímida que tornava impossível se ofender. — Quero dizer, o senhor conhece todas as duquesas e condes e condessas e coisas assim.

— Muitos deles — disse Mr. Satterthwaite. — E também os judeus e os portugueses e os gregos e os argentinos.

— Hein? — disse Mr. Rudge.

— Eu estava apenas explicando — disse Mr. Satterthwaite — que circulo pela sociedade inglesa.

Franklin Rudge meditou por alguns instantes.

— O senhor conhece a Condessa Czarnova, não conhece? — disse ele por fim.

— Um pouco — disse Mr. Satterthwaite, dando a mesma resposta que dera à Elizabeth.

— Agora, aí está uma mulher que é muito interessante de se conhecer. Fica-se inclinado a pensar que a aristocracia da Europa está esgotada e decadente. Isso pode ser verdade para os homens, mas as mulheres são diferentes. Não é um prazer conhecer uma criatura requintada como a condessa? Espirituosa, charmosa, inteligente, gerações de civilização atrás dela, uma aristocrata da cabeça aos pés!

— Ela é? — perguntou Mr. Satterthwaite.

— Bem, não é? O senhor sabe qual é a família dela?

— Não — disse Mr. Satterthwaite. — Receio saber muito pouco sobre ela.

— Ela era uma Radzynski — explicou Franklin Rudge. — Uma das famílias mais antigas da Hungria. Teve a vida mais extraordinária. Sabe aquele grande cordão de pérolas que ela usa?

Mr. Satterthwaite assentiu.

— Foi dado a ela pelo rei da Bósnia. Ela havia contrabandeado alguns documentos secretos para fora do reino para ele.

— Ouvi dizer — disse Mr. Satterthwaite — que as pérolas foram presenteadas a ela pelo rei da Bósnia.

O fato era mesmo um tema habitual de fofocas, sendo relatado que a dama havia sido uma *chère amie* de sua majestade em priscas eras.

— Agora vou lhe contar algo mais.

Mr. Satterthwaite ouvia, e quanto mais ouvia, mais admirava a fértil imaginação da Condessa Czarnova. Com ela não havia nada de vulgares "cantos de sereia" (como havia dito Elizabeth Martin). O rapaz era suficientemente astuto nesse sentido, honesto e idealista. Não, a condessa movia-se austera por um labirinto de intrigas diplomáticas. Naturalmente, tinha inimigos, detratores! Era um vislumbre, assim pareceu ao jovem americano, da vida no antigo regime tendo a condessa como figura central, distante, aristocrática, amiga de conselheiros e príncipes, uma figura para inspirar devoção romântica.

— E ela teve a cota dela de dificuldades a enfrentar — finalizou o rapaz, calorosamente. — É uma coisa extraordinária, mas ela nunca encontrou uma mulher que fosse uma amiga verdadeira para ela. As mulheres foram contra ela a vida toda.

— Provavelmente — disse Mr. Satterthwaite.

— O senhor não diria que isso é escandaloso? — perguntou Rudge de maneira acalorada.

— N-não — disse Mr. Satterthwaite pensativo. — Não creio que eu ache. As mulheres têm seus próprios padrões, você sabe. Não adianta nos misturarmos nos assuntos delas. Elas devem comandar o próprio show.

— Não concordo com o senhor — disse Rudge com seriedade. — É uma das piores coisas do mundo hoje, a indelicadeza das mulheres entre si. O senhor conhece Elizabeth Martin? Então, ela concorda comigo em tudo na teoria. Muitas vezes já discutimos o assunto. Ela é só uma criança, mas as ideias dela são boas. Mas no momento em que se chega a um teste prático... ora, ela é tão ruim quanto qualquer uma delas. Tem uma antipatia genuína pela condessa sem saber nada sobre ela e não escuta quando tento contar coisas sobre ela. Está tudo *errado*, Mr. Satterthwaite. Acredito na democracia... e... o que é isso senão uma irmandade entre homens e uma irmandade entre mulheres?

Ele fez uma pausa, muito sério. Mr. Satterthwaite tentou pensar em quaisquer circunstâncias em que um sentimento fraterno pudesse surgir entre a condessa e Elizabeth Martin e falhou.

— Ora, a condessa, por outro lado — continuou Rudge — admira imensamente Elizabeth e a considera encantadora em todos os sentidos. Agora, o que isso mostra?

— Isso mostra — disse Mr. Satterthwaite, seco — que a condessa viveu muito mais do que Miss Martin.

Franklin Rudge saiu pela tangente de um modo inesperado.

— O senhor sabe quantos anos ela tem? Ela me disse. Muito informal da parte dela. Eu daria a ela uns 29 anos, mas ela me contou, por vontade própria, que tem 35. Não parece, não é?

Mr. Satterthwaite, cuja estimativa particular da idade da dama estava entre 45 e 49 anos, apenas ergueu as sobrancelhas.

— Devo adverti-lo a não acreditar em tudo o que lhe dizem em Monte Carlo — murmurou ele.

Ele tinha experiência suficiente para saber a futilidade de discutir com o rapaz. Franklin Rudge estava em um ponto tão ardoroso de cavalheirismo que não acreditaria em nenhuma declaração que não se sustentasse em provas oficiais.

— Aí está a condessa — disse o rapaz, levantando-se.

Ela aproximou-se deles com a graça lânguida que lhe convinha. Pouco depois, os três se sentaram juntos. Ela era muito charmosa com Mr. Satterthwaite, mas de uma maneira um tanto distante. Demonstrava por ele grande deferência, pedindo a opinião dele e tratando-o como uma autoridade na Riviera.

A coisa toda foi habilmente manejada. Poucos minutos se passaram antes que Franklin Rudge se visse graciosa, porém inequivocamente dispensado, e a condessa e Mr. Satterthwaite ficassem *tête-à-tête*.

Ela baixou a sombrinha e começou a desenhar padrões com ela na poeira.

— O senhor está interessado no bom garoto americano, não, é, Mr. Satterthwaite?

Sua voz era baixa com um tom carinhoso.

— Ele é um bom rapaz — disse Mr. Satterthwaite, evasivo.

— Acho-o simpático, sim — disse a condessa, pensativa. — Contei a ele muito da minha vida.

— De fato — disse Mr. Satterthwaite.

— Em detalhes tais que contei a poucos — ela continuou, sonhadora. — Tive uma vida extraordinária, Mr. Satterthwaite. Poucos dariam crédito às coisas incríveis que aconteceram comigo.

Mr. Satterthwaite foi astuto o suficiente para penetrar no que ela queria dizer. Afinal, as histórias que ela havia contado a Franklin Rudge *poderiam* ser verdade. Era extremamente inverossímil, e em última instância, improvável, mas era possível... Ninguém poderia dizer de modo categórico: "Não foi assim...".

Ele não respondeu, e a condessa continuou a olhar sonhadora para o outro lado da baía.

E de repente, Mr. Satterthwaite teve uma impressão estranha e nova dela. Ele a viu não mais como uma harpia, mas como uma criatura desesperada e acuada, lutando com unhas e dentes. Ele lançou um olhar de soslaio para ela. A sombrinha estava abaixada, ele podia ver as pequenas linhas desfiguradas nos cantos dos olhos dela. Em uma têmpora uma veia pulsava.

Ocorreu-lhe de modo contínuo, aquela certeza crescente. Ela era uma criatura desesperada e decidida. Seria impiedosa com ele ou com qualquer um que ficasse entre ela e Franklin Rudge. Mas ele ainda sentia que não havia compreendido a situação. Claramente, a condessa tinha muito dinheiro. Estava sempre bem-vestida e suas joias eram maravilhosas. Não poderia haver uma urgência real desse tipo. Seria amor? As mulheres da idade dela, ele bem sabia, se apaixonavam por meninos. Podia ser isso. Havia, ele tinha certeza, algo fora do comum sobre a situação.

O *tête-à-tête* dela com ele era, reconhecia, um desafio. Ela o havia escolhido como o principal inimigo. Ele tinha certeza de que ela esperava incitá-lo a falar dela com desprezo para Franklin Rudge. Mr. Satterthwaite sorriu para si mesmo. Ele era um pássaro velho demais para isso. Sabia quando era sábio segurar a língua.

Ele a observou naquela noite no Cercle Privé enquanto ela tentava a sorte na roleta.

Ela apostou várias e várias vezes, apenas para ver as fichas serem varridas. Suportou bem as perdas, com o estoico *sang froid* do velho *habitué*. Apostou *en plein* uma ou duas vezes, colocou tudo no vermelho, ganhou um pouco na meia dúzia e depois perdeu de novo, por fim apostando seis vezes no *manque* e perdendo todas. Então, com um gracioso dar de ombros, afastou-se do jogo.

Estava incomumente impressionante em um vestido de tecido dourado com um leve tom de verde. As famosas pérolas bósnias estavam em volta do pescoço e longos brincos de pérolas, pendurados nas orelhas.

Mr. Satterthwaite ouviu dois homens perto dele a avaliarem.

— A Czarnova — disse um —, ela se veste bem, não é? As joias da coroa da Bósnia ficam bem nela.

O outro, um homenzinho de aparência judia, olhava curiosamente para ela.

— Essas são as pérolas da Bósnia, então? — perguntou ele. — *En vérité*. Isso é estranho.

Ele riu baixinho para si mesmo.

Mr. Satterthwaite perdeu o resto da conversa, pois assim que virou a cabeça, foi tomado de alegria ao reconhecer um velho amigo.

— Meu caro Mr. Quin. — Apertou a mão dele calorosamente. — O último lugar onde eu sonharia ver o senhor.

Mr. Quin sorriu, com o rosto escuro e atraente se iluminando.

— Isso não deveria surpreendê-lo — disse ele. — É a época do Carnaval. Estou aqui muitas vezes na época do Carnaval.

— Mesmo? Bem, isso é um grande prazer. O senhor faz questão de ficar aqui nas salas? Acho-as bastante quentes.

— Vai ser mais agradável lá fora — concordou o outro. — Vamos passear nos jardins.

O ar lá fora estava cortante, mas não frio. Ambos os homens inspiraram profundamente.

— Assim está melhor — disse Mr. Satterthwaite.

— Muito melhor — concordou Mr. Quin. — E podemos conversar livremente. Tenho certeza de que o senhor quer me contar muita coisa.

— De fato quero.

Falando com ansiedade, Mr. Satterthwaite revelou as perplexidades dele. Como sempre, se orgulhava de seu poder de criar uma atmosfera. A condessa, o jovem Franklin, a intransigente Elizabeth — ele os desenhou todos com um toque hábil.

— O senhor mudou desde que o conheci — disse Mr. Quin, sorrindo, quando ele terminou a narrativa.

— De que maneira?

— O senhor ficava feliz em ver o drama que a vida oferecia. Agora... o senhor quer participar... atuar.

— É verdade — confessou Mr. Satterthwaite. — Mas neste caso não sei o que fazer. É tudo muito desconcertante. Talvez... — Ele hesitou. — Talvez o senhor me ajude?

— Com prazer — disse Mr. Quin. — Vamos ver o que podemos fazer.

Mr. Satterthwaite teve uma estranha sensação de conforto e confiança.

No dia seguinte, ele apresentou Franklin Rudge e Elizabeth Martin ao amigo Harley Quin. Ele ficou satisfeito ao ver que eles se deram bem. A condessa não foi mencionada, mas na hora do almoço ele ouviu notícias que despertaram a atenção dele.

— Mirabelle está chegando a Monte Carlo esta noite — confidenciou empolgado a Mr. Quin.

— A favorita dos palcos parisienses?

— Sim. Ouso dizer que o senhor sabe, é de conhecimento geral, ela é a última obsessão do rei da Bósnia. Ele a encheu de joias, creio eu. Dizem que ela é a mulher mais exigente e extravagante de Paris.

— Será interessante observar ela e a Condessa Czarnova se encontrarem esta noite.

— Exatamente o que eu pensei.

Mirabelle era uma criatura alta e magra com maravilhosos cabelos loiros tingidos. A tez era de um malva pálido com lábios alaranjados. Ela era incrivelmente chique. Estava vestida com algo que parecia uma festejada ave do paraíso e usava cordões de joias pendurados nas costas nuas. Um pesado bracelete cravejado de imensos diamantes envolvia seu tornozelo esquerdo.

Ela causou sensação quando apareceu no cassino.

— Sua amiga, a condessa, terá dificuldade em superar isso — murmurou Mr. Quin no ouvido de Mr. Satterthwaite. Este último assentiu. Estava curioso para ver como a condessa se comportaria.

Ela chegou tarde, e um murmúrio baixo correu enquanto caminhava despreocupada para uma das mesas de roleta do centro.

Estava vestida de branco, com uma simples cinta de marroquim, como uma debutante poderia ter usado, e o pescoço e braços, brancos e brilhantes, não tinham adornos. Não usava uma única joia.

— Isso foi esperto — disse Mr. Satterthwaite, com aprovação imediata. — Ela despreza a rivalidade e vira o jogo contra a adversária.

Ele mesmo se aproximou e ficou ao lado da mesa. De vez em quando se divertia apostando um pouco. Às vezes ganhava, e, mais frequentemente, perdia.

Houve uma rodada fantástica na última dúzia. Os números 31 e 34 apareceram várias vezes. As fichas se amontoaram no fundo do pano.

Com um sorriso, Mr. Satterthwaite fez sua última aposta da noite e colocou o máximo no número 5.

A condessa, por sua vez, inclinou-se para a frente e pôs o máximo no número 6.

— *Faites vos jeux* — chamou o crupiê com a voz rouca.
— *Rien ne va plus. Plus, rien.*

A bola girou, zunindo alegremente. Mr. Satterthwaite pensou consigo mesmo: "Isso significa algo diferente para cada um de nós. Agonias de esperança e desespero, tédio, diversão ociosa, vida e morte".

Clique!

O crupiê inclinou-se para ver.

— *Numéro cinq, rouge, impair et manque.*

Mr. Satterthwaite havia ganhado!

O crupiê, tendo arrecadado as outras apostas, entregou os ganhos de Mr. Satterthwaite. Ele estendeu a mão para pegá-los. A condessa fez o mesmo. O crupiê olhou de um para o outro.

— *À madame* — disse ele bruscamente.

A condessa pegou o dinheiro. Mr. Satterthwaite recuou. Sempre um cavalheiro. A condessa o encarou, e ele retribuiu o olhar. Uma ou duas pessoas ao redor apontaram para o crupiê dizendo que ele havia cometido um erro, mas o homem balançou a cabeça com impaciência. Ele havia decidido. Estava encerrado. Ele anunciou com o grito rouco:

— *Faites vos jeux, messieurs et mesdames.*

Mr. Satterthwaite juntou-se a Mr. Quin. Sob seu comportamento impecável, ele estava extremamente indignado. Mr. Quin ouviu com empatia.

— Que pena — disse ele. — Mas essas coisas acontecem.

— Devemos encontrar seu amigo Franklin Rudge mais tarde. Darei um pequeno jantar.

Os três se encontraram à meia-noite, e Mr. Quin explicou o plano dele.

— É o que se chama de festa de "caminhos e trilhas" — explicou. — Escolhemos nosso local de encontro, então cada um sai e tem o dever de honra de convidar a primeira pessoa que encontrar.

Franklin Rudge se divertiu com a ideia.

— Diga, o que acontece se não aceitarem?

— Você deve usar seus poderes máximos de persuasão.

— Bom. E onde é o ponto de encontro?

— Um café meio boêmio, onde se podem receber convidados estranhos. Chama-se Le Caveau.

Ele explicou a localização, e os três se separaram. Mr. Satterthwaite teve a sorte de encontrar Elizabeth Martin e a clamou para si com alegria. Chegaram a Le Caveau e desceram a uma espécie de adega, onde encontraram uma mesa posta para o jantar e iluminada por velas antiquadas em castiçais.

— Somos os primeiros — disse Mr. Satterthwaite. — Ah! Aí vem Franklin...

Ele parou abruptamente. Com Franklin estava a condessa. Foi um momento constrangedor. Elizabeth mostrou menos graciosidade do que poderia. A condessa, como mulher do mundo, manteve as aparências.

Por último veio Mr. Quin. Com ele estava um homem baixo e moreno, bem-vestido, cujo rosto parecia familiar a Mr. Satterthwaite. Logo em seguida, ele o reconheceu. Era o crupiê que no início da noite cometera aquele erro tão lamentável.

— Deixe-me apresentá-lo ao grupo, M. Pierre Vaucher — disse Mr. Quin.

O homenzinho parecia confuso. Mr. Quin fez as apresentações necessárias com leveza e descontração. A ceia foi trazida, uma ceia excelente. Veio o vinho, excelente vinho. Quebrou-se um pouco o gelo da atmosfera. A condessa estava muito calada, assim como Elizabeth. Franklin Rudge estava falante. Ele contou várias histórias — não histórias engraçadas, mas sérias. E, com calma e assiduidade, Mr. Quin servia o vinho.

— Vou contar a vocês, e esta é uma história verídica, sobre um homem que se deu bem — disse Franklin Rudge, de maneira a impressionar.

Para alguém vindo de um país com Lei Seca, não demonstrara falta de apreço por champanhe.

Ele contou a história, talvez um tanto desnecessariamente longa. Era, como muitas histórias verdadeiras, muito inferior à ficção.

Ao pronunciar a última palavra, Pierre Vaucher, à frente dele, pareceu acordar. Ele também tinha feito justiça à champanhe. Ele se inclinou sobre a mesa.

— Também vou lhes contar uma história — disse com voz rouca. — Mas a minha é a história de um homem que não se deu bem. É a história de um homem que não subiu, mas desceu na vida. E, como a sua, é uma história verdadeira.

— Por favor, conte-nos, *monsieur* — disse Mr. Satterthwaite, com cortesia.

Pierre Vaucher recostou-se na cadeira e olhou para o teto.

— É em Paris que a história começa. Havia um homem lá, trabalhando como joalheiro. Ele era jovem e alegre e aplicado na profissão. Diziam que tinha futuro. Um bom casamento já estava arranjado para ele, uma noiva não muito feia, o dote mais que satisfatório. E então, o que acham? Certa manhã, ele vê uma garota. Uma menina tão miserável, *messieurs*. Linda? Sim, talvez, se não estivesse meio faminta. Mas enfim, para esse rapaz, a moça tem uma magia a que ele não consegue resistir. Ela vem lutando para encontrar trabalho, é virtuosa, ou pelo menos é o que ela diz a ele. Não sei se era verdade.

A voz da condessa surgiu de repente na semiescuridão.

— Por que não poderia ser verdade? Há muitas assim.

— Bem, como eu disse, o rapaz acreditou nela. E ele se casou com ela... um ato de loucura! A família não quis saber mais dele. Ele havia ultrajado seus sentimentos. Ele se casou com... vou chamá-la de Jeanne. Foi uma boa ação. Ele disse isso a ela. Sentia que ela deveria ser muito grata a ele. Ele havia sacrificado muito por ela.

— Um começo encantador para a pobre menina — observou a condessa, com sarcasmo.

— Ele a amava, sim, mas desde o início ela o enlouquecia. Ela dava chiliques, fazia birra, era fria com ele num dia e apaixonada no outro. Finalmente ele viu a verdade. Ela nunca o havia amado. Casara-se com ele para se manter viva. Essa verdade o machucou, machucou horrivelmente, mas ele tentou ao máximo não deixar transparecer nada. E ainda sentia que merecia gratidão e obediência aos desejos dele. Eles brigaram. Ela o repreendeu... *Mon Dieu*, pelo que ela não o repreendia?

"Vocês podem ver os próximos passos, não podem? A coisa que estava prestes a acontecer. Ela o deixou. Por dois anos ele ficou sozinho, trabalhando em sua lojinha sem notícias dela. Ele tinha só um amigo: o absinto. Os negócios não iam tão bem.

"E então um dia ele entrou na loja e se deparou com ela sentada lá. Estava lindamente vestida. Tinha anéis nas mãos. Ele a ficou admirando. O coração dele batia — e como batia! Não soube o que fazer. Gostaria de tê-la espancado, de tê-la abraçado, de tê-la jogado no chão e a pisoteado, de ter se atirado aos pés dela. Mas não fez nenhuma dessas coisas. Pegou os alicates e continuou com o trabalho. 'O que a madame deseja?', ele perguntou formalmente.

"Isso a aborreceu. Vejam bem, ela não esperava por isso. 'Pierre', ela disse, 'eu voltei.' Ele deixou de lado os alicates e olhou para ela. 'Você quer ser perdoada?', ele perguntou. 'Quer que eu te aceite de volta? Está sinceramente arrependida?' 'Você me quer de volta?', ela murmurou. Ah! Ela falou isso muito baixinho.

"Ele sabia que ela estava preparando uma armadilha para ele. Ele desejava tomá-la nos braços, mas era esperto demais para isso. Fingiu indiferença.

"'Sou um homem cristão', disse ele. 'Tento fazer o que a Igreja orienta.' Ele pensou: 'Ah! Vou humilhá-la, humilhá-la até ela ficar de joelhos'.

"Mas Jeanne, é assim que vou chamá-la, jogou a cabeça para trás e riu. Foi uma risada maligna. 'Estou zombando de você, Pierrezinho', disse ela. 'Olhe para essas roupas caras, esses anéis e pulseiras. Vim me exibir a você. Pensei que o faria me pegar nos braços, e, quando fizesse isso, *então* eu cuspiria na sua cara e diria como o odiava!'

"E com isso ela saiu da loja. Vocês acreditariam, *messieurs*, que uma mulher poderia ser tão má assim, de voltar apenas para me atormentar?"

— Não — disse a condessa. — Eu não acreditaria, e qualquer homem que não fosse tolo também não acreditaria. Mas todos os homens são tolos cegos.

Pierre Vaucher não deu atenção à ela. Ele continuou.

— E assim, aquele jovem de quem vos falo afundou mais e mais. Ele bebeu mais absinto. A lojinha foi vendida contra a vontade dele. Ele se tornou parte da escória, da sarjeta. Então veio a guerra. Ah! Foi boa, a guerra. Tirou aquele homem da sarjeta e o ensinou a não ser mais uma besta rude. Ela o disciplinou e o deixou sóbrio. Ele suportou o frio e a dor e o medo da morte, e não morreu, e quando a guerra terminou, ele era um homem novamente.

"Foi então, senhores, que ele veio para o Sul. Seus pulmões haviam sido afetados pelo gás, então disseram que ele devia procurar trabalho no Sul. Não vou cansá-los com todas as coisas que ele fez. Basta dizer que acabou como crupiê, e lá... lá no cassino, uma noite, ele a viu novamente... a mulher que havia arruinado sua vida. Ela não o reconheceu, mas ele a reconheceu. Ela aparentava ser rica e não parecia lhe faltar nada, mas, *messieurs*, os olhos de um crupiê são afiados. Houve uma noite em que ela colocou na mesa a última aposta dela no mundo. Não me perguntem como eu sei. Eu sei. Dá para sentir essas coisas. Outros podem não acreditar. Ela ainda tinha roupas caras. Por que não as penhorar, diria alguém? Mas se fizesse isso, ah! Seu crédito acabaria de vez. Suas joias? Ah, não! Eu não era um joalheiro no meu tempo? Há muito tempo, as verdadeiras joias se foram. As pérolas de um rei são vendidas uma a uma, substituídas por falsas. E enquanto isso, é preciso comer e pagar a conta do hotel. Sim, e os homens ricos... bem, eles a viram por aí por muitos anos. Eles dizem: ah! Ela tem mais de 50 anos. Consigo uma franguinha mais nova com meu dinheiro."

Um suspiro longo e trêmulo veio das janelas onde a condessa estava recostada.

— Sim. Foi um grande momento, aquele. Por duas noites eu a observei. Perdia, perdia e perdia de novo. E então o fim. Ela colocou tudo em um número. Ao lado dela, um milorde inglês também aposta o máximo, no número seguinte. A bola rola... Chegou o momento, ela perdeu...

"Os olhos dela encontraram os meus. O que eu faço? Coloco em risco meu lugar no cassino. Roubo o milorde inglês. '*À madame*', eu digo, e entrego o dinheiro."

— Ah! — Houve um estrondo quando a condessa se pôs de pé e se inclinou sobre a mesa, derrubando a taça no chão.
— Por quê? — gritou ela. — É isso que eu quero saber, *por que* você fez isso?

Houve uma longa pausa, uma pausa que parecia interminável, e ainda aqueles dois de frente um para o outro, um de cada lado da mesa, olhavam e olhavam... Era como um duelo.

Um sorrisinho maldoso surgiu no rosto de Pierre Vaucher. Ele ergueu as mãos.

— Madame — disse ele. — Existe uma coisa chamada piedade...
— Ah!

Ela afundou novamente.
— Compreendo.

Ela estava calma, sorrindo, era ela mesma outra vez.
— Uma história interessante, não é, M. Vaucher? Permita-me acender seu cigarro.

Ela habilmente enrolou um pedaço de papel, o acendeu na vela e segurou-o na direção dele. Ele se inclinou para a frente até que a chama pegasse a ponta do cigarro que segurava entre os lábios.

Então ela se levantou de modo inesperado.
— E agora, devo deixar todos vocês. Por favor, não preciso de ninguém para me acompanhar.

Antes que alguém pudesse perceber, ela tinha partido. Mr. Satterthwaite teria corrido atrás dela, mas foi mantido no lugar por uma imprecação assustada do francês.
— Com mil trovões!

Ele estava olhando para o papel meio queimado que a condessa deixara cair sobre a mesa. Ele o desenrolou.
— *Mon Dieu!* — ele murmurou. — Uma nota de 50 mil francos. Vocês compreendem? Seus ganhos esta noite. Tudo o que ela tinha no mundo. E ela acendeu meu cigarro com ela!

Porque foi orgulhosa demais para aceitar... piedade. Ah! Orgulhosa, ela sempre foi orgulhosa como o Diabo. Ela é única... maravilhosa.

Ele se levantou de seu assento e saiu correndo. Mr. Satterthwaite e Mr. Quin também se levantaram. O garçom se aproximou de Franklin Rudge.

— *La note, monsieur* — observou ele, sem emoção.

Mr. Quin o resgatou rapidamente.

— Sinto-me meio solitário, Elizabeth — comentou Franklin Rudge. — Esses estrangeiros... são fora de série! Não os entendo. O que tudo isso significa, afinal?

Ele olhou para ela.

— Nossa, é bom olhar para algo tão cem por cento americano quanto você — disse ele, a voz assumindo o tom choroso de uma criança pequena. — Esses estrangeiros são tão *estranhos*.

Eles agradeceram a Mr. Quin e saíram juntos pela noite. Mr. Quin pegou o troco e sorriu para Mr. Satterthwaite, que estava se pavoneando, todo satisfeito.

— Bem — disse ele. — Tudo correu esplendidamente. Nosso par de pombinhos vai ficar bem agora.

— Quais? — perguntou Mr. Quin.

— Oh! — disse Mr. Satterthwaite, surpreso. — Oh! Sim, bem, suponho que o senhor esteja certo, considerando o ponto de vista latino e tudo isso...

Ele parecia em dúvida.

Mr. Quin sorriu, e, por um instante, um painel de vitrais atrás dele o envolveu em uma roupa peculiar de luz colorida.

Capítulo 6

O homem que veio do mar

Mr. Satterthwaite sentia-se velho. Isso não seria de surpreender, já que, no apreço de muitas pessoas, ele *era* velho. Jovens incautos diziam aos parceiros:

— O velho Satterthwaite? Ah! Ele já deve ter uns 100 anos... ou, de qualquer forma, uns 80.

E até mesmo a mais gentil das moças indulgentemente dizia:

— Ah! Satterthwaite. Sim, ele é bem velho. Ele *deve* ter uns 60.

O que era quase pior, já que ele tinha 69.

Ele, no entanto, não se considerava velho. Sessenta e nove era uma idade interessante — uma idade de infinitas possibilidades —, uma idade na qual finalmente a experiência de uma vida inteira começava a ficar aparente. Mas sentir-se velho — isso era diferente, um estado mental exaurido no qual a pessoa se sente inclinada a se fazer perguntas deprimentes. O que era ele afinal? Um homenzinho enrugado, sem filhos nem esposa, sem posses humanas, apenas uma valiosa coleção de arte que, no momento, parecia bem insatisfatória. Ninguém para se importar se ele vivia ou morria...

A esta altura das meditações, Mr. Satterthwaite se deteve. Aquilo em que pensava era mórbido e não tinha valor. Ele sabia muito bem, quem melhor saberia disso, que era bem provável que uma esposa o tivesse odiado ou, por sua vez, que fosse ele a odiá-la, que filhos teriam sido uma fonte constante de preocupação e ansiedade e que as exigências de tempo e afeição o teriam incomodado sobremaneira.

— Estar seguro e confortável — disse Mr. Satterthwaite firmemente, esse era o negócio.

O último pensamento o lembrou de uma carta que tinha recebido naquela manhã. Ele a tirou do bolso e a releu, saboreando o conteúdo com prazer. Para começar, era de uma duquesa, e Mr. Satterthwaite gostava de receber notícias de duquesas. É verdade que a carta começava pedindo por uma grande quantia em doação para a caridade e, se não fosse por isso, provavelmente nunca nem teria sido escrita, mas os termos com os quais tinha sido escrita eram tão agradáveis que Mr. Satterthwaite conseguiu ignorar o primeiro fato.

Quer dizer então que você desertou da Riviera, escrevera a duquesa. *Como está essa sua ilha? Rasteira? Cannotti subiu os preços de maneira vergonhosa este ano, e eu não irei à Riviera de novo. Talvez eu experimente a sua ilha no ano que vem se a sua resposta for favorável, embora eu deva odiar cinco dias num barco. Ainda assim, qualquer lugar recomendado por você há de ser bem confortável — até demais. Você será uma dessas pessoas que não fazem nada além de se mimar e pensar no próprio conforto. Só uma coisa há de salvá-lo, Satterthwaite, e é o seu interesse incomum pela vida alheia...*

Enquanto Mr. Satterthwaite dobrava a carta, a visão da duquesa emergiu vívida diante dele. A crueldade dela, a bondade inesperada e alarmante, a língua cáustica, o espírito indomável.

Espírito! Todo mundo precisava de espírito. Ele tirou uma outra carta com um selo alemão — escrita por uma jovem cantora pela qual ele tinha se interessado. Era uma carta grata e afetuosa.

Como hei de agradecê-lo, querido Mr. Satterthwaite? Parece por demais maravilhoso o fato de que em alguns dias estarei cantando Isolda...

Uma pena que a estreia dela tenha sido como Isolda. Olga, uma jovem encantadora, esforçada, com uma bela voz e nenhum temperamento. Ele cantarolou para si mesmo.
— Não, eu ordeno! Por favor, entenda! Eu comando. Eu, Isolda.
Não, a moça não tinha aquilo, o espírito, a vontade indomável, tudo expresso naquele último *"Ich Isoldé!"*.
Bem, de qualquer forma, ele tinha feito algo por alguém. Essa ilha o deprimia — Oh! Por que tinha ele desertado a Riviera que conhecia tão bem e onde era tão bem conhecido? Ninguém aqui se interessava por ele. Ninguém parecia se dar conta de que ele era *Mr. Satterthwaite* — amigo de duquesas e condessas e cantores e escritores. Ninguém na ilha tinha qualquer importância social ou tampouco qualquer tipo de importância artística. A maioria das pessoas estava ali havia sete, catorze ou 21 anos seguidos e se dava o devido valor e era avaliada de forma adequada.

Com um suspiro profundo, Mr. Satterthwaite desceu do hotel para o portinho solitário logo abaixo. O trajeto ia por entre uma avenida de buganvílias — uma massa vívida de vermelhidão espalhafatosa que o fazia se sentir mais velho e cinzento do que nunca.

— Estou ficando velho — ele murmurou. — Estou ficando velho e cansado.

Ficou agradecido por ter passado pelas buganvílias e caminhar então pela rua branca que terminava no mar azul.

Um vira-lata qualquer estava no meio do caminho, bocejando e se espreguiçando sob o sol. Tendo prolongado o alongamento até o ápice do êxtase, ele se sentou e deu uma bela coçada. Então se levantou, se sacudiu e olhou ao redor, procurando pelo que mais a vida pudesse oferecer de bom.

Havia um monte de lixo no canto da estrada, e lá se foi ele a cheirar numa antecipação prazerosa. Em verdade, o focinho não o tinha enganado! Um aroma de tão rica putrescência que ultrapassava até mesmo a sua antecipação! Ele cheirou com apreciação crescente, então, de repente, largou-se, deitou-se de costas e rolou satisfeito na deliciosa podridão. O mundo, naquela manhã, era um paraíso canino, claramente!

Cansando-se, por fim, ele ficou de pé outra vez e caminhou de novo para o meio da estrada. E então, sem o menor dos alertas, um carro destrambelhado dobrou a esquina, acertando-o em cheio e partindo sem dar importância.

O cachorro se levantou, fitou Mr. Satterthwaite por um minuto, uma reprovação burra e vaga nos olhos, então caiu de lado. Mr. Satterthwaite correu até ele e se abaixou. O cão estava morto. Ele seguiu seu caminho, pensando na tristeza e na crueldade da vida. Que olhar de reprovação burro, esquisito, estivera nos olhos do cão. "Oh, mundo", eles pareciam dizer, "Oh! Maravilhoso mundo no qual depositei a minha confiança. Por que fez isso comigo?"

Mr. Satterthwaite prosseguiu, passou das palmeiras e das casas brancas avulsas, da praia de lava negra onde as ondas trovejavam e onde, certa vez, muito tempo antes, um conhecido nadador inglês havia sido levado pelo mar e se afogado, das piscinas de pedra onde crianças e senhoras idosas entravam e saíam, chamando isso de banho, seguindo pela estrada inclinada que ascende até o topo da colina. Porque lá na beira da colina havia uma casa, apropriadamente chamada La Paz. Uma casa branca de venezianas verdes desbotadas bem fechadas, um belo jardim emaranhado e uma trilha entre ciprestes que levava até um platô na beira da colina, de onde se podia ver o mar azul-escuro lá embaixo, bem, bem, bem embaixo.

Era para lá que Mr. Satterthwaite se dirigia. Ele tinha desenvolvido um grande amor pelo jardim de La Paz. Nunca entrara no casarão. Parecia estar sempre vazio. Manuel, o jardineiro espanhol, desejava bom-dia com um floreio e, de forma galante, presenteava as damas com um buquê e os cavalheiros com um único botão de flor para a lapela, o rosto escuro sorridente.

De vez em quando Mr. Satterthwaite conjecturava histórias sobre quem seria o proprietário da casa em sua própria mente. A favorita era uma dançarina espanhola, famosa antigamente pela beleza, que agora se escondia ali para que ninguém soubesse que não era mais bela.

Ele a imaginava saindo de casa ao anoitecer e caminhando pelo jardim. Às vezes ele sentia vontade de extrair a verdade de Manuel, mas resistia à tentação. Preferia a sua imaginação.

Depois de trocar algumas poucas palavras com Manuel e graciosamente aceitar um botão de rosa laranja, Mr. Satterthwaite caminhou pelos ciprestes até o mar. Era bem maravilhoso sentar-se ali — na beira do nada — com aquela imensa queda logo abaixo. Fazia-o pensar em Tristão e Isolda, no início do terceiro ato, com Tristão e Kurwenal — aquela espera solitária, e Isolda vindo do mar, e Tristão morrendo nos braços dela. (Não, a pequena Olga jamais seria uma boa Isolda. Isolda da Cornualha, aquela que amava e odiava a realeza...) Ele estremeceu. Sentia-se velho, friorento, solitário... O que ele tinha tirado da vida? Nada... nada. Menos até do que aquele cão rueiro.

Foi um barulho inesperado que o tirou dos devaneios. Passos vindo dos ciprestes eram inaudíveis; então, o primeiro sinal de uma presença foi a palavra inglesa "maldição".

Ele se virou e encontrou um jovem o encarando em óbvia surpresa e desapontamento. Mr. Satterthwaite o reconheceu imediatamente como um recém-chegado do dia anterior que o tinha intrigado de certa forma. Mr. Satterthwaite o chamava de jovem — porque em comparação com a maior parte dos velhotes do hotel, ele *era* jovem —, mas ele certamente nunca mais veria os 40 anos e provavelmente se acercava do meio século de vida. Ainda assim, apesar disso, o termo jovem combinava com ele — Mr. Satterthwaite geralmente acertava com relação a esse tipo de coisa —, havia nele um ar de imaturidade. Tal como acontece de um cachorro grande manter um traço da época de filhote, assim era com o estranho.

Mr. Satterthwaite pensou: "Este sujeito nunca cresceu... não do jeito certo, quero dizer".

E, ainda assim, não havia nada de Peter Pan nele. Ele era roliço — quase cheio —, tinha jeito de quem sempre havia se dado muito bem no sentido material e não tinha se negado prazer algum ou satisfação alguma. Tinha olhos castanhos, bem redondos, cabelo claro que agrisalhava, um bigodinho e um rosto bem corado.

O que havia intrigado Mr. Satterthwaite era o motivo da presença dele na ilha. Ele conseguia imaginá-lo atirando em coisas, caçando coisas, jogando polo ou golfe ou tênis, fazendo amor com lindas mulheres. Mas na ilha não havia nada a se caçar ou em que atirar, nenhum jogo além de *croquet*, e aquilo que mais se assemelhava a uma bela mulher vinha na forma da idosa Miss Barbara Kindersley. Havia, claro, os artistas, para os quais a beleza do cenário poderia ser atraente, mas Mr. Satterthwaite estava bem certo de que o jovem não era um artista. Ele carregava de forma aparente a marca dos filisteus.

Enquanto resolvia essas coisas na mente, o outro falou, dando-se conta, um tanto quanto atrasado, de que sua única fala dele poderia estar aberta à crítica.

— Desculpe — disse ele um tanto encabulado. — Na verdade, eu fiquei... bem, surpreso. Não esperava ninguém por aqui.

Ele sorriu de forma amistosa. Tinha um sorriso encantador, amigável, atraente.

— É um lugar bem solitário — concordou Mr. Satterthwaite, movendo-se educadamente um pouco mais para longe no banco.

O outro aceitou o convite silencioso e se sentou.

— Não sei se é solitário — disse ele. — Parece ter sempre *alguém* aqui.

Havia um respingo de ressentimento latente na voz. Mr. Satterthwaite se perguntou o motivo. Ele via o outro como um espírito amigável. Por que essa insistência em solidão? Um encontro, talvez? Não... isso não. Ele olhou de novo para o companheiro em velado escrutínio. Onde tinha visto aquela mesma expressão recentemente? Aquele olhar de tolo e surpreso ressentimento.

— Você então já esteve aqui antes? — perguntou Mr. Satterthwaite, mais para dizer alguma coisa do que por qualquer outro motivo.

— Eu estive aqui ontem à noite... depois do jantar.

— É mesmo? Pensei que os portões estivessem sempre trancados.

Houve um momento de hesitação e então, de maneira quase sombria, o jovem respondeu:

— Eu pulei o muro.

Mr. Satterthwaite o olhava com bastante atenção agora. Ele tinha uma mente parecida com a de um detetive às vezes e estava ciente de que o companheiro tinha chegado somente na última tarde. Ele tinha tido pouco tempo para descobrir a beleza da vila à luz do dia e até o momento não havia conversado com ninguém. Ainda assim, depois do cair da noite, ele tinha ido diretamente até La Paz. Por quê? Quase involuntariamente, Mr. Satterthwaite virou a cabeça para olhar o casarão de venezianas verdes, mas ela estava serenamente morta como sempre, fechada. Não, a solução do mistério não estava ali.

— E você realmente encontrou alguém aqui ontem?

O outro assentiu.

— Sim. Devia ser do outro hotel. Usava uma fantasia.

— Uma fantasia?

— Sim. Roupas de Arlequim.

— O quê?

A indagação saltou dos lábios de Mr. Satterthwaite. O companheiro se virou para encará-lo, surpreso.

— Festas à fantasia são comuns nos hotéis, não?

— Ah! Sim — disse Mr. Satterthwaite. — Bem comuns, bem comuns, bem comuns. — Pausou, sem fôlego, e então continuou. — Perdoe a minha empolgação. Você, por acaso, sabe alguma coisa sobre catálise?

O jovem o encarou.

— Nunca ouvi falar. O que é?

Mr. Satterthwaite recitou com gravidade:

— *Uma reação química que, para o seu sucesso, depende da presença de certas substâncias que, por si só, permanecem imutáveis.*

— Ah — disse, incerto, o jovem.

— Eu tenho um certo amigo, o nome dele é Mr. Quin, e a melhor maneira de descrevê-lo é em termos de catálise. A presença dele é um sinal de que coisas acontecerão, porque quando ele está ali, estranhas revelações vêm à luz, descobertas são feitas. E, ainda assim, ele mesmo não participa dos processos. Tenho a impressão de que você encontrou o meu amigo aqui na noite passada.

— É um sujeito bem veloz então. Ele me deu um susto daqueles. Num minuto não estava ali e no outro estava! Quase como se tivesse surgido do mar.

Mr. Satterthwaite olhou para o pequenino platô e a escarpada descida logo abaixo.

— Isso é besteira, claro — disse o outro. — Mas foi a sensação que me deu. Claro, realmente, que não há a menor chance de isso ter acontecido. — Ele olhou além da beirada. — Uma queda brusca. Se você passasse dali... bem, seria o fim.

— Um lugar ideal para se cometer um assassinato, na verdade — Mr. Satterthwaite disse agradavelmente.

O outro o encarou, quase como se não entendesse de imediato. Então, falou vagamente:

— Ah! Sim... claro...

Ele ficou ali sentado, riscando o chão com a bengala e fazendo caretas. De repente, Mr. Satterthwaite encontrou a aparência que procurava. Aquele questionamento tolo e surpreso. *Assim pareceu o cachorro ao ser atropelado.* Os olhos dele e os olhos do jovem faziam a mesma pergunta patética e com a mesma reprovação: "*Oh, mundo no qual confiei... por que fizestes isso comigo?*".

Ele viu outros pontos de semelhança entre os dois, a mesma existência relaxada e amante dos prazeres, o mesmo abandono alegre para com os deleites da vida, a mesma ausência de questionamento intelectual. Viver o momento era o bastante para ambos — o mundo era um lugar bom, de prazeres carnais — sol, mar, céu, um montinho discreto de lixo. E então... o quê? Um carro tinha atingido o cachorro. O que tinha atingido o homem?

O objeto de tais cogitações se intrometeu naquele instante, falando, contudo, mais para si mesmo do que para Mr. Satterthwaite.

— É de se imaginar... — disse ele. — Para que serve tudo isso?

Palavras familiares — palavras que geralmente traziam um sorriso aos lábios de Mr. Satterthwaite, com a sua traição inconsciente do egoísmo inato da humanidade, que insistia em considerar cada manifestação da vida como talhada diretamente para o seu deleite ou tormento. Ele não respondeu, e imediatamente o estranho falou, com uma risada leve e apologética:

— Ouvi dizer que todo homem deveria construir uma casa, plantar uma árvore e ter um filho.

Ele fez uma pausa e então acrescentou:

— Creio já ter plantado um carvalho...

Mr. Satterthwaite se agitou levemente. Sua curiosidade tinha sido atiçada, aquele interesse pelos assuntos alheios sempre presente, do qual a duquesa o tinha acusado, tinha sido atiçado. Não era difícil. Mr. Satterthwaite tinha um lado muito feminino na natureza dele, era tão bom ouvinte quanto qualquer mulher e sabia o momento certo de incluir uma palavra de incentivo. Logo ele estava ouvindo a história toda.

Anthony Cosden, esse era o nome do estranho, e a vida dele tinha sido bem como Mr. Satterthwaite imaginara. Ele não era hábil para contar a história, mas o ouvinte completava as lacunas com facilidade. Uma vida bem comum, renda mediana, um pouco de serviço militar, bastante esporte, quando o esporte se oferecia, muitos amigos, muitas coisas prazerosas para se fazer, uma plenitude de mulheres. O tipo de vida que praticamente inibe qualquer tipo de descrição e que substitui sensações. Falando francamente, uma vida de bicho. "Mas existe coisa pior do que isso", pensou Mr. Satterthwaite das profundezas da experiência dele. "Ah, tantas coisas piores do que isso..." Este mundo parecera um bom lugar para Anthony Cosden. Ele tinha resmungado porque todo mundo sempre resmungava, mas nunca fora um resmungo de verdade. E então... *isso*.

Ele concluiu o pensamento só no final — de forma meio vaga e incoerente. Não tinha sentido um grande incômodo... nada demais. Foi ao médico, e o médico o persuadiu a ir até um homem na Harley Street. E, então, a verdade inacreditável. Haviam tentado suavizar as coisas, falaram em cuidados enormes, uma vidinha calma, mas não conseguiram disfarçar que aquilo tudo era um estratagema para fazê-lo aceitar a coisa toda lentamente. No fim, era isto: seis meses. Foi o tempo que deram para ele. Seis meses.

Ele voltou aqueles olhos castanhos confusos para Mr. Satterthwaite. Era, claro, um choque para qualquer cidadão. Ele não sabia... não sabia o que *fazer*.

Mr. Satterthwaite assentiu com gravidade e compreensão.

Era um tanto quanto difícil absorver tudo de uma vez só, continuou Anthony Cosden. Como passar esse tempo. Um negócio sórdido, esse de esperar para bater as botas. Ele não se sentia doente de verdade — pelo menos não ainda. Embora isso pudesse vir mais tarde, assim dissera o especialista — na verdade, estava destinado a acontecer. Fazia tão pouco sentido estar morrendo quando o que menos se desejava era isso. O melhor a se fazer, pensara ele, era continuar vivendo normalmente. Mas, por algum motivo, isso não tinha funcionado.

Nesse momento Mr. Satterthwaite o interrompeu. Não havia, ele insinuou delicadamente, mulher alguma?

Mas, aparentemente, não havia. Havia mulheres, claro, mas não daquele tipo especial. A turma dele era bem alegre. Eles não gostavam, assim ele deu a entender, de cadáveres. Ele não tinha a intenção de se transformar num funeral ambulante. Teria sido constrangedor para todo mundo. Por isso ele viera para o exterior.

— Você veio ver as ilhas? Mas por que motivo? — Mr. Satterthwaite estava procurando alguma coisa, alguma coisa intangível, mas delicada, que o escapava, mas, ainda assim tinha certeza de que estava ali. — Você já esteve aqui antes, talvez?

— Sim — admitiu o homem, quase de má vontade. — Anos atrás, quando eu era mais jovem.

E, de repente, quase inconscientemente, ou assim pareceu, ele lançou um rápido olhar por cima do ombro e na direção da mansão.

— Eu me lembrei deste lugar — disse ele, apontando com a cabeça na direção do mar. — *Um passo para a eternidade!*

— E foi por isso que você veio até aqui na noite passada — Mr. Satterthwaite completou calmamente.

Anthony Cosden lançou-lhe um olhar consternado.

— Ah! Quero dizer... na verdade... — ele protestou.

— Na noite passada você encontrou alguém aqui. E hoje você me encontrou. A sua vida foi salva... duas vezes.

— Você pode dizer isso, se quiser... mas, que vá tudo para o inferno, é a *minha* vida. É meu direito fazer o que eu quiser com ela.

— Isso é um clichê — disse Mr. Satterthwaite, cansado.

— Claro que eu entendo o seu ponto de vista — disse Anthony Cosden com generosidade. — Naturalmente, o senhor precisa dizer o que puder. Eu mesmo tentaria fazer um sujeito mudar de ideia, ainda que, lá no fundo, soubesse que ele estava certo. E o senhor sabe que estou certo. Um fim rápido é melhor que um prolongado... criando problemas e gastos e incomodando todo mundo. De toda forma, não é como se eu tivesse alguém no mundo que me pertencesse...

— E se você tivesse...? — disse Mr. Satterthwaite de modo incisivo.

Cosden respirou fundo.

— Não sei. Mesmo assim, eu acho, seria melhor deste modo. Mas, de qualquer forma, não tenho...

Ele parou abruptamente. Mr. Satterthwaite o fitou curiosamente. Um romântico incurável, ele sugeriu de novo que, em algum lugar, devia haver uma mulher. Mas Cosden respondeu negativamente. Ele não deveria reclamar, falou. Havia tido, considerando o todo, uma vida muito boa. Era uma pena que fosse acabar logo, só isso. Mas, mesmo assim, havia tido tudo que valia a pena ter, assim ele supunha. Exceto um filho. Ele teria gostado de ter um filho. Ele gostaria de saber que neste momento haveria um filho vivendo depois da morte dele. Ainda assim, reiterou o fato, havia tido uma vida muito boa...

Foi aí que Mr. Satterthwaite perdeu a paciência. Ninguém, ele apontou, que ainda se encontrasse no estágio larval, poderia dizer saber qualquer coisa da vida. Já que, claramente, as palavras *estágio larval* não significavam nada para Cosden, ele continuou, para deixar o sentido mais óbvio.

— Você ainda não começou a viver. Está no começo da vida.

Cosden riu.

— Ora, meu cabelo está grisalho. Eu tenho 40 e...

Mr. Satterthwaite o interrompeu.

— Isso não tem nada a ver. A vida é composta de experiências mentais e físicas. Eu, por exemplo, tenho 69 e realmente tenho 69. Eu já experimentei, de primeira ou segunda mão, quase todas as coisas que a vida tem a oferecer. Você é como um homem falando de um ano inteiro e que não viu nada além de neve e gelo! As flores da primavera, os dias lânguidos de verão, as folhas em queda do outono... não sabe nada disso... nem mesmo que tais coisas existem. E você vai virar as costas até mesmo para essa oportunidade de conhecê-las.

— O senhor parece esquecer — disse Anthony Cosden secamente — que, seja como for, eu só tenho seis meses.

— O tempo, como todas as outras coisas, é relativo — disse Mr. Satterthwaite. — De modo que esses seis meses podem ser os mais longos e cheios de experiências da sua vida inteira.

Cosden não pareceu convencido.

— No meu lugar — disse ele — o senhor faria o mesmo.

Mr. Satterthwaite sacudiu a cabeça.

— Não — ele falou com simplicidade. — Em primeiro lugar, eu duvido que teria coragem. É preciso coragem, e eu definitivamente não sou um indivíduo corajoso. E, em segundo lugar...

— Bem?

— Eu sempre quero saber o que vai acontecer amanhã.

Cosden se levantou subitamente com uma risada.

— Bem, o senhor foi gentil em me deixar falar. Nem sei o motivo disso... de qualquer forma, é isso. Já falei demais. Esqueça.

— E amanhã, quando um acidente for relatado, devo deixar por isso mesmo? Não devo sequer sugerir suicídio?

— Faça como quiser. Fico feliz que tenha percebido uma coisa... que não pode me impedir.

— Meu querido jovem — Mr. Satterthwaite falou placidamente —, não é como se eu pudesse me prender a você feito uma lapa. Mais cedo ou mais tarde você escaparia de mim e realizaria o seu intento. Mas, de qualquer modo, você foi frustrado na tarde de hoje. Você não gostaria de morrer e me tornar suspeito de tê-lo empurrado.

— Isso é verdade — disse Cosden. — Se o senhor insiste em permanecer aqui...

— Insisto — disse Mr. Satterthwaite com firmeza.

Cosden riu com bom humor.

— Então, o plano precisa ser adiado por enquanto. Assim, voltarei para o hotel. Vejo o senhor mais tarde, talvez.

Mr. Satterthwaite foi deixado encarando o mar.

— E agora — disse a si próprio — o que vem a seguir? Precisa haver alguma coisa a seguir. Eu me pergunto...

Ele se levantou. Por um tempo ficou na beira do platô, olhando para a água dançante lá embaixo. Mas não encontrou inspiração alguma ali, e, virando-se lentamente, caminhou de volta pelo caminho entre ciprestes e adentrou no jardim silencioso. Olhou para a casa adormecida, de janelas fechadas, e se perguntou, como já tinha se perguntado vezes antes, quem vivia ali e o que tinha acontecido dentro daquelas plácidas paredes. Num impulso súbito, subiu os degraus de pedras desgastadas e colocou a mão numa das venezianas verdes e desbotadas.

Para a surpresa dele, ela cedeu ao toque. Ele hesitou por um momento, então a abriu ousadamente. No minuto seguinte se afastou com uma exclamação de susto. Uma mulher estava à janela, encarando-o. Estava vestida de preto e tinha uma mantilha de renda preta por cima da cabeça.

Mr. Satterthwaite oscilou de maneira selvagem entre o italiano e o alemão — o melhor que podia fazer, dada a urgência do momento. Estava desolado e envergonhado. A *signora* precisava perdoá-lo. Ele então se retirou rapidamente; a mulher não dissera uma só palavra.

Ele estava na metade do pátio quando ela falou — duas palavras que pareceram um disparo de pistola.

— Volte aqui!

Fora um comando vociferado, como que dirigido a um cachorro, mas a autoridade que emanava era tão absoluta que Mr. Satterthwaite girou rapidamente e caminhou de volta até a janela de forma quase automática, antes de ocorrer a ele se sentir qualquer ressentimento. Obedeceu feito um cachorro.

A mulher ainda estava parada imóvel à janela. Ela o olhou de cima a baixo, avaliando-o em perfeita calma.

— O senhor é inglês — disse ela. — Achei mesmo que fosse.

Mr. Satterthwaite deu início a um segundo pedido de desculpas.

— Se eu soubesse que a senhora era inglesa — disse ele —, poderia ter me expressado melhor agora há pouco. Ofereço as minhas mais sinceras desculpas pela forma rude com que toquei nas venezianas. Lamento não ser capaz de oferecer qualquer desculpa além da curiosidade. Eu tinha um grande desejo de ver como era o interior dessa casa tão charmosa.

Ela riu de repente, uma risada encorpada e volumosa.

— Se realmente quer ver — disse ela —, é melhor entrar.

Ela abriu espaço, e Mr. Satterthwaite, sentindo-se agradavelmente animado, entrou na sala. A casa estava escura, já que as venezianas das outras janelas estavam fechadas, mas ele podia ver que estava parcamente mobiliada e um tanto maltrapilha, e que a poeira se espalhava por toda parte.

— Aqui não — disse ela. — Eu não uso esta sala.

Ela o guiou, e ele a seguiu, para fora da sala e por uma passagem e para dentro de uma sala do outro lado. Ali as janelas davam para o mar e o sol entrava. A mobília, assim como na outra sala, era de baixa qualidade, mas havia alguns tapetes gastos que antigamente tinham sido bons, um grande biombo de couro espanhol e jarros com flores frescas.

— Você irá tomar chá comigo — disse a anfitriã de Mr. Satterthwaite. — É um chá perfeitamente adequado e que será feito com água fervente — acrescentou ela de modo reconfortante.

Ela saiu pela porta e gritou algo em espanhol, depois voltou e se sentou em um sofá em frente ao convidado. Pela primeira vez, Mr. Satterthwaite estudou a aparência dela.

O primeiro efeito que ela teve sobre ele foi o de fazê-lo sentir ainda mais grisalho, enrugado e idoso do que o normal, em contraste com a própria personalidade forte. Era uma mulher alta, muito bronzeada, morena e bonita, embora não mais jovem. Quando ela estava na sala, o sol parecia brilhar duas vezes mais forte do que quando ela estava fora dela, e logo uma curiosa sensação de calor e vitalidade começou a tomar conta de Mr. Satterthwaite. Era como se ele estendesse as mãos finas e enrugadas para uma chama tranquilizadora. Ele pensou: "Ela tem tanta vitalidade que chega a sobrar para as outras pessoas".

Ele se lembrou do poder na voz dela quando ela o deteve e desejou que a protegida dele, Olga, pudesse ser imbuída daquela força. Pensou: "Que bela Isolda ela daria! E ainda assim ela provavelmente não tem a menor voz de canto. A vida é pessimamente arranjada". Ele, mesmo assim, teve um pouco de medo dela. Não gostava de mulheres dominadoras.

Ela claramente o vinha observando, sentada com o queixo nas mãos, sem esconder o fato. Por fim assentiu com a cabeça como se tivesse tomado uma decisão.

— Fico feliz que tenha vindo — ela falou finalmente. — Eu precisava muito de alguém com quem conversar nesta tarde. E o senhor está acostumado com isso, não é mesmo?

— Não estou entendendo.

— Quero dizer que as pessoas lhe contam coisas. O senhor sabe do que estou falando! Por que fingir?

— Bem... talvez...

Ela continuou, independentemente de qualquer coisa que ele fosse dizer.

— Uma pessoa pode falar de tudo com o senhor. Isso é porque o senhor é metade mulher. Sabe o que sentimos... o que pensamos... as coisas esquisitas, muito esquisitas, que fazemos.

A voz dela sumiu. O chá foi trazido por uma garota espanhola corpulenta e sorridente. Era um bom chá, chinês... Mr. Satterthwaite bebericou com apreciação.

— A senhora mora aqui? — ele perguntou casualmente.

— Sim.

— Mas nem sempre. A casa está sempre fechada, não é mesmo? Pelo menos foi o que me disseram.

— Fico aqui durante um bom tempo, mais do que qualquer um imagina. Eu só uso estes quartos.

— A casa é sua há muito tempo?

— Ela me pertence há 22 anos... e eu morei aqui durante um ano antes disso.

Mr. Satterthwaite respondeu abobado (ou assim pensou):

— Isso é muito tempo.

— Um ano? Ou os 22 anos?

Com o interesse atiçado, Mr. Satterthwaite respondeu com seriedade:

— Isso depende.

Ela assentiu.

— Sim, depende. São dois períodos diferentes. Não têm nada a ver um com o outro. Qual é longo? Qual é curto? Mesmo agora eu não sei dizer.

Ela ficou em silêncio, ponderando. Então disse com um sorrisinho:

— Faz tanto tempo que não converso com ninguém... tanto tempo! Não peço desculpas. O senhor veio até a minha janela. Quis olhar pela minha janela. E é isso que o senhor sempre faz, não é mesmo? Abre as venezianas e espia, para dentro da verdade na vida das pessoas. Se elas permitirem isso. E frequentemente mesmo que elas não deixem! Seria difícil esconder qualquer coisa do senhor. O senhor adivinharia... e adivinharia corretamente.

Mr. Satterthwaite sentiu um estranho impulso a ser perfeitamente sincero.

— Tenho 69 anos — disse ele. — Tudo que sei da vida, sei de segunda mão. De vez em quando isso é muito amargo para mim. E, ainda assim, por causa disso, eu sei de muita coisa.

Ela assentiu pensativa.

— Eu sei. A vida é muito estranha. Não consigo imaginar como deve ser isso... ser sempre um observador.

O tom dela era divagador. Mr. Satterthwaite sorriu.

— Não, a senhora não saberia. O seu lugar é no centro do palco. A senhora sempre será a prima-dona.

— Que coisa curiosa de se dizer.

— Mas estou certo. Coisas aconteceram à senhora... sempre acontecem com a senhora. De vez em quando, acredito, coisas trágicas. Não é isso?

Os olhos dela se estreitaram. Ela o encarou.

— Se ficar por aqui durante muito tempo, alguém lhe contará a história do nadador inglês que se afogou no pé deste penhasco. As pessoas dirão quão jovem e forte ele era, quão bonito, e dirão que a jovem esposa olhou do topo do penhasco e o viu se afogar.

— Sim, eu já ouvi essa história.

— O tal homem era o meu marido. Esta era a casa dele. Ele me trouxe até aqui com ele quando eu tinha 18 anos, e um ano depois morreu... levado pelas ondas nas rochas negras, cortado, machucado e mutilado, espancado até a morte.

Mr. Satterthwaite soltou uma exclamação de choque. Ela se inclinou para a frente, os olhos em chamas focados no rosto dele.

— O senhor falou em tragédia. Consegue pensar numa tragédia maior que essa? Para uma jovem esposa, casada há apenas um ano, ficar parada sem poder fazer nada enquanto o homem que ela amava lutava pela vida... e a perdia... horrivelmente.

— Terrível — disse Mr. Satterthwaite. Ele falava com verdadeira emoção. — Terrível. Eu concordo. Nada na vida poderia ser tão horrível.

De repente ela riu. A cabeça jogada para trás.

— O senhor está errado — disse ela. — Há algo mais terrível. E isso é a jovem esposa ficar parada ali e esperar e desejar que o marido se afogue...

— Mas meu bom Deus — exclamou Mr. Satterthwaite. — A senhora não quer dizer...?

— Sim, é o que quero dizer. Foi o que realmente aconteceu. Eu me ajoelhei ali... me ajoelhei no penhasco e rezei. Os empregados espanhóis acharam que eu estava rezando para que a vida dele fosse salva. Não estava. Rezava para que conseguisse desejar que ele fosse poupado. Eu dizia uma mesma coisa de novo e de novo: "Deus, me ajude a não desejar a morte dele. Deus, me ajude a não desejar a morte dele". Mas não adiantou. Durante todo aquele tempo eu esperei... esperei... e a minha esperança se tornou realidade.

Ela ficou em silêncio por um minuto ou dois, e então disse muito gentilmente, numa voz bem diferente:

— Isso é uma coisa terrível, não é? É o tipo de coisa que não é possível esquecer. Eu fiquei terrivelmente feliz quando soube que ele realmente estava morto e não poderia voltar para me torturar ainda mais.

— Minha criança — disse Mr. Satterthwaite, chocado.

— Eu sei. Eu era muito jovem para que isso acontecesse comigo. Essas coisas deveriam acontecer quando a pessoa fosse mais velha... quando estivesse mais preparada... para a bestialidade. Ninguém sabia, veja bem, como ele realmente era. Eu o achei maravilhoso quando o conheci e fiquei tão feliz e orgulhosa quando ele me pediu em casamento... Mas as coisas deram errado quase imediatamente. Ele ficava com raiva de mim... nada que eu fizesse o agradava... e ainda assim eu me esforcei tanto. E então ele começou a gostar de me machucar. E, acima de tudo, de me aterrorizar. Era disso que ele mais gostava. Ele pensava em todos os tipos de coisas... coisas terríveis. Não vou contar. Suponho, realmente, que ele devia ser um pouco louco. Eu estava sozinha aqui, em seu poder, e a crueldade começou a ser o hobby dele. — Os olhos dela se arregalaram e escureceram. — A pior parte foi o meu bebê. Eu ia ter um bebê. Por causa de algumas coisas que ele fez comigo... ele nasceu morto. Meu bebezinho. Eu também quase morri... mas não morri. Queria ter morrido.

Mr. Satterthwaite fez um som incompreensível.

— E então eu fui liberta... da forma que lhe contei. Algumas garotas hospedadas no hotel o desafiaram. Foi assim que aconteceu. Todos os espanhóis disseram a ele que era loucura se arriscar no mar bem ali. Mas ele era muito vaidoso... queria se exibir. E eu... eu o vi se afogar... e fiquei feliz. Deus não deveria permitir que uma coisa dessas acontecesse.

Mr. Satterthwaite esticou a mãozinha ressequida e tomou a dela. Ela apertou com força, como uma criança teria feito. A maturidade tinha sumido do rosto dela. Ele, sem precisar fazer esforço, a enxergou como ela era aos 19 anos.

— De início pareceu bom demais para ser verdade. A casa era minha e eu podia viver nela. E ninguém mais podia me machucar! Eu era órfã, sabe, não tinha parentes próximos, ninguém para se importar com o que acontecesse comigo. Isso simplificou as coisas. E eu vivi aqui... nesta casa... e isso me pareceu o paraíso. Sim, o paraíso. Eu nunca mais fui tão feliz e nunca mais o serei. Simplesmente acordar e saber que estava tudo bem... nenhuma dor, nenhum terror, não precisar me indagar sobre o que ele faria a seguir. Sim, era o paraíso.

Ela pausou por um longo instante, e Mr. Satterthwaite por fim disse:

— E então?

— Imagino que os seres humanos jamais se contentem. No início, simplesmente estar livre era o bastante. Mas depois de um tempo eu comecei a ficar... bem, solitária, acho. Comecei a pensar no meu bebê que tinha morrido. Se eu ao menos tivesse tido o bebê! Eu o queria tanto como um bebê quanto como um passatempo. Queria muito alguém ou alguma coisa com a qual brincar. Pode soar bobo e infantil, mas era isso.

— Entendo — disse Mr. Satterthwaite solenemente.

— A próxima parte é difícil de explicar. Ela simplesmente... bem, aconteceu, veja. Havia um jovem inglês hospedado no hotel. Ele entrou no meu jardim por acidente. Eu usava um vestido espanhol, e ele achou que eu fosse espanhola. Achei que seria bem engraçado fingir ser uma, então assumi o papel. O espanhol dele era muito ruim, mas ele conseguia embromar algumas palavras. Contei a ele que a casa pertencia a uma senhora inglesa que estava viajando. Falei que ela havia me ensinado um pouco de inglês e fingi falar um inglês desengonçado. Foi tão divertido, tão divertido, que mesmo agora eu consigo me lembrar de quão divertido foi. Ele começou me cortejar. Concordamos em fingir que a casa era o nosso lar, que éramos recém-casados e estávamos vindo viver aqui. Sugeri que deveríamos forçar uma das venezianas, a mesma que o senhor empurrou esta tarde. Estava aberta e, do lado de dentro, a sala estava empoeirada e descuidada. Invadimos. Foi revigorante e maravilhoso. Fingimos que era a nossa casa.

Ela parou de repente, olhando de maneira atraente para Mr. Satterthwaite.

— Parecia tudo adorável, como um conto de fadas. E a coisa mais amável nisso tudo, para mim, era o fato de não ser de verdade. Não era real.

Mr. Satterthwaite assentiu. Ele a enxergava, talvez mais claramente do que ela mesma... aquela jovem assustada, solitária, entretida com uma fantasia que era tão segura justamente por não ser real.

— Ele era, na minha opinião, um jovem muito comum. Desejoso de aventura, mas muito dócil. Continuamos fingindo.

Ela parou, olhou para Mr. Satterthwaite e falou novamente:

— Entende? Continuamos fingindo...

Ela pausou mais uma vez e então continuou.

— Ele voltou à mansão na manhã seguinte. Eu o vi do meu quarto pela veneziana. Claro que ele não fazia ideia de que eu estava aqui dentro. Ele ainda achava que eu era uma jovem plebeia espanhola. Ele ficou ali, olhando ao redor. Tinha pedido para que eu me encontrasse com ele. Eu disse que iria, mas não tinha a menor intenção.

"Ele simplesmente ficou ali, parecendo preocupado. Acho que estava preocupado comigo. Foi gentil da parte dele se preocupar comigo. Ele *era* gentil..."

Ela pausou de novo.

— Ele foi embora no dia seguinte. Eu nunca mais o vi.

"Meu bebê nasceu nove meses depois. Eu me sentia maravilhosamente feliz o tempo todo. Poder ter um bebê de forma tão pacífica, sem ninguém para te machucar ou fazer com que você se sinta triste. Queria ter me lembrado de perguntar ao meu garoto inglês qual era o nome de batismo dele. Eu teria dado o nome dele ao bebê. Parecia indelicado não o fazer. Parecia injusto. Ele tinha me dado a coisa que eu mais queria no mundo, e nunca nem ficaria sabendo! Mas, claro, eu disse a mim mesma que ele não enxergaria as coisas dessa forma... que saber só iria preocupá-lo e incomodá-lo. Eu tinha sido apenas um entretenimento passageiro para ele, apenas isso."

— E o bebê? — indagou Mr. Satterthwaite.

— Ele era esplêndido. Eu o chamei de John. Esplêndido. Queria que o senhor pudesse vê-lo agora. Ele tem 20 anos. Será um engenheiro de mineração. Tem sido o melhor e mais amado filho do mundo para mim. Eu disse a ele que o pai tinha morrido antes de ele nascer.

Mr. Satterthwaite a encarou. Uma história curiosa. Mas, de alguma forma, uma história que não estava sendo contada por inteiro. Havia, ele tinha certeza, mais alguma coisa.

— Vinte anos é muito tempo — ele falou, pensativo. — A senhora nunca pensou em se casar de novo?

Ela sacudiu a cabeça. Um rubor se espalhou lentamente nas bochechas bronzeadas.

— A criança foi o bastante para a senhora... sempre?

Ela o olhou. Os olhos dela estavam ainda mais suaves do que ele já os tinha visto.

— As coisas mais esquisitas acontecem! — ela murmurou. — Coisas tão esquisitas... o senhor não acreditaria... não, estou errada, *o senhor* acreditaria, talvez. Eu não amava o pai de John, não naquela época. Eu nem acho que soubesse o que era amor. Eu presumi, como fato, que a criança seria parecida comigo. Mas não era. Ele poderia muito bem nem ser meu filho. Era parecido com o pai... ele se parecia apenas com o pai. Aprendi a conhecer aquele homem... por meio do filho dele. Por meio do filho, aprendi a amá-lo. Eu o amo agora. Sempre o amarei. O senhor pode dizer que é imaginação, que construí um ideal, mas não é isso. Amo o homem, o homem humano, real. Eu o reconheceria se o visse amanhã... ainda que mais de vinte anos tenham se passado desde que nos conhecemos. Amá-lo me transformou numa mulher. Eu o amo como uma mulher ama um homem. Por vinte anos eu vivi amando-o. E morrerei amando-o.

Ela parou abruptamente, então desafiou seu ouvinte.

— O senhor acha que sou louca... por dizer essas coisas estranhas?

— Ah! Minha querida — disse Mr. Satterthwaite.

Ele tomou a mão dela novamente.

— O senhor entende?

— Acho que sim. Mas tem mais alguma coisa, não é? Algo que a senhora não me contou?

Ela franziu a testa.

— Sim, tem mais uma coisa. Foi bem esperto da sua parte adivinhar. Eu soube imediatamente que o senhor não era do tipo de quem se pode esconder alguma coisa. Mas eu não quero contar... e o motivo pelo qual não quero te contar é que é melhor que não saiba.

Ele a encarou. Os olhos dela se encontraram com os dele, corajosos e desafiadores.

Ele disse a si mesmo: "Este é o teste. Todas as pistas estão na minha mão. Devo ser capaz de descobrir. Se eu raciocinar direito, devo descobrir".

Houve uma pausa, e então ele falou lentamente:

— Alguma coisa deu errado. — Ele viu as pálpebras dela tremerem muito de leve e soube que estava no caminho certo. — Algo deu errado, de repente, depois de todos esses anos. — Ele se sentiu tateando, tateando nos cantos escuros da mente dela, onde ela tentava guardar o segredo a salvo dele. — O garoto... tem a ver com ele. A senhora não se importaria com mais nada.

Ele ouviu o suspiro muito fraco dela e soube que tinha sondado corretamente. Um negócio cruel, mas necessário. Era a vontade dela contra a dele. A mulher tinha uma vontade dominante e implacável, mas ele também tinha uma vontade escondida sob os modos delicados. E tinha ao seu lado a certeza de um homem obstinado fazendo o trabalho do jeito certo. Sentia uma pena desdenhosa e passageira de homens cujo negócio era investigar algo tão rasteiro quanto um crime. Mas esse negócio de detetive da mente, essa reunião de pistas, essa busca pela verdade, essa alegria selvagem à medida que nos aproximamos do objetivo... O próprio ardor com o qual ela se empenhava para ocultar a verdade o ajudava. Ele a sentiu enrijecer desafiadoramente à medida que ele se aproximava cada vez mais.

— A senhora diz que é melhor que eu não saiba. Melhor para *mim*? Mas a senhora não é uma mulher do tipo que sente muita consideração. Não se importaria em fazer com que um estranho passasse por um inconveniente temporário. É mais que isso, então? Se me contar, vai me transformar num cúmplice do fato. Isso parece um crime. Fantástico! Eu não associaria crime à senhora. Ou ao menos apenas um tipo de crime. Um crime contra si mesma.

As pálpebras dela caíram contra a vontade, cerrando os olhos. Ele se inclinou para a frente e agarrou o pulso dela.

— É *isso*, então! Está pensando em tirar a própria vida.

Ela soltou um gritinho.

— Como o senhor soube? Como soube?

— Mas por quê? Não está cansada da vida. Nunca vi uma mulher menos cansada da vida, mais radiantemente viva.

Ela se levantou e foi até a janela, ajeitando uma mecha de cabelo escuro ao fazer isso.

— Já que o senhor adivinhou tanto, posso muito bem dizer a verdade. Eu não deveria tê-lo deixado entrar esta noite. Eu deveria saber que o senhor veria demais. O senhor é esse tipo de homem. Estava certo sobre a causa. É o menino. Ele não sabe de nada. Mas, da última vez em que esteve em casa, falou tragicamente de um amigo dele, e eu descobri algo. Se ele souber que é ilegítimo, isso irá partir o coração dele. Ele é orgulhoso, terrivelmente orgulhoso! Há uma garota. Ah! Não vou entrar em detalhes. Mas ele virá muito em breve, e vai querer saber tudo sobre o pai, quer detalhes. Os pais da garota, naturalmente, querem saber. Quando ele descobrir a verdade, irá romper com ela, exilar-se, arruinar a própria vida. Ah! Eu sei as coisas que o senhor diria. Ele é jovem, tolo, desequilibrado para ver as coisas dessa forma! Tudo verdade, talvez. Mas importa o que as pessoas deveriam ser? Elas são o que são. *Vai partir o coração dele...* Mas se, antes de ele chegar, houver um acidente, tudo será consumido pela dor da minha morte. Ele vai vasculhar os meus papéis e não encontrará nada, e ficará aborrecido por eu ter falado tão pouco. Mas não suspeitará da verdade. É a melhor forma. É preciso pagar pela felicidade, e eu tive tanta... oh, tanta felicidade. E, na realidade, o preço também será fácil. Um pouco de coragem, para dar o salto, talvez um momento de angústia.

— Mas, minha querida jovem...

— Não discuta comigo. — Ela se virou para ele. — Não ouvirei argumentos banais. Minha vida pertence a mim. Até agora, foi necessária, para John. Mas ele não precisa mais de mim. Ele quer uma esposa, uma companheira, ele se voltará para ela com mais vontade porque não estarei mais aqui. Minha vida é inútil, mas minha morte será útil. E tenho o direito de fazer o que quiser com a minha própria vida.

— Tem certeza?

A severidade do tom dele a surpreendeu. Ela gaguejou levemente.

— Se não for de utilidade para alguém... e eu sou a melhor juíza disso...

Ele a interrompeu de novo.

— Não necessariamente.

— O que quer dizer?

— Escute. Vou propor uma conjectura. Digamos que um homem vai a um determinado lugar para cometer suicídio. Mas, por acaso, ele encontra outro homem lá, por isso falha em seu propósito e vai embora para viver. O segundo homem salvou a vida do primeiro homem, não por ser necessário a ele ou por ser proeminente na vida dele, mas pelo mero fato físico de ter estado em determinado lugar em determinado momento. Você tira a sua vida hoje e, talvez, daqui a cinco, seis, sete anos, alguém caminhe para a morte ou para um desastre simplesmente pela falta da sua presença em determinado local. Pode ser um cavalo fugitivo descendo uma rua e que desvia ao vê-la e, assim, não consegue pisotear uma criança que está brincando na sarjeta. Essa criança pode viver para crescer e ser um grande músico, ou descobrir a cura para o câncer. Ou pode ser algo menos melodramático do que isso. Ele pode simplesmente crescer e alcançar a felicidade cotidiana comum...

Ela o encarou.

— O senhor é um homem estranho. Essas coisas que diz... nunca pensei nelas...

— A senhora diz que a vida é sua — continuou Mr. Satterthwaite. — Mas ousa ignorar a possibilidade de estar participando de um drama gigantesco sob as ordens de um Produtor divino? Sua deixa pode não aparecer até o fim da peça; pode ser totalmente sem importância, um mero papel figurativo, mas as questões da peça podem ficar em suspenso se você não der a deixa para outro ator. Todo o edifício pode desmoronar. Você sendo você pode não importar para ninguém no mundo, mas você como uma pessoa em um determinado lugar pode ter uma importância inimaginável.

Ela se sentou, ainda o encarando.

— O que quer que eu faça? — ela falou simplesmente.

Era o momento de triunfo de Mr. Satterthwaite agora. Ele deu ordens.

— Quero que me prometa uma coisa, pelo menos... não tomar nenhuma decisão apressada por 24 horas.

Ela ficou em silêncio por um momento ou dois e então disse:

— Prometo.

— Tem uma outra coisa... um favor.

— Sim?

— Deixe a veneziana da sala pela qual entrei aberta e mantenha uma vigília ali esta noite.

Ela olhou para ele com curiosidade, mas assentiu.

— E agora — disse Mr. Satterthwaite, levemente ciente do anticlímax. — Realmente tenho que ir. Que Deus te abençoe, minha querida.

Ele saiu de maneira meio constrangida. A jovem e corpulenta criada espanhola o encontrou no corredor e abriu a porta, encarando-o com curiosidade.

Começava a escurecer quando ele chegou ao hotel. Havia uma figura solitária sentada no terraço. Mr. Satterthwaite seguiu direto até ela. Estava animado e o coração batia depressa. Ele sentia que tinha grandes problemas nas mãos. Um passo em falso...

Mas tentou esconder a agitação e falar natural e casualmente com Anthony Cosden.

— Uma noite agradável — ele observou. — Eu bem perdi a noção do tempo sentado lá no alto da colina.

— O senhor estava lá durante esse tempo todo?

Mr. Satterthwaite assentiu. A porta giratória do hotel permitiu a entrada de alguém, e um raio de luz subitamente caiu no rosto do outro, iluminando os traços de duro sofrimento, de relutância tola e incapaz de compreensão.

Mr. Satterthwaite pensou: "É pior para ele do que seria para mim. Imaginação, conjectura, especulação... podem ser muito úteis. É possível, de certa forma, causar mudanças na dor. O sofrimento cego e incompreensivo de um animal, isso é terrível...".

Cosden falou de repente, num tom áspero.

— Vou sair para uma caminhada depois do jantar. O senhor... entende? Vai ser de terceira. Pelo amor de Deus, não se intrometa. Eu sei que as suas interferências serão de boa fé e tudo mais... mas, escute o que digo, é inútil.

Mr. Satterthwaite se levantou.

— Eu nunca interfiro — disse ele, mentindo, desta maneira, acerca de todo o propósito e objetivo da existência dele.

— Eu sei o que o senhor acha... — continuou Cosden, mas foi interrompido.

— Você precisa me desculpar, mas não concordo com você — disse Mr. Satterthwaite. — Ninguém sabe o que pensa outra pessoa. Elas podem pensar que sabem, mas estão, quase sempre, erradas.

— Bem, talvez seja isso mesmo — Cosden estava em dúvida, levemente aturdido.

— O pensamento é apenas seu — disse o companheiro. — Ninguém tem o direito de alterar ou influenciar o seu uso dele. Vamos falar de um assunto menos doloroso. Aquela velha mansão, por exemplo. Tem um charme curioso, afastada do mundo, guardando sabe-se lá qual mistério. Isso me tentou a executar uma ação de gosto duvidoso. Eu empurrei uma das venezianas.

— O senhor fez isso? — Cosden virou a cabeça bruscamente. — Mas estava trancada, não é?

— Não — disse Mr. Satterthwaite. — Estava aberta — acrescentou gentilmente. — A terceira veneziana contando da última.

— Minha nossa — Cosden soltou. — Aquela era...

Ele parou de repente, mas Mr. Satterthwaite tinha visto a luz que se acendera nos olhos dele. Ele se levantou, satisfeito.

Mr. Satterthwaite ainda estava levemente ansioso. Usando a metáfora favorita de uma peça de teatro, ele esperava que tivesse dito as falas corretamente. Porque eram falas importantes.

Mas, pensando bem, seu julgamento artístico estava satisfeito. No trajeto penhasco acima, Cosden tentaria abrir aquela veneziana. Resistir não era parte da natureza humana. Uma memória de uns vinte anos antes o trouxera de volta a este local, a mesma memória o levaria até a veneziana. E depois disso?

— Vou ficar sabendo de manhã — disse Mr. Satterthwaite, e saiu para se vestir de forma metódica para o jantar.

Era por volta das dez da manhã quando Mr. Satterthwaite colocou os pés mais uma vez no jardim de La Paz. Manuel deu a ele um sorridente bom-dia e lhe entregou um único botão de rosa, que Mr. Satterthwaite colocou com cuidado na lapela. Então ele foi até a casa. Ficou ali por alguns minutos, olhando para as pacíficas paredes brancas, a trepadeira de flores avermelhadas e as desbotadas venezianas verdes. Tão silenciosa, tão em paz. Será que a história toda tinha sido um sonho?

Mas, naquele momento, uma das janelas se abriu, e a senhora que ocupava os pensamentos de Mr. Satterthwaite apareceu. Ela veio direto até ele, com um passo vivaz, como alguém sendo carregado por uma onda de exultação. Os olhos dela brilhavam, e sua pele estava corada. Parecia uma figura alegre, um ornamento. Não havia hesitação nela, nem dúvidas ou tremores. Ela seguiu direto até Mr. Satterthwaite, colocou as mãos nos ombros dele e o beijou — não uma, mas muitas vezes. Rosas grandes, escuras, vermelhas, muito aveludadas, era dessa forma que ele repensaria a cena mais tarde. Sol, verão, pássaros cantando — essa era a atmosfera na qual se sentia envolvido. Calor, alegria e um vigor tremendo.

— Estou tão feliz — disse ela. — Querido! Como o senhor soube? Como *podia* saber? O senhor é como o bom mago dos contos de fada.

Ela fez uma pausa, uma espécie de alegria sem fôlego tomando conta dela.

— Estamos indo hoje... ao cônsul... para nos casarmos. Quando John chegar, o pai dele estará lá. Vamos dizer a ele que aconteceram alguns desencontros no passado. Ah! Ele não vai fazer perguntas. Ah! Estou tão feliz, tão feliz, tão feliz.

A felicidade realmente irrompia dela feito uma onda. Circundava Mr. Satterthwaite numa enxurrada quente e emocionada.

— Foi maravilhoso para Anthony descobrir a existência de um filho. Eu nunca imaginei que ele fosse ligar para isso. — Ela olhou cheia de confiança para os olhos de Mr. Satterthwaite. — Não é esquisito como as coisas se ajeitam e terminam bem?

Ele teve a melhor visão dela até então. Uma criança — ainda uma criança — com o amor de faz de conta, o conto de fadas dela, que terminava belamente com duas pessoas vivendo felizes para sempre.

Ele falou gentilmente:

— Se a senhora trouxer felicidade a este homem nos últimos meses de vida dele, realmente terá feito uma coisa muito bonita.

Os olhos dela se arregalaram, surpresos.

— Ah! — disse ela. — O senhor não acha que eu o deixaria morrer, acha? Depois de todos esses anos... quando ele veio até mim. Conheço várias pessoas de quem os médicos desistiram e que estão vivas até hoje. Morrer? Claro que ele não vai morrer!

Ele a olhou — a força, a beleza dela, a vitalidade —, a coragem indomável e a vontade. Ele, também, sabia de médicos que tinham errado... o fator pessoal, nunca se sabe o quanto isso faz diferença.

Ela falou de novo, com zombaria e diversão na voz:

— O senhor não acha que eu o deixaria morrer, acha?

— Não — disse Mr. Satterthwaite por fim, gentilmente. — De alguma forma, minha querida, eu não acho que você permitirá uma coisa dessas...

Então, por fim, ele desceu o caminho de ciprestes até o banco com vista para o mar e encontrou ali a pessoa que esperava ver. Mr. Quin levantou-se e o cumprimentou, o mesmo de sempre, sombrio, taciturno, sorridente e triste.

— Você estava me esperando? — ele indagou.

E Mr. Satterthwaite respondeu:

— Sim, eu o esperava.

Eles se sentaram juntos no banco.

— Tenho a impressão de que você estava brincando de Providência mais uma vez, a julgar pela sua expressão — disse Mr. Quin imediatamente.

Mr. Satterthwaite o olhou de forma reprovadora.

— Como se você não soubesse nada do assunto.

— Você sempre me acusa de onisciência — respondeu Mr. Quin, sorrindo.

— Se você não sabe de nada, por que estava aqui na noite de anteontem... esperando? — rebateu Mr. Satterthwaite.

— Ah, aquilo...?

— Sim, aquilo.

— Eu tinha um mandato a executar.

— Em nome de quem?

— Você, algumas vezes e de maneira fantasiosa, já me chamou de advogado dos mortos.

— Dos mortos? — disse Mr. Satterthwaite, um pouco intrigado. — Não entendo.

Mr. Quin apontou um longo e delgado dedo para as profundezas azuis lá embaixo.

— Um homem se afogou lá embaixo 22 anos atrás.

— Eu sei, mas não vejo como...

— Supondo que, afinal, aquele homem amasse a jovem esposa. O amor pode transformar os homens em demônios ou anjos. A mulher tinha uma adoração infantil por ele, mas ele nunca conseguiu tocar na feminilidade dela, e isso o deixava louco. Ele a torturou porque a amava. Essas coisas acontecem. Você sabe disso tão bem quanto eu.

— Sim — admitiu Mr. Satterthwaite. — Já vi essas coisas, mas raramente, muito raramente...

— E você também viu, mais comumente, que existe algo parecido com o remorso, o desejo de fazer as pazes... tentar fazer as pazes a todo custo.

— Sim, mas a morte chegou cedo demais...

— Morte! — Havia desprezo na voz de Mr. Quin. — Você acredita em vida após a morte, não é? E quem é capaz de dizer que os mesmos desejos, as mesmas vontades, não agem naquela outra vida? Se o desejo for forte o bastante... um mensageiro pode ser encontrado.

A voz dele desapareceu.

Mr. Satterthwaite se levantou, tremendo ligeiramente.

— Preciso voltar para o hotel — disse ele. — Se você estiver indo naquela direção.

Mas Mr. Quin sacudiu a cabeça.

— Não — respondeu. — Voltarei por onde vim.

Quando Mr. Satterthwaite olhou para trás, por cima do ombro, viu o amigo rumando para a beira do penhasco.

Capítulo 7

A voz na escuridão

— Estou um pouco preocupada com Margery — disse Lady Stranleigh. — Minha menina, sabe — acrescentou ela.
Ela suspirou, pensativa.
— A gente se sente terrivelmente velha tendo uma filha adulta.
Mr. Satterthwaite, destinatário dessas confidências, respondeu com elegância à ocasião.
— Ninguém acreditaria ser possível — declarou ele, com uma pequena reverência.
— Bajulador — disse Lady Stranleigh, mas falou isso de modo vago, e ficou claro que a mente estava em outro lugar.
Mr. Satterthwaite olhou para a figura esbelta vestida de branco com alguma admiração. O sol de Cannes estava inclemente, mas Lady Stranleigh passou muito bem no teste. À distância, o efeito rejuvenescedor era realmente extraordinário. Quase se podia perguntar se ela era adulta ou não. Mr. Satterthwaite, que sabia de tudo, sabia que era perfeitamente possível Lady Stranleigh ter netos adultos. Ela representava o extremo triunfo da arte sobre a natureza. A aparência dela era maravilhosa, a tez era maravilhosa. Ela havia enriquecido muitos salões de beleza e certamente os resultados foram surpreendentes.
Lady Stranleigh acendeu um cigarro, cruzou as belas pernas envoltas nas melhores meias de seda bege e murmurou:

— Sim, eu realmente estou bastante preocupada com Margery.

— Minha nossa — disse Mr. Satterthwaite. — Qual é o problema?

Lady Stranleigh voltou os lindos olhos azuis para ele:

— O senhor nunca a conheceu, não é? Ela é filha de Charles — acrescentou, prestativa.

Se as notas publicadas na Who's Who fossem estritamente verdadeiras, aquelas sobre Lady Stranleigh poderiam terminar assim: "*hobbies: casamento*". Ela havia passado a vida inteira se desfazendo de maridos. Havia perdido três por divórcio e um por morte.

— Se ela fosse filha de Rudolph, eu poderia ter entendido — refletiu Lady Stranleigh. — Você se lembra do Rudolf? Ele sempre foi temperamental. Seis meses depois de nos casarmos, tive que recorrer àquelas coisas esquisitas... como eles as chamam? Não sei o quê conjugal, você sabe o que quero dizer. Graças a Deus é tudo muito mais simples hoje em dia. Lembro-me de que tive de lhe escrever uma carta muito tola, meu advogado praticamente a ditou para mim. Pedindo para ele voltar, sabe, e que eu faria tudo o que pudesse etc. etc., mas nunca se podia contar com Rudolf, ele era tão temperamental. Ele voltou correndo para casa na mesma hora, o que era a coisa errada a se fazer e nem de longe o que os advogados gostariam.

Ela suspirou.

— Mas quanto à Margery? — sugeriu Mr. Satterthwaite, levando-a com tato de volta ao assunto em discussão.

— Claro. Eu ia te contar, não é? Margery anda vendo coisas, ou escutando-as. Fantasmas, você sabe, e tudo mais. Nunca pensei que Margery pudesse ser tão imaginativa. Ela é uma boa menina, sempre foi, apenas um pouco... sem graça.

— Impossível — murmurou Mr. Satterthwaite com uma ideia confusa sobre como ser elogioso.

— Na verdade, muito sem graça — disse Lady Stranleigh. — Não se importa com dança, coquetéis ou qualquer outra coisa com que uma jovem deveria se importar. Ela prefere ficar em casa para ir a caçadas em vez de vir aqui comigo.

— Ora, ora — disse Mr. Satterthwaite. — Ela não quis sair com a senhora, não é?

— Bem, eu também não a pressionei. Acho que filhas têm um efeito deprimente sobre uma pessoa.

Mr. Satterthwaite tentou pensar em Lady Stranleigh acompanhada de uma filha compenetrada e não conseguiu.

— Não posso deixar de me perguntar se Margery está enlouquecendo — continuou a mãe de Margery com uma voz disposta. — Ouvir vozes é um sinal muito ruim, me disseram. Não é como se Abbot's Mede fosse assombrado. O antigo prédio foi incendiado em 1836, e eles ergueram uma espécie de castelo vitoriano que simplesmente não tem como ser assombrado. É muito feio e ordinário.

Mr. Satterthwaite tossiu. Ele se perguntava por que estava sendo informado de tudo aquilo.

— Eu pensei que talvez — disse Lady Stranleigh, sorrindo luminosa para ele — *você* pudesse me ajudar.

— Eu?

— Sim. O senhor vai voltar para a Inglaterra amanhã, não vai?

— Vou. Sim, é verdade — admitiu Mr. Satterthwaite com cautela.

— E o senhor conhece todas essas pessoas de pesquisa psíquica. Claro que sim, o senhor conhece todo mundo.

Mr. Satterthwaite sorriu um pouco. Era uma das fraquezas dele conhecer todo mundo.

— Então, o que poderia ser mais simples? — continuou Lady Stranleigh. — Eu nunca me dou bem com esse tipo de gente. Você sabe, homens sérios com barbas, e geralmente óculos. Eles me aborrecem terrivelmente e fico em desvantagem com eles.

Mr. Satterthwaite ficou bastante surpreso. Lady Stranleigh continuou a sorrir para ele brilhantemente.

— Então está tudo resolvido, não é? — disse ela animadamente. — O senhor irá até Abbot's Mede e verá Margery e fará todos os preparativos. Ficarei muitíssimo grata ao senhor. É claro que se Margery estiver *realmente* enlouquecendo, eu volto para casa. Ah! Aqui está Bimbo.

O sorriso luminoso dela tornou-se deslumbrante.

Um rapaz em trajes brancos de tênis de flanela se aproximava deles. Ele tinha cerca de 25 anos e era extremamente bonito.

O rapaz simplesmente disse:

— Estive procurado por você por toda parte, Babs.

— Como foi o tênis?

— Bem ruim.

Lady Stranleigh se levantou. Ela virou a cabeça por cima do ombro e murmurou em tom doce para Mr. Satterthwaite:

— É simplesmente maravilhoso da sua parte me ajudar. Nunca esquecerei isso.

Mr. Satterthwaite observou o casal se retirando.

"Eu me pergunto", pensou consigo mesmo, "se Bimbo será o marido número 5."

O maquinista do Train de Luxe indicava a Mr. Satterthwaite onde havia ocorrido um acidente na linha alguns anos antes. Ao terminar a narrativa empolgante, o outro ergueu os olhos e viu um rosto conhecido sorrindo para ele por cima do ombro do condutor.

— Meu caro Mr. Quin — disse Mr. Satterthwaite.

O rostinho murcho abriu-se em um sorriso.

— Que coincidência! Que nós dois estejamos voltando para a Inglaterra no mesmo trem. O senhor está indo para lá, suponho.

— Sim — disse Mr. Quin. — Tenho negócios lá de natureza muito importante. O senhor vai pegar o primeiro serviço do jantar?

— Sempre faço isso. Claro, é uma hora absurda, 18h30, mas corre-se menos risco com a comida.

Mr. Quin assentiu, compreensivo.

— Eu também — disse ele. — Talvez possamos nos sentar juntos.

Às 18h30 estavam Mr. Quin e Mr. Satterthwaite sentados um diante do outro em uma pequena mesa no vagão-restaurante. Mr. Satterthwaite deu a devida atenção à carta de vinhos e, em seguida, virou-se para o companheiro.

— Não o vejo desde... ah, sim, desde a Córsega. O senhor foi embora de repente naquele dia.

Mr. Quin deu de ombros.

— Não mais do que de costume. Eu venho e vou, você sabe. Venho e vou.

As palavras pareceram despertar algum eco de lembrança na mente de Mr. Satterthwaite. Um pequeno calafrio percorreu a espinha — não uma sensação desagradável, muito pelo contrário. Estava consciente de uma sensação prazerosa de antecipação.

Mr. Quin segurava uma garrafa de vinho tinto, examinando o rótulo. A garrafa estava entre ele e a luz, mas por alguns instantes, um brilho vermelho o envolveu.

Mr. Satterthwaite sentiu novamente aquela súbita agitação.

— Eu também tenho uma espécie de missão na Inglaterra — comentou, dando um largo sorriso com a lembrança. — O senhor conhece Lady Stranleigh, talvez?

Mr. Quin balançou a cabeça.

— É um título antigo — disse Mr. Satterthwaite. — Um título muito antigo. Um dos poucos cuja descendência pode se dar pela linha feminina. Ela é uma baronesa por direito próprio. Uma história bastante romântica, na verdade.

Mr. Quin acomodou-se mais confortavelmente na cadeira. Um garçom veio voando ao longo do vagão balançante e depositou tigelas de sopa diante deles como que por milagre. Mr. Quin bebericou cautelosamente.

— O senhor está prestes a me fazer um daqueles seus maravilhosos retratos descritivos — ele murmurou. — É verdade, não é?

Mr. Satterthwaite sorriu para ele.

— Ela é realmente uma mulher maravilhosa — disse ele. — Sessenta anos, você sabe... sim, eu diria que tem ao menos 60. Eu as conheci quando meninas, ela e a irmã. Beatrice, esse era o nome da mais velha. Beatrice e Barbara. Lembro-me delas como as meninas Barron. Ambas muito bonitas e, naquela época, muito pobres. Mas isso foi há muitos anos... ora, meu Deus, eu mesmo era jovem na época. — Mr. Satterthwaite suspirou. — Havia então muitas vidas entre elas e o título. O velho Lorde Stranleigh era um primo em primeiro grau, e logo saiu do caminho, eu acho. A vida de Lady Stranleigh tem sido muito romântica. Três mortes inesperadas: dois irmãos do velho e um sobrinho. Então houve o *Uralia*. Você se lembra do naufrágio do *Uralia*? Ele afundou ao largo da costa da Nova Zelândia. As meninas Barron estavam a bordo. Beatrice morreu afogada. Barbara estava entre os poucos sobreviventes. Seis meses depois, a velha Stranleigh morreu, e ela recebeu o título e ficou com uma fortuna considerável. Desde então, ela viveu para uma única coisa: ela própria! Ela sempre foi a mesma: bonita, sem escrúpulos, completamente insensível, interessada apenas em si mesma. Teve quatro maridos, e não tenho dúvidas de que poderia conseguir um quinto a qualquer hora.

Ele passou a descrever a missão que lhe fora confiada por Lady Stranleigh.

— Pensei em correr até Abbot's Mede para ver a jovem — explicou. — Eu... eu sinto que algo deveria ser feito sobre a questão. É impossível pensar em Lady Stranleigh como uma mãe comum.

Ele parou, olhando por cima da mesa para Mr. Quin.

— Gostaria que o senhor viesse comigo — disse ele, melancólico. — Não seria possível?

— Receio que não — disse Mr. Quin. — Mas deixe-me ver, Abbot's Mede fica em Wiltshire, não é?

Mr. Satterthwaite assentiu.

— Foi o que pensei. Acontece que ficarei não muito longe de Abbot's Mede, em um lugar que eu e o senhor conhecemos. — Ele sorriu. — O senhor se lembra daquela pequena estalagem, a Losango & Guizos?

— Claro — exclamou Mr. Satterthwaite. — O senhor estará lá?

Mr. Quin assentiu.

— Por uma semana ou dez dias. Possivelmente mais. Se o senhor vier me procurar algum dia, ficarei feliz em vê-lo.

E de alguma forma, Mr. Satterthwaite sentiu-se estranhamente confortado pela garantia.

— Minha cara Miss... hmm... Margery — disse Mr. Satterthwaite —, asseguro-lhe que nunca nem sonharia em rir da senhorita.

Margery Gale franziu um pouco a testa. Eles estavam sentados no grande e confortável salão de Abbot's Mede. Margery Gale era uma moça grande e robusta. Ela não tinha nenhuma semelhança com a mãe, mas se parecia inteiramente com o lado paterno da família, uma linhagem da nobreza rural. Parecia jovial e saudável, o retrato da sanidade. No entanto, Mr. Satterthwaite estava convencido de que os Barron, como família, eram todos inclinados à instabilidade mental. Margery podia ter herdado a aparência física do pai e, ao mesmo tempo, herdado alguma doidice do lado materno da família.

— Eu queria poder me livrar daquela mulher, Casson — disse Margery. — Não acredito em espiritismo e não gosto disso. Ela é uma dessas mulheres tolas obcecadas pela morte. Está sempre me incomodando para trazer uma médium para cá.

Mr. Satterthwaite tossiu, mexeu-se um pouco na cadeira e então falou, de maneira judiciosa:

— Deixe-me ter certeza de que já sei todos os fatos. O primeiro dos... hmm... fenômenos ocorreu há dois meses, pelo que entendi?

— Por essa época — concordou a garota. — Às vezes era um sussurro e às vezes era uma voz bem clara, mas sempre dizia a mesma coisa.

— Que era?

— "Devolva o que não é seu. Devolva o que roubou." Em todas as ocasiões acendi a luz, mas a sala estava claramente vazia, não havia ninguém lá. No final, fiquei tão nervosa que pedi que Clayton, a empregada da minha mãe, dormisse no sofá do meu quarto.

— E a voz se pronunciou mesmo assim?

— Sim... e é isso que me assusta... Clayton não escutou.

Mr. Satterthwaite refletiu por alguns instantes.

— Soou alta ou baixa naquela noite?

— Era quase um sussurro — admitiu Margery. — Se Clayton estivesse dormindo, imagino que ela realmente não teria escutado. Ela queria que eu fosse ao médico — a garota riu com amargor. — Mas depois de ontem à noite, até a Clayton acredita — continuou ela.

— O que aconteceu ontem à noite?

— Já vou lhe contar. Ainda não contei a ninguém. Ontem eu havia saído para caçar, e tivemos uma longa cavalgada. Eu estava morta de cansaço e dormi profundamente. Sonhei, um sonho horrível, que eu havia caído sobre uma grade de ferro e que um dos pregos estava entrando lentamente na minha garganta. Acordei para descobrir que era verdade, havia uma espécie de ponta afiada pressionando a lateral do meu pescoço e, ao mesmo tempo, uma voz murmurava baixinho: "Você roubou o que é meu. Isso é a morte". Eu gritei e agarrei o ar, mas não havia nada lá. Clayton me ouviu gritar do quarto ao lado, onde ela estava dormindo. Ela entrou correndo e sentiu claramente algo passando por ela na escuridão, mas disse que o que quer que fosse, não era nada humano.

Mr. Satterthwaite a encarou. A garota estava obviamente muito abalada e chateada. Ele notou, no lado esquerdo do pescoço dela, um pequeno curativo. Ela percebeu a direção do olhar dele e assentiu.

— Sim — ela disse. — Não foi imaginação, veja o senhor.

Mr. Satterthwaite questionou, quase se desculpando, pois parecia uma pergunta muito melodramática:

— A senhorita não conhece ninguém... hmm... que tenha rancor de você? — perguntou.

— Claro que não — disse Margery. — Que ideia!

Mr. Satterthwaite abriu outra linha de ataque.

— Que visitantes a senhorita teve nos últimos dois meses?

— O senhor quer dizer, não apenas as pessoas nos fins de semana, suponho? Marcia Keane esteve comigo o tempo todo. Ela é minha melhor amiga, e tão interessada em cavalos quanto eu. Depois, meu primo Roley Vavasour esteve aqui bastante.

Mr. Satterthwaite assentiu. Sugeriu que precisaria ver Clayton, a empregada.

— Ela está com você há muito tempo, suponho? — perguntou.

— Há muitos anos — disse Margery. — Ela era empregada de mamãe e da tia Beatrice quando eram meninas. Foi por isso que mamãe a manteve, imagino, embora tenha uma empregada francesa para ela. Clayton costura, faz cerâmica e alguns outros pequenos trabalhos.

Ela o levou para o andar de cima, e logo Clayton veio até eles. Era uma mulher alta, magra e velha, com cabelos grisalhos bem repartidos, e parecia o ápice da respeitabilidade.

— Não, senhor — disse ela em resposta às perguntas de Mr. Satterthwaite. — Nunca ouvi nada sobre a casa ser assombrada. Para dizer a verdade, senhor, pensei que fosse tudo imaginação de Miss Margery até ontem à noite. Mas eu realmente senti algo... passando por mim na escuridão. E posso lhe dizer isso, senhor: *não era nada humano*. E depois, há aquela ferida no pescoço de Miss Margery. Ela não fez isso sozinha, pobrezinha.

Mas as palavras foram sugestivas para Mr. Satterthwaite. Seria possível que Margery pudesse ter infligido aquele ferimento a si mesma? Ele tinha ouvido falar de casos estranhos em que garotas aparentemente tão sãs e equilibradas quanto Margery faziam as coisas mais incríveis.

— Em breve vai sarar — disse Clayton. — Não é como esta minha cicatriz. — Ela apontou para uma marca na própria testa. — Isso foi feito há quarenta anos, senhor. Ainda carrego a marca.

— Foi quando o *Uralia* afundou — acrescentou Margery. — Clayton foi atingida na cabeça por um mastro, não foi, Clayton?

— Sim, senhorita.

— O que você acha, Clayton? — perguntou Mr. Satterthwaite. — Qual acha ter sido o significado desse ataque à Miss Margery?

— Eu realmente preferiria não dizer, senhor.

Mr. Satterthwaite leu isso corretamente como a reserva do criado bem treinado.

— O que você realmente acha, Clayton? — disse ele, persuasivo.

— Acho, senhor, que algo muito perverso deve ter sido feito nesta casa, e que até que isso seja eliminado, não haverá paz.

A mulher falou com seriedade, e os olhos azuis desbotados encontraram os dele com firmeza.

Mr. Satterthwaite desceu as escadas bastante desapontado. Clayton evidentemente tinha a visão tradicional, de uma "assombração" deliberada como consequência de algum ato maligno no passado. O próprio Mr. Satterthwaite não se satisfez tão facilmente. Os fenômenos só vinham acontecendo nos últimos dois meses. Só haviam ocorrido depois que Marcia Keane e Roley Vavasour estiveram lá. Ele precisava encontrar algo sobre esses dois. Era possível que a coisa toda fosse uma brincadeira. Mas ele balançou a cabeça, insatisfeito com aquela solução. A coisa era mais sinistra do que aquilo. O correio tinha acabado de chegar, e Margery estava abrindo e lendo suas cartas. De repente ela soltou uma exclamação.

— Mamãe é muito absurda — disse ela. — Leia isso.
Ela entregou a carta a Mr. Satterthwaite.
Era uma epístola típica de Lady Stranleigh.

Querida Margery (ela escreveu),
Estou tão feliz que você tenha aquele simpático Mr. Satterthwaite aí. Ele é muito inteligente e conhece todos os grandes místicos. Você precisa chamá-los todos aí e investigar as coisas por completo. Tenho certeza de que você se divertirá maravilhosamente, e eu só gostaria de poder estar aí, mas realmente estive muito doente nos últimos dias. Os hotéis são tão descuidados com a comida que oferecem. O médico diz que é algum tipo de intoxicação alimentar. Eu estava realmente muito *doente.*
Foi muito doce de sua parte me enviar os chocolates, querida, mas certamente um pouco bobo, não é? Quero dizer, há uma confeitaria maravilhosa aqui.
Adeus, querida, e divirta-se com os fantasmas da família. Bimbo diz que meu tênis está indo maravilhosamente bem. Oceanos de amor.
Sua,
Barbara.

— Mamãe sempre quer que eu a chame de Barbara — disse Margery. — É simplesmente bobo, na minha opinião.
Mr. Satterthwaite sorriu um pouco. Ele percebeu que o impassível conservadorismo da filha devia às vezes ser muito penoso para Lady Stranleigh. O conteúdo da carta o impressionara de uma forma que obviamente não atingira Margery.
— Você mandou uma caixa de chocolates para sua mãe? — perguntou.
Margery balançou a cabeça.
— Não, eu não, deve ter sido outra pessoa.
Mr. Satterthwaite ficou sério. Duas coisas lhe pareceram importantes. Lady Stranleigh recebera de presente uma caixa de chocolates e estava sofrendo de uma grave intoxica-

ção. Aparentemente, ela não havia conectado essas duas coisas. Haveria alguma ligação? Ele estava inclinado a pensar que sim.

Uma garota alta e morena saiu da sala de café e se juntou a eles.

Ela foi apresentada a Mr. Satterthwaite como Marcia Keane. Ela sorriu para o homenzinho de uma maneira leve e bem-humorada.

— O senhor veio para caçar o fantasma de estimação de Margery? — ela perguntou, com uma voz arrastada. — Todos nós implicamos com ela por causa daquele fantasma. Opa, ali está Roley.

Um carro acabava de parar na porta da frente. De dentro dele saiu um jovem alto, de cabelos loiros e modos joviais ansiosos.

— Olá, Margery — gritou ele. — Olá, Marcia! Trouxe reforços.

Ele se virou para as duas mulheres que estavam entrando no salão. Mr. Satterthwaite reconheceu a primeira das duas como Mrs. Casson, de quem Margery havia falado havia pouco.

— Você precisa me perdoar, Margery, querida — ela falou devagar, com um sorriso largo. — Mr. Vavasour disse-nos que não haveria problema. Foi realmente ideia dele que eu trouxesse Mrs. Lloyd comigo.

Ela indicou a companheira dela com um leve gesto da mão.

— Esta é Mrs. Lloyd — disse, em tom triunfante. — Simplesmente a médium mais maravilhosa que já existiu.

Mrs. Lloyd não fez nenhum protesto de modéstia, fez uma reverência e permaneceu com as mãos cruzadas à frente. Ela era uma jovem muito corada, de aparência comum. As roupas eram fora de moda, mas bastante decoradas. Ela usava uma corrente de pedras da lua e vários anéis.

Margery Gale, como Mr. Satterthwaite podia ver, não ficou muito satisfeita com essa intrusão. Ela lançou um olhar raivoso para Roley Vavasour, que parecia bastante inconsciente da ofensa que havia causado.

— O almoço está pronto, imagino — disse Margery.

— Ótimo — disse Mrs. Casson. — Faremos uma sessão logo depois. Tem alguma fruta para Mrs. Lloyd? Ela nunca faz uma refeição sólida antes de uma sessão espírita.

Todos foram para a sala de jantar. A médium comeu duas bananas e uma maçã e respondeu cautelosa e brevemente às várias observações educadas que Margery lhe dirigia de vez em quando. Pouco antes de se levantarem da mesa, ela jogou a cabeça para trás de repente e cheirou o ar.

— Há algo muito errado nesta casa. Eu sinto isso.

— Ela não é maravilhosa? — disse Mrs. Casson, em um tom baixo e encantado.

— Ah! Sem dúvida — disse Mr. Satterthwaite, seco.

A sessão foi realizada na biblioteca. A anfitriã estava, como Mr. Satterthwaite percebeu, muito relutante, e apenas o óbvio deleite dos convidados dela pelos procedimentos a reconciliou com aquela provação.

Os arranjos foram feitos com muito cuidado por Mrs. Casson, que evidentemente estava bem informada sobre esses assuntos; as cadeiras foram colocadas em círculo, as cortinas foram fechadas, e logo a médium se anunciou pronta para começar.

— Seis pessoas — disse ela, olhando ao redor da sala. — Isso é ruim. Devemos ter um número ímpar, sete é o ideal. Obtenho meus melhores resultados em um círculo de sete.

— Um dos criados — sugeriu Roley. Ele se levantou. — Vou chamar o mordomo.

— Vamos chamar Clayton — disse Margery.

Mr. Satterthwaite viu uma expressão de aborrecimento passar pelo rosto bonito de Roley Vavasour.

— Mas por que Clayton? — ele questionou.

— Você não gosta de Clayton — disse Margery, devagar.

Roley deu de ombros.

— Clayton não gosta de mim — disse ele, caprichosamente. — Na verdade, ela me odeia como o diabo.

Ele esperou alguns instantes, mas Margery não cedeu.

— Tudo bem — ele disse. — Mande-a descer.

O círculo se formou.

Houve um período de silêncio quebrado pelas tosses e acomodações de praxe. Em seguida, escutou-se uma sucessão de batidas e, em seguida, uma voz incorporando na médium, de um indígena pele-vermelha cherokee.

— Índio Corajoso diz a vocês: Boa-noite, senhoras e senhores. Alguém aqui muito ansioso falar. Alguém aqui muito ansioso dar recado para jovem. Eu vou agora. O espírito dizer o que ela vem dizer.

Uma pausa e depois uma nova voz, a de uma mulher, disse suavemente:

— Margery está aqui?

Roley Vavasour se encarregou de responder.

— Sim — disse ele. — Ela está. Quem está falando?

— Eu sou Beatrice.

— Beatrice? Quem é Beatrice?

Para aborrecimento de todos, escutou-se a voz do cherokee pele-vermelha outra vez.

— Tenho mensagem para todos vocês. Vida aqui muito brilhante e bonita. Todos trabalhamos muito. Ajude aqueles que ainda não morreram.

Novamente um silêncio, e então a voz da mulher foi ouvida mais uma vez.

— Aqui é Beatrice falando.

— Que Beatrice?

— Beatrice Barron.

Mr. Satterthwaite inclinou-se para a frente. Ele estava muito animado.

— Beatrice Barron, que se afogou no *Uralia*?

— Sim, isso mesmo. Lembro-me do *Uralia*. Tenho uma mensagem para esta casa: *Devolva o que não é seu.*

— Não entendo — disse Margery, impotente. — Eu... ah, você é realmente tia Beatrice?

— Sim, eu sou sua tia.

— Claro que sim — disse Mrs. Casson em tom de reprovação. — Como você pode ser tão desconfiada? Os espíritos não gostam disso.

E de repente, Mr. Satterthwaite pensou em um teste muito simples. A voz tremia enquanto ele falava.

— Você se lembra de Mr. Bottacetti? — ele perguntou.

Imediatamente veio uma onda de riso.

— O pobre velho "Botafora". Claro.

Mr. Satterthwaite ficou pasmo. O teste havia dado certo. Era um incidente de mais de quarenta anos antes, que acontecera quando ele e as meninas Barron estavam no mesmo balneário. Um jovem italiano conhecido deles saiu em um barco que virou, e Beatrice Barron o chamou, brincando, de "Botafora". Parecia impossível que alguém na sala pudesse saber desse incidente, exceto ele mesmo.

A médium se mexeu e gemeu.

— Ela está saindo — disse Mrs. Casson. — Isso é tudo que vamos conseguir dela hoje, receio.

A luz do dia brilhou novamente na sala cheia de pessoas, das quais ao menos duas estavam muito apavoradas.

Mr. Satterthwaite viu pelo rosto pálido de Margery que ela estava profundamente perturbada. Quando se livraram de Mrs. Casson e da médium, procurou conversar em privado com a anfitriã.

— Quero fazer-lhe uma ou duas perguntas, Miss Margery. Se você e sua mãe morrerem, quem sucederá ao título e às propriedades?

— Roley Vavasour, suponho. A mãe dele era prima de primeiro grau da minha.

Mr. Satterthwaite assentiu.

— Parece que ele esteve muito aqui neste inverno — disse ele gentilmente. — Vai me perdoar por perguntar isso, mas ele... gosta de você?

— Ele me pediu em casamento há três semanas — disse Margery baixinho. — Eu disse não.

— Por favor, me perdoe a pergunta, mas está noiva de outra pessoa?

Ele viu a cor tomar conta do rosto dela.

— Estou — disse ela, enfática. — Vou me casar com Noel Barton. Mamãe riu disso e disse que é absurdo. Ela parece achar ridículo eu ficar noiva de um clérigo. Por quê, eu gostaria de saber! Há clérigos e clérigos! O senhor deveria ver Noel a cavalo.

— Ah, sim — disse Mr. Satterthwaite. — Ah, certamente.

Um lacaio entrou com um telegrama em uma bandeja. Margery o rasgou.

— Mamãe está chegando em casa amanhã — disse ela. — Droga. Eu sinceramente preferia que ela ficasse por lá.

Mr. Satterthwaite não fez comentários quanto a esse sentimento filial. Talvez o achasse justificado.

— Nesse caso — ele murmurou —, acho que estou voltando para Londres.

Mr. Satterthwaite não estava muito satisfeito consigo mesmo. Sentia que havia deixado esse problema específico em um estado inacabado. Era verdade que, com o retorno de Lady Stranleigh, a responsabilidade dele se encerrava, mas ele tinha certeza de que não tinha escutado o fim do mistério de Abbot's Mede.

Mas o desdobramento seguinte, quando veio, foi de uma natureza tão séria que o pegou totalmente desprevenido. Ele soube pelas páginas do jornal matutino. "Baronesa morre no banho", era o que dizia o *Daily Megaphone*. Os outros jornais eram mais contidos e delicados na linguagem, mas o fato era o mesmo. Lady Stranleigh fora encontrada morta na banheira, e a morte havia sido por afogamento. Supunha-se que ela houvesse perdido a consciência e, nesse estado, a cabeça tivesse deslizado para baixo da água.

Mas Mr. Satterthwaite não ficou satisfeito com essa explicação. Chamando o valete, fez sua toalete com menos cuidado do que de costume e, dez minutos depois, o grande

Rolls-Royce dele o levava para fora de Londres o mais rápido possível.

Mas, curiosamente, não era para Abbot's Mede que ele estava indo, e sim para uma pequena estalagem a cerca de quinze milhas de distância, que tinha o nome bastante incomum de Losango & Guizos. Foi com grande alívio que ele soube que Mr. Harley Quin ainda estava hospedado lá. Logo se encontrava cara a cara com seu amigo.

Mr. Satterthwaite apertou a mão dele e começou a falar de maneira agitada.

— Estou terrivelmente chateado. O senhor precisa me ajudar. Já estou com uma sensação terrível de que pode ser tarde demais, de que aquela boa menina pode ser a próxima a morrer, pois ela é uma boa menina, completamente boa.

— Se o senhor puder me dizer do que se trata... — disse Mr. Quin, sorrindo.

Mr. Satterthwaite o encarou com ar de reprovação.

— O senhor sabe. Estou perfeitamente certo de que sabe. Mas vou lhe contar.

Ele contou a história da estada dele em Abbot's Mede e, como sempre acontece com Mr. Quin, este se viu gostando da narrativa. Ele era eloquente, sutil e meticuloso quanto aos detalhes.

— Então, veja, deve haver uma explicação — concluiu.

Ele olhou esperançoso para Mr. Quin, como um cachorro olha para o dono.

— Mas é você quem deve resolver o problema, não eu — disse Mr. Quin. — Não conheço essas pessoas. Você as conhece.

— Conheci as meninas Barron há quarenta anos — disse Mr. Satterthwaite, com orgulho.

Mr. Quin assentiu e pareceu solidário, tanto que o outro continuou, em um tom sonhador.

— Agora, aquela vez em Brighton, Bottacetti-Botafora, uma piada bem boba, mas como nós rimos! Minha nossa, eu era jovem na época. Fiz um monte de coisas tolas. Lembro-me da criada que tinham com eles. Alice era o nome dela, era uma coisinha muito ingênua. Lembro que a beijei no corredor do hotel, e uma das meninas me pegou fazendo isso. Minha nossa, há quanto tempo isso tudo aconteceu.

Ele balançou a cabeça novamente e suspirou. Então ele olhou para Mr. Quin.

— Então o senhor não pode me ajudar? — falou, melancólico. — Em outras ocasiões...

— Em outras ocasiões, o senhor se mostrou bem-sucedido devido inteiramente aos seus próprios esforços — disse Mr. Quin, com seriedade. — Acho que será o mesmo desta vez. Se eu fosse você, iria para Abbot's Mede agora mesmo.

— Sim, sim — disse Mr. Satterthwaite. — Na verdade, foi isso que pensei em fazer. Não posso convencê-lo a vir comigo?

Mr. Quin balançou a cabeça.

— Não — ele disse. — Meu trabalho aqui já acabou. Estou partindo quase imediatamente.

Em Abbot's Mede, Mr. Satterthwaite foi levado imediatamente à Margery Gale. Ela estava sentada com os olhos secos em uma escrivaninha na sala de café sobre a qual estavam espalhados vários papéis. Algo na saudação dela o tocou. Ela pareceu muito feliz em vê-lo.

— Roley e Marcia acabaram de sair. Mr. Satterthwaite, não é o que os médicos dizem. Estou convencida, absolutamente convencida, de que mamãe foi empurrada para debaixo d'água e mantida ali. Ela foi assassinada, e quem a assassinou quer me matar também. Estou certa disso. Por isso...

Ela indicou o documento à frente dela.

— Estou fazendo meu testamento — explicou. — Muito do dinheiro e algumas propriedades não vão para quem ficar com o título, e há o dinheiro do meu pai também. Estou deixando tudo que posso para Noel. Eu sei que ele vai fazer bom uso disso e não confio no Roley, ele sempre vai atrás de tudo o que puder pegar. O senhor o assinaria como testemunha?

— Minha cara jovem — disse Mr. Satterthwaite —, você deve assinar um testamento na presença de duas testemunhas, e elas devem assinar ao mesmo tempo.

Margery ignorou esse pronunciamento legal.

— Não vejo a razão disso ter a menor importância — declarou ela. — Clayton me viu assinar e então ela assinou o nome dela. Eu ia chamar o mordomo, mas o senhor vai servir.

Mr. Satterthwaite não fez nenhuma objeção, desatarraxou a caneta-tinteiro e então, quando estava prestes a acrescentar sua assinatura, parou subitamente. O nome, escrito logo acima do seu, evocou um fluxo de memórias. Alice Clayton.

Algo parecia estar lutando muito para chegar até ele. Alice Clayton, havia algum significado nisso. Algo relacionado com Mr. Quin havia se misturado àquilo. Algo que ele havia dito a Mr. Quin havia muito pouco tempo.

Ah, ele lembrava agora. Alice Clayton, esse era o nome dela. *Aquela coisinha.* As pessoas mudam, sim, *mas não tanto.* E a Alice Clayton que ele conhecera tinha olhos castanhos. A sala pareceu girar em torno dele. Ele tateou em busca de uma cadeira e, como se estivesse a uma grande distância, logo ouviu a voz de Margery falando com ele ansiosamente.

— O senhor está se sentindo mal? Ah, o que foi? Tenho certeza de que o senhor está passando mal.

Ele voltou a si. Pegou a mão dela.

— Minha querida, agora vejo tudo. Você deve se preparar para um grande choque. A mulher lá em cima que você chama de Clayton não é Clayton de jeito nenhum. A verdadeira Alice Clayton se afogou no *Uralia.*

Margery ficou o encarando.

— Quem... quem é ela então?

— Não estou enganado, não posso estar. A mulher que você chama de Clayton é a irmã de sua mãe, Beatrice Barron. Você se lembra quando me disse que ela foi atingida na cabeça por um mastro? Imagino que o golpe tenha destruído a memória dela e, sendo esse o caso, sua mãe viu a chance...

— De pegar o título, o senhor quer dizer? — perguntou Margery, amargamente. — Sim, ela faria isso. Parece terrível dizer isso agora que ela está morta, mas ela era assim.

— Beatrice era a irmã mais velha — disse Mr. Satterthwaite.
— Com a morte de seu tio, ela herdaria tudo e sua mãe não receberia nada. Sua mãe reivindicou a menina ferida como *criada*, não como *irmã*. A garota se recuperou do golpe e acreditou, claro, no que lhe disseram, que ela era Alice Clayton, a criada de sua mãe. Posso supor que só recentemente a memória dela tenha começado a voltar, pois o golpe na cabeça, dado tantos anos atrás, causou danos ao cérebro.

Margery olhava para ele com horror.

— Ela matou mamãe e queria me matar — ela suspirou.

— Parece que sim — disse Mr. Satterthwaite. — No cérebro dela havia apenas uma ideia confusa de que a herança havia sido roubada e estava sendo mantida longe dela por você e sua mãe.

— Mas... mas Clayton é tão velha.

Mr. Satterthwaite ficou em silêncio por um minuto enquanto uma visão surgia diante dele: a velha desbotada de cabelos grisalhos e a radiante criatura de cabelos dourados sentada ao sol em Cannes. Irmãs! Poderia realmente ser assim? Lembrou-se das meninas Barron e da semelhança de uma com a outra. Só porque duas vidas se desenvolveram em ritmos diferentes...

Ele balançou a cabeça bruscamente, impressionado pelas belezas e dores da vida...

Ele se virou para Margery e disse gentilmente:

— É melhor irmos lá para cima e vê-la.

Encontraram Clayton sentada na pequena oficina onde costurava. Ela não virou a cabeça quando eles entraram por uma razão que Mr. Satterthwaite logo descobriu.

— Insuficiência cardíaca — ele murmurou, enquanto tocava o ombro rígido e frio. — Talvez tenha sido melhor assim.

Capítulo 8

O rosto de Helena

Mr. Satterthwaite estava na Ópera, sentado sozinho no grande camarote dele no primeiro andar. Do lado de fora da porta havia um cartão impresso com o nome dele. Apreciador e conhecedor de todas as artes, Mr. Satterthwaite gostava especialmente de boa música e era sócio assíduo de Covent Garden todos os anos, reservando um camarote para as terças e as sextas-feiras durante toda a temporada.

Mas não era sempre que se sentava sozinho. Ele era um cavalheiro gregário e gostava de encher o camarote com a elite do grande mundo ao qual pertencia e também com a aristocracia do mundo artístico em que se sentia igualmente à vontade. Estava sozinho naquela noite porque uma condessa o havia decepcionado. A condessa, além de ser uma mulher bonita e celebrada, era também uma boa mãe. Os filhos dela haviam sido atacados por aquela doença comum e angustiante, a caxumba, e a condessa permanecera em casa em chorosas confabulações com enfermeiras requintadamente engomadas. O marido, que lhe dera os filhos mencionados e um título, mas que de resto era uma completa nulidade, aproveitou a chance de escapar. Nada o entediava mais que a música.

Assim, Mr. Satterthwaite estava sozinho. *Cavalleria rusticana* e *Pagliacci* seriam apresentados naquela noite, e como a primeira nunca o agradara, ele chegou logo após a cortina descer, na agonia de morte de Santuzza, a tempo de olhar ao redor do teatro com olhos treinados, antes que todos saíssem de seus camarotes, decididos a fazer visitas ou brigar por café ou limonada. Mr. Satterthwaite ajustou os óculos na ponta do nariz, olhou ao redor da casa, marcou sua presa e partiu com um plano de campanha bem-traçado à frente. Um plano, contudo, que não pôs em execução, pois do lado de fora do camarote ele trombou com um homem alto e moreno, que reconheceu com agradável empolgação.

— Mr. Quin! — exclamou Mr. Satterthwaite.

Ele apertou a mão do amigo calorosamente, agarrando-o como se temesse a qualquer minuto vê-lo desaparecer no ar.

— O senhor precisa compartilhar de meu camarote — disse Mr. Satterthwaite com determinação. — Está com um grupo?

— Não, estou sentado sozinho na plateia — respondeu Mr. Quin, sorrindo.

— Então, está resolvido — disse Mr. Satterthwaite com um suspiro de alívio.

Os modos dele seriam quase cômicos se houvesse alguém para observá-los.

— O senhor é muito gentil — disse Mr. Quin.

— De modo algum. É um prazer. Eu não sabia que o senhor gostava de música.

— Há razões pelas quais me sinto atraído por... *Pagliacci*.

— Ah! É claro — disse Mr. Satterthwaite, balançando a cabeça com sapiência, embora, se pensasse bem naquilo, ele teria achado difícil explicar exatamente por que havia usado aquela expressão. — Claro que o senhor seria.

Voltaram ao camarote no primeiro toque do sino e, debruçados à frente, observaram as pessoas que voltavam para as poltronas na plateia.

— Que bonita aquela cabeça — observou Mr. Satterthwaite de repente.

Ele indicou com os óculos um ponto logo abaixo deles no círculo das poltronas. Uma garota estava sentada ali, cujo rosto eles não podiam ver, apenas o puro ouro do cabelo dela, que se mesclava ao gorro até fundir-se no pescoço alvo.

— Uma cabeça grega — disse Mr. Satterthwaite com reverência. — Puramente grega. — Ele suspirou feliz. — É uma coisa notável quando se pensa nisso, como poucas pessoas têm cabelos que *de fato* combinam com elas. É mais perceptível agora que todo mundo está usando cabelo curto.

— Você é tão observador — disse Mr. Quin.

— Eu percebo as coisas — admitiu Mr. Satterthwaite. — Percebo mesmo. Por exemplo, selecionei aquela cabeça de imediato. Precisamos dar uma olhada no rosto dela mais cedo ou mais tarde. Mas não vai combinar, tenho certeza. Isso seria uma chance em mil.

Quase assim que as palavras saíram dos lábios dele, as luzes piscaram e se apagaram, o golpe agudo da batuta do maestro foi ouvido e a ópera começou. Um novo tenor, que se dizia ser um segundo Caruso, cantava naquela noite. Ele tinha sido referido nos jornais como iugoslavo, tcheco, albanês, magiar e búlgaro, com uma bela imparcialidade. Havia dado um concerto extraordinário no Albert Hall, um programa de canções folclóricas das colinas nativas dele, com uma orquestra especialmente afinada. As canções eram em estranhos meios-tons e pretensos músicos as consideraram "maravilhosas demais". Músicos de verdade tinham uma opinião reservada, percebendo que o ouvido devia ser especialmente treinado e sintonizado antes que qualquer crítica fosse possível. Foi um grande alívio para algumas pessoas saber naquela noite que Yoaschbim podia cantar em italiano comum, com todos os soluços e tremores tradicionais.

Quando a cortina baixou após o primeiro ato, aplausos irromperam ruidosamente. Mr. Satterthwaite virou-se para Mr. Quin. Percebeu que este último estava esperando que ele desse um veredicto e se pavoneou um pouco. Afinal, ele *sabia*. Como crítico, ele era quase sempre infalível.

Muito lentamente, ele acenou com a cabeça.

— Um talento legítimo — disse ele.

— O senhor acha?

— Uma voz tão boa quanto a de Caruso. As pessoas não reconhecerão isso a princípio, pois a técnica dele ainda não é perfeita. Há arestas irregulares, uma falta de confiança no ataque. Mas a voz está lá... magnífica.

— Fui ao concerto dele no Albert Hall — disse Mr. Quin.

— Foi? Eu não pude ir.

— Ele fez um sucesso maravilhoso com a "Canção do pastor".

— Eu li a respeito — disse Mr. Satterthwaite. — Cada refrão termina com uma nota alta, uma espécie de choro. Uma nota a meio caminho entre o lá e o si bemol. Muito interessante.

Yoaschbim foi ovacionado três vezes, curvando-se e sorrindo. As luzes se acenderam, e as pessoas começaram a sair. Mr. Satterthwaite inclinou-se para observar a garota do cabelo dourado. Ela se levantou, ajustou o cachecol e se virou.

Mr. Satterthwaite prendeu a respiração. Ele sabia que existiam rostos assim no mundo, rostos que faziam história.

A moça foi na direção do corredor com o companheiro, um rapaz, ao lado dela. E Mr. Satterthwaite notou como todo os homens ao redor viravam-se para olhar... e continuou olhando discretamente.

— A beleza! — disse Mr. Satterthwaite para si mesmo. — Ela existe. Não é feitiço, nem atração, nem magnetismo, nem qualquer uma das coisas sobre as quais falamos de modo tão leviano, apenas pura beleza. A forma de um rosto, a linha de uma sobrancelha, a curva de um queixo.

Ele citou baixinho:

— O rosto que lançou mil navios.

E pela primeira vez entendeu o sentido dessas palavras.

Ele olhou para Mr. Quin, que o observava com o que parecia ser uma compreensão tão perfeita que Mr. Satterthwaite sentiu não haver necessidade de palavras.

— Sempre me perguntei como essas mulheres realmente eram — disse ele, num tom simples.

— Como assim?

— As Helenas, as Cleópatras, as Mary Stuarts.

Mr. Quin assentiu pensativo.

— Se sairmos agora, poderemos... ver — sugeriu ele.

Eles saíram juntos, e a busca foi bem-sucedida. O casal que procuravam estava sentado em um salão a meio caminho da escada. Pela primeira vez, Mr. Satterthwaite notou o companheiro da garota, um jovem de cabelos escuros, não bonito, mas com a leve sugestão de uma chama inquieta em si. Um rosto cheio de ângulos estranhos, maçãs da face salientes, um maxilar forte e ligeiramente torto, olhos fundos que eram curiosamente claros sob sobrancelhas escuras e salientes.

— Um rosto interessante — disse Mr. Satterthwaite para si mesmo. — Um rosto de verdade. Significa alguma coisa.

O rapaz estava inclinado para a frente, falando com seriedade. A moça escutava. Nenhum deles pertencia ao mundo de Mr. Satterthwaite. Ele os considerava da classe "artística". A garota usava um vestido um tanto disforme de seda verde barata. Seus sapatos eram de cetim branco encardido. O rapaz vestia seu traje de noite dando a impressão de estar desconfortável nele.

Os dois homens passaram várias e várias vezes. Na quarta vez, ao casal havia se juntado uma terceira pessoa — um jovem loiro com ares de funcionário. Com a chegada dele, uma certa tensão se instalara. O recém-chegado estava de gravata e parecia pouco à vontade, o belo rosto da garota estava voltado para ele com uma expressão séria, e o companheiro fazia uma careta muito feia.

— A mesma história de sempre — disse Mr. Quin, muito suavemente, enquanto eles passavam.

— Sim — disse Mr. Satterthwaite, suspirando. — Suponho que seja inevitável. Dois cães rosnando por um osso. Sempre foi assim, sempre será. E, no entanto, pode-se desejar algo diferente. A beleza... — ele parou. Beleza, para Mr. Satterthwaite, significava algo muito maravilhoso. Ele achava difícil falar a respeito dela. Olhou para Mr. Quin, que assentiu com a cabeça gravemente em compreensão.

Voltaram aos lugares para o segundo ato.

No final da apresentação, Mr. Satterthwaite virou-se ansioso para o amigo.

— É uma noite chuvosa. Meu carro está aqui. Permita-me levá-lo... hmm... a algum lugar.

A última palavra foi a delicadeza de Mr. Satterthwaite entrando em cena. Ele sentiu que "levá-lo para casa" teria soado como curiosidade. Mr. Quin sempre fora particularmente reticente. Era extraordinário o quão pouco Mr. Satterthwaite sabia sobre ele.

— Mas talvez — continuou o homenzinho — o senhor tenha seu próprio carro esperando?

— Não — disse Mr. Quin. — Não tenho nenhum carro me esperando.

— Então...

Contudo, Mr. Quin balançou a cabeça.

— O senhor é muito gentil — disse ele. — Mas prefiro seguir meu próprio caminho. Além disso — falou com um sorriso bastante curioso —, se for... acontecer alguma coisa, caberá ao senhor agir. Boa noite e obrigado. Mais uma vez, vimos o drama juntos.

Ele se foi tão rápido que Mr. Satterthwaite não teve tempo de protestar, mas ficou com uma leve inquietação na mente. A que drama Mr. Quin se referia? *Pagliacci* ou outro?

Masters, o motorista de Mr. Satterthwaite, tinha o hábito de esperar em uma rua lateral. O patrão não gostava da longa demora enquanto os carros paravam diante da Ópera. Agora, como em ocasiões anteriores, ele caminhava rápido dobrando a esquina e ao longo da rua na direção em que sabia que deveria encontrar Masters esperando por ele. Bem na frente dele estavam uma garota e um homem, e bem quando ele os reconheceu, um outro homem se juntou aos dois.

Tudo aconteceu em um minuto. A voz de um homem, exaltada de raiva. A voz de outro homem em protesto ofendido. E então a briga. Golpes, respiração raivosa, mais golpes, a figura de um policial aparecendo majestosamente do nada —

e em um minuto Mr. Satterthwaite estava ao lado da garota, que se encolhia contra a parede.

— Com sua licença — disse ele. — A senhorita não deve ficar aqui.

Ele a pegou pelo braço e a conduziu rapidamente pela rua. Ela só olhou para trás uma vez.

— Eu não deveria...? — ela começou a falar, insegura. Mr. Satterthwaite balançou a cabeça.

— Seria muito desagradável que você se envolvesse nisso. Provavelmente seria convidada a ir até a delegacia com eles. Tenho certeza de que nenhum de seus... amigos gostaria disso.

Ele parou.

— Este é o meu carro. Se me permitir, terei muito prazer em levá-la para casa.

A garota olhou para ele de modo inquisitivo. A séria respeitabilidade de Mr. Satterthwaite a impressionou de modo favorável. Ela assentiu com um movimento de cabeça.

— Obrigada — disse ela, e entrou no carro, cuja porta Masters mantinha aberta.

Em resposta a uma pergunta de Mr. Satterthwaite, ela deu um endereço em Chelsea, e ele sentou-se ao lado dela.

A garota estava chateada e sem vontade de falar, e Mr. Satterthwaite era muito diplomático para se intrometer em seus pensamentos. Logo, porém, ela se virou para ele e falou por conta própria.

— Gostaria que as pessoas não fossem tão tolas — ela disse, impaciente.

— É um incômodo — concordou Mr. Satterthwaite.

Seu jeito pragmático a deixou à vontade, e ela continuou como se sentisse necessidade de confiar em alguém.

— Não foi como se... quer dizer, bem, foi assim. Mr. Eastney e eu somos amigos há muito tempo, desde que vim para Londres. Ele se esforçou bastante para trabalhar minha voz e me conseguiu algumas apresentações muito boas, e ele tem sido mais gentil comigo do que consigo expressar. Ele é completamente louco por música. Foi muito bom ele me levar esta noite. Tenho certeza de que ele não pode realmente pagar. E então Mr. Burns veio e falou conosco... de um modo muito gentil, tenho certeza, e Phil (Mr. Eastney) ficou de cara fechada por isso. Não sei por que ele deveria. É um país livre, tenho certeza. E Mr. Burns é sempre agradável e bem-humorado. Então, quando estávamos caminhando para o metrô, ele veio e se juntou a nós, e ele nem disse duas palavras antes de Philip voar para cima dele feito um louco. E... Ah! Não gosto disso.

— Não? — perguntou Mr. Satterthwaite muito suavemente.

Ela corou, mas muito pouco. Não havia nela os modos conscientes de uma sereia. Devia haver uma certa excitação prazerosa em ver brigarem por si... era da natureza, mas Mr. Satterthwaite concluiu que uma perplexidade preocupada se sobrepunha e teve uma pista disso em outro momento, quando ela observou de modo inconsequente:

— Espero que ele não o tenha machucado.

"Ora, mas qual dos dois é 'ele'?", pensou Mr. Satterthwaite, sorrindo para si mesmo na escuridão.

Apostou no próprio discernimento e disse:

— Você espera que Mr.... hmm... Eastney não tenha machucado Mr. Burns?

Ela assentiu.

— Sim, foi o que eu disse. Pareceu tão terrível. Eu gostaria de saber.

O carro estava parando.

— Você tem telefone? — ele perguntou.

— Sim.

— Se quiser, posso descobrir exatamente o que aconteceu e depois telefono para você.

O rosto da garota se iluminou.

— Ah, isso seria muito gentil da sua parte. Tem certeza de que não é muito incômodo?

— Nem um pouco.

Ela agradeceu novamente e deu seu número de telefone, acrescentando com um toque de timidez:

— Meu nome é Gillian West.

Enquanto ele era conduzido pela noite, preso à sua missão, um sorriso curioso surgiu nos lábios de Mr. Satterthwaite.

Ele pensou: "Então é só isso... 'a forma de um rosto, a curva de um queixo!'".

Mas ele cumpriu a promessa.

Na tarde do domingo seguinte, Mr. Satterthwaite foi a Kew Gardens para admirar os rododendros. Havia muito tempo (incrivelmente muito tempo, parecia a Mr. Satterthwaite), ele fora até Kew Gardens com uma certa jovem para ver os jacintos selvagens. Mr. Satterthwaite havia planejado de antemão com muito cuidado exatamente o que diria e as palavras exatas que usaria para pedir a mão da jovem em casamento. Ele estava justamente as elaborando na mente e respondendo de modo distraído à empolgação dela com os jacintos quando veio o choque. A jovem parou de falar sobre os jacintos e de repente confidenciou a Mr. Satterthwaite (como um verdadeiro amigo) o amor dela por outro. Mr. Satterthwaite guardou o pequeno discurso que havia preparado e vasculhou apressado o fundo da mente em busca de simpatia e amizade.

Assim foi o romance de Mr. Satterthwaite — um romance bastante morno e vitoriano, mas que o deixara com uma ligação romântica com Kew Gardens, e ele ia lá ver os jacintos ou, se tivesse ficado fora por mais tempo que o habitual, os rododendros, e suspirava para si mesmo, e se sentia bastante sentimental, e realmente se divertia muito, de uma maneira antiquada e romântica.

Naquela tarde em particular, ele estava passeando pelas casas de chá quando reconheceu um casal sentado em uma das mesinhas na grama. Eram Gillian West e o belo jovem, e naquele mesmo momento eles o reconheceram. Ele viu a garota corar e falar ansiosamente com o companheiro. Em seguida ele estava apertando a mão de ambos de um modo correto e bastante empertigado, e aceitou o convite tímido que lhe foi oferecido para tomar chá com eles.

— Não posso lhe dizer, senhor — disse Mr. Burns —, como estou grato ao senhor por ter cuidado de Gillian na outra noite. Ela me contou tudo a respeito.

— Sim, de fato — disse a garota. — Foi muito gentil da sua parte.

Mr. Satterthwaite sentiu-se satisfeito e ficou interessado no par. A ingenuidade e a sinceridade deles o tocaram. Além disso, era para ele um vislumbre de um mundo com o qual não estava bem familiarizado. Essas pessoas eram de uma classe desconhecida para ele.

À sua maneira um pouco seca, Mr. Satterthwaite podia ser muito simpático. Muito em breve ele estava ouvindo tudo sobre os novos amigos. Ele observou que Mr. Burns havia se tornado Charlie e não ficou surpreso com a declaração de que os dois estavam noivos.

— Na verdade — disse Mr. Burns, com refrescante franqueza — aconteceu esta tarde, não foi, Gil?

Burns estava empregado em uma empresa de transporte. Ele ganhava um salário justo, tinha um pouco de dinheiro próprio, e os dois pretendiam se casar em breve.

Mr. Satterthwaite ouviu, assentiu e deu os parabéns.

"Um rapaz comum", pensou consigo mesmo, "um rapaz muito comum. Um rapaz simpático e direto, com muito a seu favor, confiante em si mesmo sem parecer presunçoso, bem-apessoado sem ser excessivamente bonito. Nada de muito notável em si, nunca fará nada excepcional. E a garota o ama..."

Em voz alta, ele disse:

— E Mr. Eastney...

Ele se interrompeu de propósito, mas havia dito o suficiente para produzir um efeito para o qual não estava despreparado. O rosto de Charlie Burns ficou sombrio e Gillian pareceu perturbada. Mais que perturbada, pensou. Ela parecia com medo.

— Não gosto disso — disse ela, falando baixinho. As palavras foram dirigidas a Mr. Satterthwaite, como se ela soubesse por instinto que ele entenderia um sentimento incompreensível para o amante dela. — Veja, ele fez muito por mim. Ele me encorajou a começar a cantar, e... e me ajudou com isso. Mas eu sempre soube que minha voz não era muito boa, não era de primeira. Claro, eu havia assumido compromissos...

Ela parou.

— Você também teve alguns problemas — disse Burns. — Uma garota quer que alguém cuide dela. Gillian teve muitos aborrecimentos, Mr. Satterthwaite. Ao todo, ela teve um monte de aborrecimentos. Ela é bonita, como o senhor pode ver, e... bem, isso geralmente causa problemas para uma garota.

Ali entre eles, Mr. Satterthwaite foi esclarecido quanto a vários acontecimentos vagamente classificados por Burns sob o título de "aborrecimentos". Um jovem que dera um tiro em si mesmo, a conduta surpreendente de um gerente de banco (que era um homem casado!), um estranho violento (devia ser louco!), o comportamento selvagem de um artista idoso. Um rastro de violência e tragédia que Gillian West havia deixado, recitado no tom casual de Charles Burns.

— E sou da opinião — ele concluiu — de que esse tal Eastney está um pouco maluco. Gillian teria tido problemas com ele se eu não tivesse aparecido para cuidar dela.

A risada dele soou um pouco tola para Mr. Satterthwaite, e nenhum sorriso responsivo surgiu no rosto da garota. Ela estava olhando seriamente para Mr. Satterthwaite.

— Phil está bem — disse ela, devagar. — Ele se importa comigo, eu sei, e eu me importo com ele como um amigo... mas... nada mais. Não sei como ele vai receber as notícias sobre Charlie, certamente. Ele... tenho tanto medo de que ele...

Ela se calou, inarticulada diante de perigos vagamente pressentidos.

— Se eu puder ajudá-la de alguma forma — disse Mr. Satterthwaite calorosamente —, por favor, basta pedir.

Ele imaginou que Charlie Burns parecia vagamente ressentido, mas Gillian disse imediatamente:

— Obrigada.

Mr. Satterthwaite deixou os novos amigos depois de ter prometido tomar chá com Gillian na quinta-feira seguinte.

Quando chegou a quinta-feira, Mr. Satterthwaite sentiu um pequeno arrepio de prazerosa antecipação. Ele pensou: "Sou um homem velho, mas não velho demais para se emocionar com um rosto. Um rosto...". Então ele balançou a cabeça com uma sensação de um mau pressentimento.

Gillian estava sozinha. Charlie Burns viria mais tarde. Ela parecia muito mais feliz, pensou Mr. Satterthwaite, como se um fardo tivesse sido tirado das costas dela. Na verdade, ela admitiu isso com franqueza.

— Eu temia contar a Phil sobre Charles. Foi bobo da minha parte. Eu deveria ter imaginado. Ele ficou chateado, é claro, mas ninguém poderia ter sido mais gentil. Ele foi realmente gentil. Veja o que me enviou esta manhã: um presente de casamento. Não é magnífico?

Era realmente magnífico para um jovem nas circunstâncias de Philip Eastney. Um conjunto de rádio sem fio de quatro válvulas, o último lançamento.

— Nós dois gostamos tanto de música, sabe — explicou a garota. — Phil disse que quando eu estivesse ouvindo algum concerto no aparelho, eu deveria sempre pensar um pouco nele. E tenho certeza de que vou. Porque temos sido tão amigos.

— Você deve estar orgulhosa de seu amigo — disse Mr. Satterthwaite gentilmente. — Ele parece ter recebido o golpe como um verdadeiro esportista.

Gillian assentiu. Ele viu as lágrimas rápidas nos olhos dela.

— Ele me pediu para fazer uma coisa por ele. Esta noite é o aniversário do dia em que nos conhecemos. Ele me perguntou se eu ficaria em casa em silêncio esta noite escutando a programação do rádio. Não sair com Charlie para lugar algum. Eu lhe disse que sim, claro que sim, e que fiquei muito emocionada e que pensaria nele com muita gratidão e carinho.

Mr. Satterthwaite assentiu, mas ficou intrigado. Raramente errava na avaliação de caráter, e teria julgado Philip Eastney completamente incapaz de um pedido tão sentimental. O jovem decerto era de um tipo mais banal do que supunha. Gillian evidentemente achou a ideia bastante adequada ao caráter do amante rejeitado. Mr. Satterthwaite ficou um pouco, só um pouco, desapontado. Ele próprio era sentimental e sabia disso, mas esperava coisas melhores do resto do mundo. Além disso, o sentimentalismo pertencera à época dele. Não tinha nenhum papel a desempenhar no mundo moderno.

Ele pediu a Gillian para cantar, e ela concordou. Ele disse que a voz dela era encantadora, mas sabia muito bem, com seus botões, que era claramente de segunda classe. Qualquer sucesso que pudesse ter chegado a ela na profissão que adotara teria sido conquistado pelo rosto dela, não pela voz.

Ele não estava particularmente ansioso para ver o jovem Burns novamente, então se levantou para ir embora. Foi então que a atenção dele foi atraída por um ornamento na lareira, que se destacava entre tantas bugigangas feito uma joia em um monte de poeira.

Era uma taça curva de vidro verde fino, de haste longa e graciosa, e na beirada estava o que parecia uma gigantesca bolha de sabão, uma bola de vidro iridescente. Gillian percebeu o fascínio dele.

— Esse foi um presente de casamento adicional de Phil. Eu achei bem bonito. Ele trabalha em uma espécie de fábrica de vidro.

— É uma coisa linda — disse Mr. Satterthwaite, com reverência. — Os sopradores de vidro de Murano teriam ficado orgulhosos.

Ele foi embora com o interesse por Philip Eastney estranhamente estimulado. Um jovem extraordinariamente interessante. E, no entanto, a garota com o rosto maravilhoso preferia Charlie Burns. Que universo estranho e inescrutável!

Acabara de ocorrer a Mr. Satterthwaite que, devido à beleza notável de Gillian West, aquela noite com Mr. Quin de alguma forma deixara a desejar. Como regra, cada encontro com aquele misterioso indivíduo resultava em algum acontecimento estranho e imprevisto. Foi com a esperança de talvez se deparar com aquele homem misterioso que Mr. Satterthwaite dirigiu-se ao restaurante Arlecchino, onde uma vez, no passado, havia encontrado Mr. Quin, e que Mr. Quin dizia frequentar bastante.

Mr. Satterthwaite foi de sala em sala no Arlecchino, olhando esperançosamente ao redor, mas não havia sinal do rosto moreno e sorridente de Mr. Quin. Havia, porém, outra pessoa. Sentado sozinho a uma pequena mesa estava Philip Eastney.

O lugar estava lotado, e Mr. Satterthwaite sentou-se em frente ao jovem. Ele sentiu uma súbita e estranha sensação exultante, como se tivesse sido arrebatado para tomar parte em um padrão brilhante de eventos. Ele era parte dessa coisa — o que quer que fosse. Sabia agora o que Mr. Quin quisera dizer naquela noite na Ópera. Havia um drama acontecendo, e nele havia um papel, um papel importante, para Mr. Satterthwaite. Ele não podia deixar de pegar a deixa e dizer as falas dele.

Sentou-se diante de Philip Eastney com a sensação de realizar o inevitável. Foi fácil começar a conversa. Eastney parecia ansioso para falar. Mr. Satterthwaite foi, como sempre, um ouvinte encorajador e solidário. Falaram da guerra, dos explosivos, dos gases venenosos. Eastney tinha muito a dizer sobre estes últimos, pois durante a maior parte da guerra estivera envolvido na fabricação deles. Mr. Satterthwaite o achou muito interessante.

Havia um gás, disse Eastney, que nunca havia sido testado. O Armistício chegara cedo demais. Tinha-se grande expectativa quanto ao uso dele. Um sopro daquilo seria mortal. Ele se animava calorosamente enquanto falava.

Tendo quebrado o gelo, Mr. Satterthwaite gentilmente conduziu a conversa para a música. O rosto magro de Eastney se iluminou. Ele falou com a paixão e o abandono de um verdadeiro amante da música. Eles discutiram Yoaschbim, e o jovem ficou entusiasmado. Tanto ele quanto Mr. Satterthwaite concordaram que nada no mundo poderia superar uma voz de tenor realmente boa. Eastney, quando menino, ouvira Caruso e nunca o esquecera.

— O senhor sabia que ele podia cantar para uma taça de vinho e fazer com que ela se estilhaçasse? — ele perguntou.

— Sempre pensei que isso fosse uma lenda — disse Satterthwaite, sorrindo.

— Não, é a mais pura verdade, creio eu. É uma coisa bem possível. É uma questão de ressonância.

Ele entrou em detalhes técnicos. O rosto estava corado e os olhos brilhavam. O assunto parecia fasciná-lo, e Mr. Satterthwaite notou que ele parecia ter uma compreensão completa do que estava falando. O homem mais velho percebeu que estava falando com um cérebro excepcional, um cérebro que quase poderia ser descrito como o de um gênio. Brilhante, errático, ainda indeciso quanto ao verdadeiro caminho pelo qual lhe dar vazão, mas sem dúvida genial.

E pensou em Charlie Burns e pensou em Gillian West.

Foi com um sobressalto que ele percebeu como estava ficando tarde e pediu a conta. Eastney pareceu levemente arrependido.

— Estou envergonhado de mim mesmo, falando tanto assim — disse ele. — Mas foi um feliz acaso encontrar o senhor aqui esta noite. Eu... eu precisava de alguém com quem conversar esta noite.

Ele terminou de falar com uma risadinha curiosa. Os olhos ainda estavam brilhando com alguma animação contida. No entanto, havia algo trágico nele.

— Foi um grande prazer — disse Mr. Satterthwaite. — Nossa conversa foi muito interessante e instrutiva para mim.

Então ele fez uma reverência engraçada e cortês e saiu do restaurante. A noite estava quente e, enquanto caminhava lentamente pela rua, imaginou algo muito estranho. Tinha a sensação de que não estava sozinho, de que alguém estava andando ao lado dele. Em vão, disse a si mesmo que a ideia era uma ilusão, mas ela persistiu. Alguém estava andando ao lado dele naquela rua escura e tranquila, alguém que ele não podia ver. Ele se perguntou o que fazia com que a imagem de Mr. Quin viesse com tanta clareza à mente. Sentiu exatamente como se Mr. Quin estivesse andando ao lado dele, e ainda assim só precisava usar os olhos para se certificar de que não era verdade, de que estava sozinho.

Mas o pensamento em Mr. Quin persistiu, e com ele veio outra coisa: uma necessidade, uma urgência de algum tipo, uma sensação opressiva de calamidade iminente. Havia algo que ele deveria fazer, e rápido. Havia algo muito errado, e estava em suas mãos corrigi-lo.

Tão forte era o sentimento que Mr. Satterthwaite evitou lutar contra ele. Em vez disso, fechou os olhos e tentou trazer aquela imagem mental de Mr. Quin para mais perto. Se ao menos pudesse ter perguntado isso a Mr. Quin, mas mesmo quando o pensamento passou pela mente, sabia que estava errado. Não adiantava perguntar nada a Mr. Quin. "Os fios estão todos em suas mãos", esse era o tipo de coisa que Mr. Quin diria. Os fios. Fios de quê? Analisou com cuidado os próprios sentimentos e impressões. Agora, aquele pressentimento de perigo. Quem estava sob ameaça?

Imediatamente uma imagem surgiu diante dos olhos dele, a imagem de Gillian West sentada sozinha ouvindo o rádio.

Mr. Satterthwaite deu um pêni a um jornaleiro que passava e pegou um jornal. Voltou-se imediatamente para o programa da rádio de Londres. Yoaschbim estava no ar naquela noite, ele notou com interesse. Ele cantaria "Salve Dimora", de *Fausto* e, depois, uma seleção das canções folclóricas dele. "A canção do pastor", "O peixe", "O pequeno cervo" etc.

Mr. Satterthwaite amassou o jornal. O conhecimento do que Gillian estava ouvindo parecia tornar a imagem dela mais clara. Sentada ali sozinha...

Um pedido estranho, esse de Philip Eastney. Não parecia do tipo dele, nem um pouco. Não havia sentimentalismo em Eastney. Ele era um homem de sentimentos violentos, um homem perigoso, talvez...

Mais uma vez, o pensamento surgiu com um tranco. *Um homem perigoso*, isso significava alguma coisa. "Os fios estão todos em suas mãos." Aquele encontro com Philip Eastney naquela noite... bastante estranho. Um feliz acaso, dissera Eastney. Fora acaso? Ou era parte daquele desenho entrelaçado de que Mr. Satterthwaite uma ou duas vezes tivera consciência naquela noite?

Ele se pôs a rememorar. Devia haver *algo* na conversa de Eastney, alguma pista. Devia haver, ou então por que essa estranha sensação de urgência? Sobre o que ele havia falado? Canto, trabalho de guerra, Caruso.

Caruso — os pensamentos de Mr. Satterthwaite saíram pela tangente. A voz de Yoaschbim era quase igual à de Caruso. Gillian estaria sentada ouvindo agora enquanto soava verdadeira e poderosa, ecoando pela sala, fazendo as taças vibrarem...

Ele prendeu a respiração. Taças vibrando! Caruso cantando para uma taça e a taça se quebrando. Yoaschbim cantando no estúdio de Londres, e em uma sala, a uma milha de distância, o vidro vibrando e quebrando — não uma taça de vinho, uma taça curva de vidro fino e verde. Uma bolha de cristal caindo, uma bolha de vidro que talvez não estivesse vazia...

Foi nesse momento que Mr. Satterthwaite, como julgado pelos transeuntes, de repente enlouqueceu. Ele abriu o jornal outra vez, deu uma breve olhada na programação da rádio e então se pôs a correr com tudo pela rua tranquila. No final da rua encontrou um táxi vaguejando e, pulando para dentro, gritou um endereço para o motorista e a informação de que era questão de vida ou morte.

O motorista, julgando-o mentalmente perturbado, porém rico, fez o que pôde.

Mr. Satterthwaite se recostou, a cabeça uma confusão de pensamentos fragmentados, pedacinhos de ciência aprendidos na escola e esquecidos, frases usadas por Eastney naquela noite. Ressonância... períodos naturais... se o período da força coincidir com o período natural... algo sobre uma ponte suspensa, soldados marchando sobre ela e a cadência dos passos deles sendo a mesma que o período da ponte. Eastney havia estudado o assunto. Eastney sabia. E Eastney era um gênio.

Às 22h45, Yoaschbim seria transmitido. Seria agora. Sim, mas o *Fausto* tinha que vir primeiro. Era a "Canção do pastor", com o longo grito após o refrão que faria... faria o quê?

Sua mente voltou a girar. Tons, sobretons, meios-tons. Ele não sabia muito sobre essas coisas, mas Eastney sabia. Deus quisesse que ele chegasse a tempo!

O táxi parou. Mr. Satterthwaite atirou-se para fora e subiu correndo as escadas de pedra até o segundo andar feito um jovem atleta. A porta do apartamento estava entreaberta. Ele a abriu e a grande voz de tenor o recebeu. As palavras da "Canção do pastor" lhe eram familiares em um ambiente menos convencional.

Vê, pastor, a crina do cavalo ao vento...

Ele tinha chegado a tempo, então. Abriu a porta da sala de estar. Gillian estava sentada em uma cadeira alta perto da lareira.

A filha de Bayra Mischa hoje vai se casar:
Para o casamento devo me apressar.

Ela deve ter pensado que ele estava louco. Ele a agarrou, gritando algo incompreensível, e meio que a puxou, meio que a arrastou para fora até que chegassem à escada.

Para o casamento devo me apressar...
Yaa-haaaa!

Uma nota alta maravilhosa, a plenos pulmões, poderosa, alcançada em cheio, uma nota da qual qualquer cantor poderia se orgulhar. E com ela outro som, o leve tilintar de vidro quebrado.

Um gato de rua passou correndo por eles e entrou pela porta do apartamento. Gillian fez um movimento, mas Mr. Satterthwaite a segurou, falando de modo incoerente.

— Não, não, é mortal: sem cheiro, nada que dê aviso. Uma inspiração e está tudo perdido. Ninguém sabe quão mortal pode ser. É diferente de tudo que já foi tentado antes.

Ele repetia as coisas que Philip Eastney lhe dissera na mesa do jantar.

Gillian o olhou sem entender.

Philip Eastney sacou o relógio e o observou. Eram apenas 23h30. Nos últimos 45 minutos, estivera andando para cima e para baixo em Embankment. Olhou o Tâmisa e depois se virou... e então encontrou o rosto do companheiro de jantar.

— Isso é estranho — disse ele, e riu. — Parece que estamos destinados a nos encontrar esta noite.

— Se você chama isso de Destino — disse Mr. Satterthwaite.

Philip Eastney olhou para ele com mais atenção e a própria expressão mudou.

— Sim? — falou baixinho.

Mr. Satterthwaite foi direto ao ponto.

— Acabei de chegar do apartamento de Miss West.

— Sim?

A mesma voz, com a mesma calma mortal.

— Tiramos... um gato morto de lá.

Houve silêncio, e então Eastney disse:

— Quem é você?

Mr. Satterthwaite falou durante algum tempo. Ele recitou toda a história dos acontecimentos.

— Então veja só, cheguei a tempo — ele terminou.
Fez uma pausa e acrescentou suavemente:
— Você tem alguma coisa... a dizer?
Ele esperava alguma coisa, alguma explosão, alguma justificativa louca. Mas não veio nada.
— Não — disse Philip Eastney baixinho, deu meia-volta e foi embora.
Mr. Satterthwaite o observou até a figura dele ser engolida pela escuridão. Apesar de tudo, tinha um estranho sentimento de companheirismo por Eastney, o sentimento de um artista por outro artista, de um sentimental por um verdadeiro amante, de um homem comum por um gênio.
Por fim, levantou-se com um sobressalto e começou a andar na mesma direção que Eastney. Uma neblina começava a subir. Logo encontrou um policial, que olhou para ele com desconfiança.
— O senhor ouviu o barulho de algo caindo na água ainda agora? — perguntou o policial.
— Não — disse Mr. Satterthwaite.
O policial observava todo o rio.
— Outro desses suicídios, suponho — grunhiu, desconsolado. — Sempre tem desses.
— Suponho — disse Mr. Satterthwaite — que eles tenham suas razões.
— Dinheiro, na maioria das vezes — disse o policial. — Às vezes é por uma mulher — acrescentou, enquanto preparava-se para se afastar. — Nem sempre é culpa delas, mas algumas mulheres causam muitos problemas.
— Algumas mulheres — concordou Mr. Satterthwaite suavemente.
Depois que o policial saiu, ele sentou-se em um banco com a neblina subindo ao redor e pensou em Helena de Troia, e se perguntou se ela havia sido uma mulher boa e comum, abençoada ou amaldiçoada com um rosto maravilhoso.

Capítulo 9

O arlequim morto

Mr. Satterthwaite andava calmamente por Bond Street, aproveitando o sol. Ele estava, como de costume, linda e cuidadosamente vestido, e se dirigia à galeria Harchester, onde havia uma exposição das pinturas de um certo Frank Bristow, um artista novo e até então desconhecido que mostrava sinais de se tornar de repente a nova sensação. Mr. Satterthwaite era um patrono das artes.

Quando entrou na galeria, na mesma hora foi recebido com um sorriso de reconhecimento satisfeito.

— Bom dia, Mr. Satterthwaite, imaginei que o veríamos em breve. O senhor conhece o trabalho de Bristow? É bom, muito bom mesmo. Bastante único em seu estilo.

Mr. Satterthwaite comprou um catálogo e atravessou o arco aberto até a longa sala onde as obras do artista eram exibidas. Eram aquarelas, executadas com técnica e acabamento tão extraordinários que pareciam gravuras coloridas. Mr. Satterthwaite caminhava devagar ao longo das paredes, examinando e, de modo geral, aprovando. Julgou que esse jovem merecia o destaque. Ali havia originalidade, visão e uma técnica muito exigente e severa. Havia cruezas, é claro. Isso era de se esperar, mas também havia algo intimamente ligado à genialidade. Ele parou diante de uma pequena obra-prima representando a ponte de Westminster com sua multidão de ônibus, bondes e pedestres apressados.

Uma coisinha maravilhosamente perfeita. Chamava-se, ele percebeu, *O formigueiro*. Seguiu adiante e de repente respirou fundo, dando um suspiro, a imaginação tendo sido capturada e agitada.

A imagem se chamava *O arlequim morto*. Em primeiro plano havia um piso feito de quadrados de mármore preto e branco. No meio do chão estava o arlequim deitado de costas com os braços estendidos, na fantasia de losangos pretos e vermelhos. Atrás dele havia uma janela e, do lado de fora dessa janela, olhando para a figura no chão, estava o que parecia ser a silhueta do mesmo homem contra a luz vermelha do sol poente.

A pintura empolgou Mr. Satterthwaite por dois motivos: o primeiro foi que ele reconheceu, ou pensou reconhecer, o rosto do homem na pintura. Tinha uma nítida semelhança com um certo Mr. Quin, um conhecido que Mr. Satterthwaite encontrara uma ou duas vezes em circunstâncias um tanto misteriosas.

— Certamente não posso estar enganado — murmurou ele. — E se *for* assim... o que isso significa?

Pois, pela experiência de Mr. Satterthwaite, cada aparição de Mr. Quin tinha algum significado importante ligado a ela.

Havia, como já mencionado, um segundo motivo para o interesse de Mr. Satterthwaite. Ele reconheceu a cena da pintura.

— O Salão do Terraço em Charnley — disse Mr. Satterthwaite. — Curioso... e muito interessante.

Olhou com mais atenção para a pintura, imaginando o que exatamente teria havido na mente do artista. Um arlequim morto no chão, outro arlequim olhando pela janela — ou era o mesmo arlequim? Andou lentamente ao longo das paredes, olhando outros quadros, sem muita atenção, a mente sempre ocupada com o mesmo assunto. Estava animado. A vida, que parecera um pouco monótona naquela manhã, não era mais monótona. Ele tinha bastante certeza de que estava no limiar de eventos empolgantes e interessantes. Foi até a mesa onde estava Mr. Cobb, o galerista de Harchester, que conhecia havia muitos anos.

— Estou pensando em comprar o número 39 — disse. — Se ainda não estiver vendido.

Mr. Cobb consultou um livro-razão.

— O melhor do acervo — ele murmurou. — Uma joia e tanto, não é? Não, não está vendido. — Ele citou um preço.

— É um bom investimento, Mr. Satterthwaite. O senhor teria que pagar três vezes mais por ele no próximo ano.

— Sempre dizem isso nessas ocasiões — disse Mr. Satterthwaite, sorrindo.

— Bem, e não estou certo? — perguntou Mr. Cobb. — Não acredito que se o senhor vendesse sua coleção, Mr. Satterthwaite, uma única pintura valeria menos do que o senhor pagou por ela.

— Vou ficar com ela — disse Mr. Satterthwaite. — Farei um cheque agora.

— O senhor não vai se arrepender. Acreditamos em Bristow.

— Ele é jovem?

— Vinte e sete ou 28 anos, creio.

— Gostaria de conhecê-lo — disse Mr. Satterthwaite. — Será que ele viria jantar comigo uma noite?

— Posso lhe dar o endereço dele. Tenho certeza de que ele não deixaria passar a oportunidade. Seu nome representa muito no mundo artístico.

— O senhor me deixa lisonjeado — disse Mr. Satterthwaite, quando Mr. Cobb então o interrompeu:

— Ah, ali está ele. Vou apresentá-los agora mesmo.

Ele se levantou de trás da mesa. Mr. Satterthwaite o acompanhou até onde um jovem grande e desajeitado estava encostado na parede observando o mundo por trás da trincheira de uma expressão feroz.

Mr. Cobb fez as apresentações necessárias e Mr. Satterthwaite fez um pequeno discurso formal e gracioso.

— Acabei de ter o prazer de adquirir uma de suas pinturas, *O arlequim morto*.

— Ah! Bem, o senhor não vai sair perdendo com ele — disse Mr. Bristow, meio rude. — É um trabalho muito bom, embora seja eu dizendo.

— Percebo — disse Mr. Satterthwaite. — Seu trabalho me interessa muito, Mr. Bristow. É extraordinariamente maduro para um homem tão jovem. Será que o senhor me daria o prazer de jantar comigo uma noite? O senhor tem compromisso esta noite?

— Na verdade, não tenho — disse Mr. Bristow, ainda sem qualquer demonstração aparente de cortesia.

— Então, combinamos às oito horas? — disse Mr. Satterthwaite. — Aqui está meu cartão com meu endereço.

— Ah, está certo — disse Mr. Bristow. — Obrigado — acrescentou, como mera formalidade.

"Um jovem que não se tem em alta conta e receia que o mundo compartilhe desse sentimento." Assim resumiu Mr. Satterthwaite ao sair para o sol da Bond Street, e o julgamento de Mr. Satterthwaite sobre os homens raramente estava muito errado.

Frank Bristow chegou às 20h05 para encontrar o anfitrião e um terceiro convidado esperando por ele. O outro convidado foi apresentado como Coronel Monckton. Foram jantar quase imediatamente. Havia um quarto lugar posto na mesa oval de mogno, e Mr. Satterthwaite deu uma pequena explicação:

— Eu meio que esperava que meu amigo, Mr. Quin, pudesse aparecer — disse ele. — Gostaria de saber se o senhor já o conheceu. Mr. Harley Quin?

— Eu nunca encontro pessoas — grunhiu Bristow.

Coronel Monckton olhava para o artista com o interesse desinteressado que poderia ter dedicado a uma nova espécie de água-viva. Mr. Satterthwaite se esforçou para manter a conversa se desenrolando amigavelmente.

— Tive um interesse especial por aquela sua pintura porque pensei ter reconhecido a cena como o Salão do Terraço em Charnley. Eu estava certo? — Como o artista assentiu, ele continuou. — Isso é muito interessante. Fiquei em Charnley várias vezes no passado. Talvez o senhor conheça alguns membros da família?

— Não, não conheço! — disse Bristow. — Esse tipo de família não se daria ao trabalho de me conhecer. Fui até lá em um *char-à-banc*.

— Minha nossa — disse Coronel Monckton, apenas para dizer alguma coisa. — Em um *char-à-banc*! Minha nossa.

Frank Bristow fez uma careta para ele.

— Qual o problema? — perguntou, agressivo.

O pobre Coronel Monckton ficou surpreso. Ele olhou com reprovação para Mr. Satterthwaite, como se dissesse: "Essas formas primitivas de vida podem ser interessantes para você como naturalista, mas por que *me* arrastar para isso?".

— Oh, umas coisas bestiais, os *char-à-bancs*! — disse ele. — Eles te sacodem todo quando passam por cima de buracos.

— Se você não pode pagar por um Rolls Royce, tem que ir em *char-à-banc* — disse Bristow, agressivo.

Coronel Monckton o encarou. Mr. Satterthwaite pensou: "A menos que eu consiga deixar este jovem à vontade, teremos uma noite muito angustiante".

— Charnley sempre me fascinou — disse ele. — Estive lá apenas uma vez desde a tragédia. Uma casa sombria e fantasmagórica.

— É verdade — disse Bristow.

— Na verdade, existem dois fantasmas legítimos — disse Monckton. — Dizem que Carlos I anda de um lado para o outro no terraço com a cabeça debaixo do braço... esqueci o motivo. Depois, há a Dama Chorosa com o Jarro de Prata, que sempre é vista depois que um dos Charnley morre.

— Bobagem — disse Bristow com desdém.

— Eles certamente foram uma família muito malfadada — disse Mr. Satterthwaite, rapidamente. — Quatro detentores do título tiveram uma morte violenta e o último Lorde Charnley cometeu suicídio.

— Um negócio medonho — disse Monckton, com seriedade. — Eu estava lá quando aconteceu.

— Deixe-me ver, isso deve ter sido há catorze anos — disse Mr. Satterthwaite. — A casa está fechada desde então.

— Não me admira — disse Monckton. — Deve ter sido um choque horrível para uma jovem. Eles estavam casados havia um mês, voltando da lua de mel. Grande baile à fantasia para comemorar a volta para casa. Assim que os convidados começavam a chegar, Charnley se trancou no Salão de Carvalho e se matou com um tiro. O tipo de coisa que não se entende. Perdão?

Ele virou a cabeça bruscamente para a esquerda e olhou para Mr. Satterthwaite dando uma risadinha constrangida.

— Estou começando a ver coisas, Satterthwaite. Pensei por um momento que havia alguém sentado naquela cadeira vazia e que ele havia dito algo para mim.

Depois de alguns instantes, ele continuou:

— Sim, foi um choque medonho para Alix Charnley. Ela era uma das garotas mais bonitas que se podia ver em qualquer lugar e cheia do que as pessoas chamam de alegria de viver, e agora dizem que ela mesma é como um fantasma. Não que eu a tenha visto por anos. Acho que ela mora no exterior a maior parte do tempo.

— E o menino?

— O menino está em Eton. O que ele vai fazer quando atingir a maioridade eu não sei. Mas não acho, de modo algum, que ele reabrirá o velho lugar.

— Seria uma boa área de lazer pública — disse Bristow.

Coronel Monckton olhou para ele com uma aversão fria.

— Não, não, o senhor no fundo não pensa isso — disse Mr. Satterthwaite. — O senhor não teria pintado aquele quadro se pensasse assim. Tradição e atmosfera são coisas intangíveis. Levam séculos para serem construídas e, se você as destruísse, não poderia reconstruí-las novamente em 24 horas.

Ele se levantou.

— Vamos para a sala de fumantes. Tenho lá algumas fotos de Charnley que gostaria de lhes mostrar.

Um dos hobbies de Satterthwaite era a fotografia amadora. Ele também era o orgulhoso autor de um livro, *Os lares de meus amigos*. Os amigos em questão eram todos bem-sucedidos, e o próprio livro fazia Mr. Satterthwaite parecer mais esnobe do que era realmente justo considerá-lo.

— Essa é uma fotografia que tirei do Salão do Terraço no ano passado — disse ele. Ela a entregou a Bristow. — Você vê que foi tirada quase no mesmo ângulo que é mostrado na sua pintura. Esse é um tapete maravilhoso, é uma pena que as fotografias não mostrem cores.

— Eu me lembro — disse Bristow —, um colorido maravilhoso. Brilhava como uma chama. Mesmo assim, parecia um pouco incongruente ali. O tamanho errado para aquela sala grande com os quadrados pretos e brancos dela. Não há tapete em nenhum outro lugar da sala. Isso estraga todo o efeito, era como uma gigantesca mancha de sangue.

— Talvez isso tenha lhe dado a ideia para o seu quadro? — disse Mr. Satterthwaite.

— Talvez — disse Bristow pensativo. — Em face disso, seria natural encenar uma tragédia na pequena sala apainelada que sai dela.

— O Salão de Carvalho — disse Monckton. — Sim, essa é a sala mal-assombrada. Há um "esconderijo de padre" lá, um painel móvel perto da lareira. A tradição diz que Charles I esteve escondido lá uma vez. Houve duas mortes por duelo naquela sala. E foi lá, como falei, que Reggie Charnley se suicidou.

Ele pegou a fotografia da mão de Bristow.

— Ora, esse é o tapete Bokhara — disse. — Vale alguns milhares de libras, acredito. Quando eu estive lá, ficava no Salão de Carvalho, o lugar certo para ele. Parece bobo naquela vastidão de placas de mármore.

Mr. Satterthwaite estava olhando para a cadeira vazia que havia colocado ao lado da dele. Então disse, pensativo:

— Me pergunto quando terá sido movido...?

— Deve ter sido recentemente. Ora, eu me lembro de ter uma conversa a respeito disso no próprio dia da tragédia. Charnley estava dizendo que realmente deveria ser mantido sob uma redoma de vidro.

Mr. Satterthwaite balançou a cabeça.

— A casa foi fechada imediatamente após a tragédia e tudo foi deixado exatamente como estava.

Bristow o interrompeu com uma pergunta. Havia deixado de lado a postura agressiva.

— Por que Lorde Charnley atirou em si mesmo? — perguntou.

Coronel Monckton se mexeu desconfortavelmente na cadeira.

— Ninguém nunca soube — disse, vagamente.

— Suponho — disse Mr. Satterthwaite devagar — que *tenha mesmo* sido suicídio.

O coronel olhou para ele com espanto.

— Suicídio — disse ele. — Ora, é claro que foi suicídio. Meu caro, eu mesmo estava lá na casa.

Mr. Satterthwaite olhou para a cadeira vazia ao lado dele e, sorrindo para si mesmo como se por alguma piada oculta que os outros não pudessem ver, disse baixinho:

— Às vezes, vemos as coisas com mais clareza anos depois do que qualquer um vê na época.

— Bobagem — balbuciou Monckton. — Tolices! Como se pode ver as coisas melhor quando elas estão vagas em sua memória em vez de claras e nítidas?

Mas Mr. Satterthwaite recebeu reforço de um lado inesperado.

— Sei o que quer dizer — disse o artista. — Devo dizer que o senhor possivelmente estava certo. É uma questão de proporção, não é? E mais do que só proporção, provavelmente. Relatividade e todo esse tipo de coisa.

— Se querem saber — disse o coronel —, essa coisa toda do Einstein é um monte de bobagens. Assim como os espíritas e o fantasma da avó de alguém!

Ele olhou ao redor, irritado, e continuou:

— Claro que foi suicídio. Eu praticamente não vi a coisa toda acontecer com meus próprios olhos?

— Conte-nos a respeito disso — pediu Mr. Satterthwaite —, para que possamos ver com nossos olhos também.

O coronel se ajeitou mais confortavelmente na poltrona, soltando um grunhido apaziguado.

— A coisa toda foi extraordinariamente inesperada — começou ele. — Charnley parecia estar em seu estado habitual. Havia um grande grupo hospedado na casa para esse baile. Ninguém poderia imaginar que ele atiraria em si mesmo assim que os convidados começassem a chegar.

— Teria sido de mais bom-tom se ele tivesse esperado até que eles fossem embora — disse Mr. Satterthwaite.

— Claro que sim. Que coisa de mau gosto... fazer uma coisa dessas.

— Atípico — disse Mr. Satterthwaite.

— Sim — admitiu Monckton. — Não parecia algo que Charnley faria.

— E mesmo assim *foi* suicídio?

— Claro que foi suicídio. Ora, havia três ou quatro de nós lá no topo da escadaria. Eu, a jovem Ostrander, Algie Darcy... ah, e mais um ou dois. Charnley passou pelo corredor abaixo e entrou no Salão de Carvalho. A jovem Ostrander disse que ele estava com um olhar medonho no rosto e o olhar fixo. Mas, claro, isso é bobagem, ela não podia nem ver o rosto dele de onde estávamos. Mas ele andava de modo curvado, como se tivesse o peso do mundo nos ombros. Uma das moças o chamou, ela era a governanta de alguém, acho, que Lady Charnley havia incluído na festa por educação. Estava atrás dele com uma mensagem. Ela gritou: "Lorde Charnley, Lady Charnley quer saber...". Ele não prestou atenção, entrou no Salão de Carvalho e bateu a porta, e ouvimos a chave girar na fechadura. Então, um minuto depois, *escutamos o tiro*. Nós corremos para o corredor. Há outra porta no Salão de Carvalho que leva ao Salão do Terraço. Tentamos essa, mas também estava trancada. No final, tivemos que arrombar a porta. Charnley estava caído morto no chão, com uma pistola ao lado da mão direita. Agora, o que poderia ter sido senão suicídio? Acidente? Não me diga isso. Há apenas uma outra possibilidade: assassinato. E não se pode ter assassinato sem um assassino. O senhor reconhece isso, suponho.

— O assassino pode ter escapado — sugeriu Mr. Satterthwaite.

— Isso seria impossível. Se o senhor tiver um pedaço de papel e um lápis, eu desenho uma planta do lugar. Há duas portas para o Salão de Carvalho: uma dá para o corredor e outra para o Salão do Terraço. Ambas as portas estavam trancadas por dentro e *as chaves estavam nas fechaduras*.

— E a janela?

— Fechada, e as persianas também estavam fechadas.

Houve uma pausa, e então o Coronel Monckton disse, triunfante:

— Então é isso.

— Certamente, é o que parece ser — disse Mr. Satterthwaite com tristeza.

— Veja bem — disse o coronel —, embora eu estivesse rindo agora mesmo dos espíritos, não me importo de admitir que havia uma atmosfera sinistra no lugar... naquela sala em particular. Há vários buracos de bala nos painéis das paredes, devido aos duelos que aconteceram naquela sala, e há uma mancha esquisita no piso, que sempre volta mesmo que tenham substituído a madeira várias vezes. Suponho que deve haver outra mancha de sangue no piso agora... o sangue do pobre Charnley.

— Havia muito sangue? — perguntou Mr. Satterthwaite.

— Muito pouco, estranhamente pouco, foi o que o médico disse.

— Onde ele deu o tiro, na cabeça?

— Não, no coração.

— Esse não é o modo mais fácil de fazer isso — disse Bristow. — É terrivelmente difícil saber onde está o coração. Eu nunca faria isso desse modo.

Mr. Satterthwaite balançou a cabeça. Ele estava vagamente insatisfeito. Havia esperado conseguir alguma coisa — mal sabia o quê. O Coronel Monckton continuou.

— É um lugar assustador, Charnley. Claro, *eu* nunca vi nada.

— O senhor não viu a Dama Chorosa com o Jarro de Prata?

— Não, não vi, meu senhor — disse o coronel enfaticamente. — Mas imagino que toda a criadagem do lugar jure que sim.

— A superstição era a maldição da Idade Média — disse Bristow. — Ainda há vestígios disso aqui e ali, mas, graças a Deus, estamos nos livrando.

— Superstição — refletiu Mr. Satterthwaite, os olhos voltados novamente para a cadeira vazia. — Às vezes, você não acha... que pode ser útil?

Bristow olhou para ele.

— Útil, essa é uma palavra estranha.

— Bem, espero que agora esteja convencido, Satterthwaite — disse o coronel.

— Ah, sim — disse Mr. Satterthwaite. — À primeira vista, parece estranho, tão sem propósito para um homem recém-casado, jovem, rico, feliz, comemorando a volta para casa. Curioso. Mas concordo que não há como fugir dos fatos.

E repetiu baixinho, franzindo a testa:

— Os fatos.

— Creio que a parte interessante será algo que nenhum de nós jamais saberá — disse Monckton. — A história por trás disso tudo. Claro que havia rumores, toda sorte de rumores. Vocês sabem o tipo de coisa que as pessoas dizem.

— Mas ninguém *sabia* de nada — disse Mr. Satterthwaite, pensativo.

— Não é o mistério policial de praxe, não é? — comentou Bristow. — Ninguém ganhou nada com a morte do homem.

— Ninguém, exceto uma criança no ventre — disse Mr. Satterthwaite.

Monckton soltou uma risada aguda.

— Um golpe para o pobre Hugo Charnley — observou. — Assim que se soube que haveria uma criança, ele teve a graciosa tarefa de se sentar quietinho e esperar para ver se seria uma menina ou um menino. Uma espera um tanto angustiante para os credores dele também. No final, era um menino, e uma decepção para todos eles.

— A viúva ficou muito desconsolada? — perguntou Bristow.

— Pobre criança — disse Monckton. — Nunca a esquecerei. Ela não chorou nem desabou nem nada. Ela ficou como algo... congelado. Como falei, ela fechou a casa logo depois e, até onde eu sei, nunca foi reaberta desde então.

— Então ficamos no escuro quanto ao motivo — disse Bristow com uma leve risada. — Outro homem ou outra mulher, poderia ter sido um ou outro, hein?

— Poderia — disse Mr. Satterthwaite.

— E a aposta era forte em outra mulher — continuou Bristow. Já que a bela viúva não se casou novamente. Odeio as mulheres — acrescentou, de modo desapaixonado.

Mr. Satterthwaite sorriu um pouco, e Frank Bristow, vendo o sorriso, voltou-se para ele:

— O senhor pode sorrir — disse ele. — Mas odeio mesmo. Elas perturbam tudo. Interferem. Ficam entre você e seu trabalho. Elas... só uma vez eu conheci uma mulher que era... bem, interessante.

— Imaginei que houvesse uma — disse Mr. Satterthwaite.

— Não é do jeito que o senhor imagina. Eu... apenas a conheci casualmente. Na verdade, foi em um trem. Afinal — acrescentou, em tom desafiador —, por que não se poderia conhecer pessoas em trens?

— Certamente, certamente — disse Mr. Satterthwaite de maneira calma. — Um trem é um lugar tão bom quanto qualquer outro.

— Estava vindo do Norte. Estávamos só nós no vagão. Não sei por que, mas começamos a conversar. Não sei o nome dela e acho que nunca mais a encontrarei. Nem sei se quero. Poderia ser... uma decepção. — Ele fez uma pausa, esforçando-se para se expressar. — Ela não era muito real, sabe. Lúgubre. Como as pessoas que saem das colinas nos contos de fadas gaélicos.

Mr. Satterthwaite assentiu gentilmente. Sua imaginação podia conceber a cena com bastante facilidade. O muito pragmático e realista Bristow e uma figura prateada e fantasmagórica... lúgubre, como Bristow havia dito.

— Suponho que se algo muito terrível tivesse acontecido, tão terrível a ponto de ser quase insuportável, alguém poderia ficar assim. Pode-se fugir da realidade para um mundo próprio e, é claro, depois de um tempo, não se seria capaz de voltar.

— Foi isso que aconteceu com ela? — perguntou Mr. Satterthwaite, curioso.

— Não sei — disse Bristow. — Ela não me disse nada, só estou supondo. É preciso se supor algo para chegar a algum lugar.

— Sim — disse Mr. Satterthwaite devagar. — É preciso supor.

Ele levantou os olhos quando a porta se abriu. Olhou rapidamente e com expectativa, mas as palavras do mordomo o decepcionaram.

— Uma mulher, senhor, veio para vê-lo a respeito de negócios muito urgentes. Miss Aspasia Glen.

Mr. Satterthwaite levantou-se com certo espanto. Ele conhecia o nome de Aspasia Glen. Quem em Londres não conhecia? Anunciada pela primeira vez como a Mulher da Echarpe, ela havia feito uma série de espetáculos solo que tomaram Londres de assalto. Com sua echarpe, ela personificava rapidamente vários personagens. O lenço era a touca de uma freira, o xale de um operário, o gorro de um camponês e uma centena de outras coisas, e em cada apresentação Aspasia Glen era absoluta e totalmente diferente. Como artista, Mr. Satterthwaite prestava-lhe total reverência. Acontece que ele nunca a conhecera. Uma visita a ele naquela hora incomum o intrigou muito. Com algumas palavras de desculpas aos outros, ele saiu da sala e atravessou o corredor até a sala de visitas.

Miss Glen estava sentada bem no meio de um grande sofá estofado em brocado de ouro. Estava tão centrada que dominava a sala. Mr. Satterthwaite percebeu de imediato que ela pretendia dominar a situação. Curiosamente, seu primeiro sentimento foi de repulsa. Ele havia sido um admirador sincero da arte de Aspasia Glen. A personalidade dela, transmitida a ele por cima das luzes da ribalta, tinha sido atraente e simpática. Os efeitos dela ali eram melancólicos e sugestivos, não imponentes. Mas agora, cara a cara com a própria mulher, ele teve uma impressão totalmente diferente. Havia algo duro, ousado, vigoroso nela. Ela era alta e morena, possivelmente com cerca de 35 anos. Sem dúvida era muito bonita e claramente sabia disso.

— O senhor precisa perdoar este chamado pouco convencional, Mr. Satterthwaite — disse ela. Sua voz era cheia, rica e sedutora. — Não posso dizer que quisesse conhecê-lo há muito tempo, mas *estou* feliz com a desculpa. Quanto a vir hoje à noite... — Ela riu. — Bem, quando quero alguma coisa, simplesmente não posso esperar. Quando quero uma coisa, simplesmente *preciso* tê-la.

— Qualquer desculpa que tenha me trazido uma convidada tão charmosa será bem recebida por mim — disse Mr. Satterthwaite, de um modo galantemente antiquado.

— Como o senhor é bondoso comigo — disse Aspasia Glen.

— Minha cara senhora — disse Mr. Satterthwaite. — Posso agradecer-lhe aqui e agora pelo prazer que me deu tantas vezes, de meu lugar nos camarotes.

Ela sorriu deliciosamente para ele.

— Vou direto ao ponto. Eu estive na galeria Harchester hoje. Vi uma pintura lá sem a qual eu simplesmente não poderia viver. Eu queria comprá-la, e não consegui porque o senhor já havia comprado. Então...

Ela fez uma pausa, e então continuou:

— Eu a quero muito. Caro Mr. Satterthwaite, eu simplesmente *preciso* tê-la. Eu trouxe meu talão de cheques. — Ela olhou para ele esperançosa. — Todo mundo me diz que o senhor é tão terrivelmente gentil. Sabe, as pessoas *são* gentis comigo. É muito ruim para mim, mas é como as coisas são.

Então esses eram os métodos de Aspasia Glen. No íntimo, Mr. Satterthwaite era friamente crítico dessa ultrafeminilidade e dessa postura de criança mimada. Deveria ser atraente para ele, ele supunha, mas não era. Aspasia Glen havia cometido um erro. Ela o julgara como um velho diletante, facilmente lisonjeado por uma mulher bonita. Mas Mr. Satterthwaite, por trás dos modos galantes, tinha uma mente astuta e crítica. Ele via as pessoas muito bem como elas eram, não como desejavam ser vistas por ele. E viu diante de si não uma mulher encantadora implorando por um capricho, mas uma egoísta implacável determinada a conseguir o que queria por algum motivo que era obscuro para ele. E ele sabia com toda a certeza que Aspasia Glen não conseguiria o que queria. Ele não entregaria o quadro do arlequim morto para ela. Vasculhou rápido a mente em busca da melhor maneira de contorná-la sem fazer uma grosseria.

— Tenho certeza — disse ele — de que todos fazem as coisas do modo como a senhora pede e ficam muito felizes em fazer isso.

— Então o senhor realmente vai me deixar ficar com o quadro?

Mr. Satterthwaite balançou a cabeça devagar e com pesar.

— Receio que isso seja impossível. Veja bem — ele fez uma pausa —, comprei aquela pintura para uma senhora. É um presente.

— Ah! Mas certamente...

O telefone sobre a mesa tocou de modo brusco. Murmurando desculpas, Mr. Satterthwaite o pegou. Uma voz falou com ele, uma voz pequena e fria que parecia muito distante.

— Posso falar com Mr. Satterthwaite, por favor?

— É Mr. Satterthwaite quem está falando.

— Aqui é Lady Charnley, Alix Charnley. Atrevo-me a dizer que não deve se lembrar de mim, Mr. Satterthwaite, faz muitos anos desde que nos conhecemos.

— Minha querida Alix. Claro que eu me lembro de você.

— Há algo que eu queria perguntar ao senhor. Eu estava na galeria Harchester em uma exposição hoje, e havia um quadro chamado *O arlequim morto*, talvez o senhor o tenha reconhecido... era o Salão do Terraço em Charnley. Eu... eu gostaria de ter aquele quadro. Foi vendido para o senhor. — Ela fez uma pausa. — Mr. Satterthwaite, por motivos pessoais, quero esse quadro. O senhor o revenderia para mim?

Mr. Satterthwaite pensou consigo mesmo: "Ora, isso é um milagre". Enquanto falava ao telefone, ficou grato por Aspasia Glen ouvir apenas um lado da conversa.

— Se aceitar meu presente, querida, isso me deixará muito feliz — Ele ouviu uma exclamação aguda atrás dele e se apressou. — Eu o comprei para você. Isso mesmo. Mas escute, minha querida Alix, quero pedir que me faça um grande favor, se puder.

— Claro, Mr. Satterthwaite, fico *muito* grata.

Ele continuou.

— Quero que a senhora venha até a minha casa agora, imediatamente.

Houve uma pequena pausa e então ela respondeu baixinho:

— Irei imediatamente.

Mr. Satterthwaite desligou o telefone e virou-se para Miss Glen.

Ela falou rápido e com raiva:

— Era do quadro que o senhor estava falando?

— Sim — disse Mr. Satterthwaite. — A senhora que vou presentear chegará a esta casa em poucos minutos.

De repente, o rosto de Aspasia Glen se abriu mais uma vez em sorrisos.

— O senhor me daria a chance de convencê-la a vender o quadro para mim?

— Vou lhe dar a oportunidade de convencê-la.

Por dentro, ele estava estranhamente empolgado. Estava no meio de um drama que se moldava para algum fim predestinado. Ele, o espectador, desempenhava um papel de estrela. Ele se virou para Miss Glen.

— A senhorita quer entrar na outra sala comigo? Gostaria que conhecesse alguns amigos meus.

Ele segurou a porta aberta para ela e, atravessando o corredor, abriu a porta da sala de fumantes.

— Miss Glen — disse ele —, deixe-me apresentá-la a um velho amigo meu, Coronel Monckton. Mr. Bristow, o pintor do quadro que a senhorita tanto admira.

Então ele se assustou quando uma terceira figura se levantou da cadeira que havia deixado vazia ao lado da dele.

— Creio que o senhor me esperava esta noite — disse Mr. Quin. — Durante sua ausência, apresentei-me a seus amigos. Estou tão feliz por ter conseguido aparecer.

— Meu caro amigo — disse Mr. Satterthwaite. — Eu... eu tenho andado tão bem quanto posso, mas... — Ele parou diante do olhar ligeiramente sarcástico dos olhos escuros de Mr. Quin. — Deixe-me apresentá-lo. Mr. Harley Quin, Miss Aspasia Glen.

Foi imaginação ou ela se encolhera um pouco? Uma expressão curiosa surgiu no rosto dela. De repente, Bristow interrompeu ruidosamente.

— Já entendi tudo.

— Entendeu o quê?

— Entendi o que estava me intrigando. Há uma semelhança, há uma semelhança distinta. — Ele estava olhando com curiosidade para Mr. Quin. — O senhor percebe? — Ele se virou para Mr. Satterthwaite. — O senhor não vê uma semelhança distinta com o arlequim da minha pintura, o homem olhando pela janela?

Não foi imaginação dessa vez. Ele ouviu distintamente Miss Glen prender a respiração com força e até a viu dar um passo para trás.

— Eu disse que estava esperando alguém — disse Mr. Satterthwaite, com um ar de triunfo. — Devo dizer-lhe que meu amigo, Mr. Quin, é uma pessoa extraordinária. Ele consegue desvendar mistérios. Ele consegue fazer você ver as coisas.

— O senhor é médium? — perguntou o Coronel Monckton, olhando intrigado para Mr. Quin.

Este sorriu e balançou a cabeça lentamente.

— Mr. Satterthwaite exagera — falou baixinho. — Uma ou duas vezes, quando estive com ele, ele fez um trabalho dedutivo extraordinariamente bom. Por que ele atribui o crédito a mim, não sei dizer. Modéstia, suponho.

— Não, não — disse Mr. Satterthwaite, empolgado. — Não é. O senhor me faz ver coisas, coisas que eu deveria ter visto o tempo todo, que eu realmente vi, mas sem saber que as vi.

— Parece-me muito complicado — disse o Coronel Monckton.

— Na verdade, não — disse Mr. Quin. — O problema é que não nos contentamos apenas em ver as coisas, nós atribuímos a interpretação errada às coisas que vemos.

Aspasia Glen virou-se para Frank Bristow.

— Eu gostaria de saber — disse ela, nervosa —, o que lhe pôs na cabeça a ideia de pintar esse quadro?

Bristow encolheu os ombros.

— Não sei bem — confessou. — Algo no lugar, em Charnley, quero dizer, tomou conta da minha imaginação. A grande sala vazia. O terraço lá fora, a ideia de fantasmas e coisas, suponho. Acabei de ouvir a história do último Lorde Charnley, que se suicidou. Supondo que você esteja morto e seu espírito viva? Deve ser estranho, sabe. Você pode ficar do lado de fora, no terraço, olhando pela janela para o seu próprio cadáver e ver tudo.

— O que quer dizer? — disse Aspasia Glen. — *Ver* tudo?

— Bem, você veria o que aconteceu. Você veria...

A porta foi aberta e o mordomo anunciou Lady Charnley. Mr. Satterthwaite foi ao encontro dela. Ele não a via fazia quase treze anos. Lembrava-se dela como fora tempos antes, uma garota ansiosa e brilhante. E agora ele via... uma Senhora Congelada. Muito clara, muito pálida, com ares de estar mais à deriva do que num caminho definido, um floco de neve levado ao acaso por uma brisa gelada. Havia algo de irreal nela. Tão fria, tão distante.

— Foi muito bom a senhora ter vindo — disse Mr. Satterthwaite. Ele a conduziu adiante. Ela assentiu em reconhecimento para Miss Glen, e então parou, enquanto a outra não respondia.

— Perdão — ela murmurou —, mas certamente já nos encontramos em algum lugar, não?

— Nos palcos, talvez — disse Mr. Satterthwaite. — Esta é Miss Aspasia Glen, Lady Charnley.

— Muito prazer em conhecê-la, Lady Charnley — disse Aspasia Glen.

De repente, a voz dela voz ganhara um leve sotaque estrangeiro. Mr. Satterthwaite lembrou-se de uma das muitas imitações dela nos palcos.

— Coronel Monckton, que a senhora conhece — continuou Mr. Satterthwaite. — E este é Mr. Bristow.

Ele percebeu uma fraca coloração surgir em sua face.

— Mr. Bristow e eu também já nos conhecemos — disse ela, e sorriu um pouco. — Em um trem.

— E Mr. Harley Quin.

Ele a observou com atenção, mas desta vez não houve qualquer lampejo de reconhecimento. Arrumou uma cadeira para ela, e então, sentando-se, pigarreou e disse, um pouco nervoso:

— Eu... este é um pequeno encontro incomum. Centra-se em torno dessa pintura. Eu... acho que, se preferirem, poderíamos... esclarecer as coisas.

— Não vai fazer uma sessão espírita, vai, Satterthwaite? — perguntou o Coronel Monckton. — Você está muito estranho esta noite.

— Não — disse Mr. Satterthwaite. — Não será exatamente uma sessão espírita. Mas meu amigo, Mr. Quin, acredita, e eu concordo, que se pode, olhando para o passado, ver as coisas como eram e não como pareciam ser.

— O passado? — disse Lady Charnley.

— Estou falando do suicídio de seu marido, Alix. Eu sei que te dói lembrar...

— Não — disse Alix Charnley. — Não me dói. Nada me machuca agora.

Mr. Satterthwaite pensou nas palavras de Frank Bristow. "Ela não era muito real, sabe. Lúgubre. Como as pessoas que saem das colinas nos contos de fadas gaélicos."

Lúgubre, ele dissera. Isso a descrevia com precisão. Uma sombra, um reflexo de outra coisa. Onde então havia ficado a verdadeira Alix? E a mente dele respondeu rapidamente: "*No passado*. Separada de nós por catorze anos".

— Minha querida, você me assusta — disse ele. — Você é como a Dama Chorosa com o Jarro de Prata.

Plaft! A xícara de café na mesa ao lado do cotovelo de Aspasia caiu estilhaçada no chão. Mr. Satterthwaite dispensou as desculpas dela. Ele pensou: "Estamos chegando mais perto, estamos chegando mais perto a cada minuto, mas mais perto de quê?".

— Vamos nos lembrar daquela noite, catorze anos atrás — disse ele. — Lorde Charnley se matou. Por que razão? Ninguém sabe.

Lady Charnley mexeu-se ligeiramente na cadeira.

— Lady Charnley sabe — disse Frank Bristow abruptamente.

— Bobagem — disse Coronel Monckton, então parou, franzindo a testa para ela com curiosidade.

Ela estava olhando para o artista. Era como se ele arrancasse as palavras dela. Ela falou, balançando a cabeça devagar, e a voz era como um floco de neve, fria e suave.

— Sim, o senhor está certo. Eu *sei*. É por isso que, enquanto eu viver, nunca mais poderei voltar para Charnley. É por isso que quando meu garoto Dick quer que eu abra o lugar e more lá novamente digo a ele que não pode ser feito.

— Pode nos dizer o motivo, Lady Charnley? — disse Mr. Quin.

Ela olhou para ele. Então, como se estivesse hipnotizada, ela falou tão calma e naturalmente quanto uma criança.

— Eu direi se o senhor quiser. Nada parece importar muito agora. Encontrei uma carta entre os papéis dele e a destruí.

— Que carta? — disse Mr. Quin.

— A carta da garota... daquela pobre criança. Ela era a babá dos Merriam. Ele... ele tinha feito amor com ela, sim, enquanto estávamos noivos, pouco antes de nos casarmos. E ela... ela ia ter um filho também. Ela escreveu dizendo isso, e que ela ia me contar sobre isso. Então, veja só, ele atirou em si mesmo.

Ela olhou para eles cansada e sonhadora como uma criança que repetiu uma lição que conhece muito bem.

Coronel Monckton assoou o nariz.

— Meu Deus — falou. — Então foi isso. Bem, isso explica as coisas em definitivo.

— Será? — disse Mr. Satterthwaite. — Não explica uma coisa. *Não explica por que Mr. Bristow pintou aquele quadro.*

— O que o senhor quer dizer?

Mr. Satterthwaite olhou para Mr. Quin como se buscasse coragem, e aparentemente conseguiu, pois prosseguiu:

— Sim, eu sei que pareço louco para todos vocês, mas essa pintura é o foco da coisa toda. Estamos todos aqui esta noite por causa da pintura. Esse quadro *precisava* ser pintado, é o que quero dizer.

— O senhor está falando da influência misteriosa do Salão de Carvalho? — começou Coronel Monckton.

— Não — disse Mr. Satterthwaite. — *Não* o Salão de Carvalho. O Salão do Terraço. É isso! O espírito do morto parado do lado de fora da janela, olhando para dentro e vendo seu próprio cadáver no chão.

— O que ele não poderia ter feito — disse o coronel. — Porque o corpo estava no Salão de Carvalho.

— Supondo que não estivesse — disse Mr. Satterthwaite.

— Supondo que estivesse exatamente onde Mr. Bristow o viu, quero dizer, viu com a imaginação dele, sobre as placas brancas e pretas diante da janela.

— Você está falando bobagem — disse o Coronel Monckton.

— Se estivesse lá, não o teríamos encontrado no Salão de Carvalho.

— A não ser que alguém o tivesse carregado para lá — disse Mr. Satterthwaite.

— Nesse caso, como poderíamos ter visto Charnley entrando pela porta do Salão de Carvalho? — perguntou o Coronel Monckton.

— Bem, você não viu o rosto dele, viu? — perguntou Mr. Satterthwaite. — O que quero dizer é que você viu um homem entrando no Salão de Carvalho em trajes extravagantes, suponho.

— Uma coisa cheia de brocados e uma peruca — disse Monckton.

— Exatamente, e você pensou que fosse Lorde Charnley porque a garota o chamou de Lorde Charnley.

— E porque quando entramos, alguns minutos depois, havia apenas Lorde Charnley morto. Você não pode ignorar isso, Satterthwaite.

— Não — disse Mr. Satterthwaite, desanimado. — Não, a menos que houvesse algum tipo de esconderijo.

— Você não estava dizendo algo sobre a existência de um esconderijo de padres naquela sala? — interveio Frank Bristow.

— Ah! — exclamou Mr. Satterthwaite. — Suponhamos...?

Ele acenou pedindo silêncio e protegeu a testa com a outra mão, então falou de modo lento e hesitante.

— Me ocorreu uma ideia. Pode ser apenas uma ideia, mas acho que se encaixa. Suponhamos que alguém tenha atirado em Lorde Charnley. Atirado nele no Salão do Terraço. Então ele, com mais outra pessoa, arrastou o corpo para o Salão de Carvalho. Eles o deitaram ali com a pistola perto da mão direita. Agora vamos para o passo seguinte. Era preciso que parecesse absolutamente certo de que Lorde Charnley cometera suicídio. Acho que isso poderia ser feito com muita facilidade. O homem de brocado e peruca passa pelo corredor, pela porta do Salão de Carvalho, e alguém, para se certificar das coisas, o chama de Lorde Charnley do alto da escada. Ele entra e tranca as duas portas e dispara um tiro contra a madeira. Já havia buracos de bala naquela sala, se vocês se lembrarem, e mais um não seria notado. Ele então se esconde silenciosamente na câmara secreta. As portas são arrombadas, e as pessoas entram correndo. Parece certo que Lorde Charnley cometeu suicídio. Nenhuma outra hipótese é sequer cogitada.

— Bem, acho que isso é bobagem — disse Coronel Monckton. — Você esquece que Charnley tinha um motivo bastante certo para o suicídio.

— Uma carta encontrada depois — disse Mr. Satterthwaite. — Uma carta mentirosa e cruel escrita por uma pequena atriz muito inteligente e sem escrúpulos que pretendia um dia ser a própria Lady Charnley.

— O que quer dizer?

— Me refiro à garota aliada a Hugo Charnley — disse Mr. Satterthwaite. — Você sabe, Monckton, todo mundo sabe, que aquele homem era um canalha. Ele pensou que certamente ficaria com o título. — Ele se virou bruscamente para Lady Charnley. — Qual era o nome da garota que escreveu a carta?

— Monica Ford — disse Lady Charnley.

— Foi Monica Ford, Monckton, que chamou Lorde Charnley do alto da escada?

— Sim, agora que você falou disso, acredito que sim.

— Ah, isso é impossível — disse Lady Charnley. — Eu... eu fui falar com ela sobre isso. Ela me disse que era tudo verdade. Eu só a vi uma vez depois, mas com certeza ela não poderia estar atuando o tempo todo.

Mr. Satterthwaite olhou para Aspasia Glen do outro lado da sala.

— Acho que ela poderia — disse ele baixinho. — Acho que ela tinha tudo para ser uma atriz muito talentosa.

— Há uma coisa que o senhor não explicou — disse Frank Bristow. — Haveria sangue no chão do Salão do Terraço. Obrigatoriamente. Eles não conseguiram esclarecer isso a tempo.

— Não — admitiu Mr. Satterthwaite. — Mas havia uma coisa que eles poderiam fazer, uma coisa que levaria apenas um ou dois segundos: eles poderiam cobrir as manchas de sangue com o tapete Bokhara. Ninguém nunca vira o tapete Bokhara no Salão do Terraço antes daquela noite.

— Acho que você está certo — disse Monckton. — Mas, mesmo assim, essas manchas de sangue teriam de ser limpas em algum momento?

— Sim — disse Mr. Satterthwaite. — No meio da noite. Uma mulher com um jarro e uma bacia poderia descer as escadas e limpar as manchas de sangue com bastante facilidade.

— Mas supondo que alguém a tenha visto?

— Não importaria — disse Mr. Satterthwaite. — Estou falando agora das coisas como elas *são*. Eu disse uma mulher com um jarro e uma bacia. Mas se eu tivesse dito uma Dama Chorosa com um Jarro de Prata, é o que teria *parecido* ser.

Ele se levantou e foi até Aspasia Glen.

— Foi isso o que você fez, não foi? — disse ele. — Chamam você de Mulher da Echarpe agora, mas foi naquela noite que você interpretou seu primeiro papel, a Dama Chorosa com o Jarro de Prata. Foi por isso que derrubou a xícara de café da mesa agora. Você ficou com medo quando viu aquele quadro. Achou que alguém soubesse.

Lady Charnley estendeu uma mão branca acusadora.

— Monica Ford — ela disse num sussurro. — Reconheço você agora.

Aspasia Glen se pôs de pé com um grito. Ela empurrou o pequeno Mr. Satterthwaite para o lado com a mão e ficou tremendo diante de Mr. Quin.

— Então eu estava certa. Alguém *sabia*! Ah, eu não me deixei enganar por essa tolice. Esse fingimento de resolver as coisas. — Ela apontou para Mr. Quin. — *Você* estava lá. *Você* estava lá do lado de fora da janela olhando para dentro. Você viu o que fizemos, Hugo e eu. Eu *sabia* que havia alguém olhando para dentro, eu sentia isso o tempo todo. E, no entanto, quando olhei para cima, não havia ninguém lá. Eu sabia que alguém estava nos observando. Pensei ter pegado certa vez um vislumbre de um rosto na janela. Isso me assombrou todos esses anos. Por que quebrou o silêncio agora? É isso que eu quero saber.

— Talvez para que os mortos possam descansar em paz — disse Mr. Quin.

De repente, Aspasia Glen correu até a porta e ficou ali, dizendo palavras em tom de desafio por cima do ombro.

— Faça o que quiser. Deus sabe que há testemunhas suficientes do que tenho dito. Eu não me importo, eu não me importo. Eu amava Hugo e o ajudei com esse negócio medonho e ele me dispensou depois. Ele morreu ano passado. Você pode colocar a polícia no meu encalço se quiser, mas como aquele sujeitinho ressequido disse, eu sou uma ótima atriz. Eles vão achar difícil me encontrar.

Ela bateu a porta atrás de si, e um momento depois eles ouviram a porta da frente bater também.

— Reggie. Reggie! — gritou Lady Charnley. Lágrimas escorriam pelo rosto dela. — Oh, meu querido, meu querido, posso voltar para Charnley agora. Posso morar lá com Dickie. Posso dizer a ele quem foi o pai dele, o melhor e mais esplêndido homem do mundo.

— Precisamos nos aconselhar muito seriamente sobre o que deve ser feito sobre esse caso — disse Coronel Monckton. — Alix, minha querida, se você me deixar levá-la para casa, ficarei feliz em trocar algumas palavras com você sobre o assunto.

Lady Charnley levantou-se. Ela caminhou até Mr. Satterthwaite e, colocando as duas mãos nos ombros dele, beijou-o com muita delicadeza.

— É tão maravilhoso estar viva novamente depois de ter estado morta por tanto tempo — disse ela. — Era como estar morta, sabe. Obrigada, caro Mr. Satterthwaite.

Ela saiu da sala com Coronel Monckton. Mr. Satterthwaite olhou para eles. Um grunhido de Frank Bristow, de quem havia esquecido, o fez virar-se bruscamente.

— Ela é uma criatura adorável — disse Bristow, melancólico. — Mas não mais é tão interessante quanto era.

— Aí fala o artista — disse Satterthwaite.

— Bem, ela não é — disse Mr. Bristow. — Suponho que eu só receberia frieza se alguma vez visitasse Charnley. Não quero ir aonde não sou desejado.

— Meu caro jovem — disse Mr. Satterthwaite. — Se você se preocupar um pouco menos com a impressão que está causando nas outras pessoas, você será, acho, mais sábio e mais feliz. Também lhe faria bem tirar da mente algumas noções muito antiquadas, uma das quais a de que o nascimento tem algum significado em nossas condições modernas. Você é um daqueles jovens de grandes proporções que as mulheres sempre consideram bonito, e é possivelmente, se não certamente, dotado de genialidade. Apenas diga isso para si mesmo dez vezes antes de ir para a cama todas as noites, e em três meses vá visitar Lady Charnley em Charnley. Esse é o meu conselho para você, e sou um velho com considerável experiência no mundo.

Um sorriso muito encantador de repente se espalhou pelo rosto do artista.

— O senhor foi muito bom comigo — disse ele de repente. Ele agarrou a mão de Mr. Satterthwaite e torceu-a com força. — Sou infinitamente grato. Preciso ir agora. Muito obrigado por uma das noites mais extraordinárias que já passei.

Ele olhou em volta, como se fosse dizer adeus a outra pessoa, e então se surpreendeu.

— Me parece, senhor, que seu amigo foi embora. Eu não o vi sair. Ele é um tipo esquisito, não é?

— Ele vai e vem muito de repente — disse Mr. Satterthwaite. — Essa é uma das características dele. Nem sempre o vemos ir e vir.

— Como o arlequim — disse Frank Bristow. — Ele é invisível. — E riu com vontade da própria piada.

Capítulo 10

O pássaro com a asa quebrada

Mr. Satterthwaite olhou pela janela. Chovia sem parar. Ele estremeceu. Pouquíssimas casas de campo, refletiu, eram realmente aquecidas de modo adequado. Alegrou-o pensar que dentro de algumas horas estaria viajando em direção a Londres. Depois de passar dos 60 anos, Londres era realmente o melhor lugar.

Estava se sentindo um pouco velho e patético. A maioria dos que estavam na festa eram tão jovens. Quatro deles tinham acabado de entrar na biblioteca para fazer uma sessão espírita. Eles o convidaram para acompanhá-los, mas ele recusou. Não conseguia se divertir com a contagem monótona das letras do alfabeto e a habitual confusão de letras sem sentido que resultava.

Sim, Londres era o melhor lugar para ele. Ele estava feliz por ter recusado o convite de Madge Keeley quando ela ligara para convidá-lo para Laidell meia hora antes. Uma jovem adorável, certamente, mas Londres era melhor.

Mr. Satterthwaite teve outro arrepio e lembrou-se de que a lareira na biblioteca geralmente era boa. Ele abriu a porta e se aventurou cautelosamente pela sala escura.

— Se eu não estiver no caminho...

— Isso foi N ou M? Vamos ter que contar outra vez. Não, claro que não, Mr. Satterthwaite. Veja só, estão acontecendo as coisas mais emocionantes. O espírito diz que o nome dela é Ada Spiers, e John aqui vai se casar com alguém chamado Gladys Bun quase imediatamente.

Mr. Satterthwaite sentou-se em uma grande poltrona em frente ao fogo. Suas pálpebras caíram sobre os olhos e ele cochilou. De vez em quando, voltava à consciência, ouvindo fragmentos de conversa.

— Não pode ser P A B Z L... a menos que seja russo. John, você está empurrando. Eu *vi*. Creio que seja um novo espírito vindo.

Outro intervalo de cochilo. Então um nome o despertou.

— Q-U-I-N. É isso mesmo?

— Sim, deu uma batidinha que significa "Sim". Quin. Você tem uma mensagem para alguém aqui? Sim. Para mim? Para John? Para Sara? Para Evelyn? Não... mas não há mais ninguém. Oh! É para Mr. Satterthwaite, talvez? Ele diz "Sim". Mr. Satterthwaite, é uma mensagem para o senhor.

— O que diz?

Mr. Satterthwaite estava bem acordado agora, sentado tenso e ereto em sua cadeira, os olhos brilhando.

A mesa balançou e uma das meninas contou.

— LAI... não pode ser. Isso não faz sentido. Nenhuma palavra começa com LAI.

— Continue — disse Mr. Satterthwaite, e a ordem na voz dele foi tão direta que ele foi obedecido sem questionar.

— LAIDEL? E outro L... Ah! Isso parece ser tudo.

— Prossiga.

— Conte-nos mais, por favor.

Uma pausa.

— Parece que não tem mais. A mesa está completamente morta. Que bobo.

— Não — disse Mr. Satterthwaite, pensativo. — Não acho que seja bobo.

Ele se levantou e saiu da sala. Foi direto ao telefone. Logo foi atendido.

— Posso falar com Miss Keeley? É você, Madge, minha querida? Vou mudar de ideia, se me permite, e aceitar seu amável convite. Não é tão urgente quanto pensei que seria voltar para a cidade. Sim... sim... chegarei a tempo para o jantar.

Ele desligou o telefone, um estranho rubor nas bochechas murchas. Mr. Quin, o misterioso Mr. Harley Quin. Mr. Satterthwaite podia contar nos dedos as vezes em que entrara em contato com aquele homem misterioso. Onde Mr. Quin aparecia, coisas aconteciam! O que acontecera ou iria acontecer em Laidell?

Fosse o que fosse, havia trabalho para ele, Mr. Satterthwaite, fazer. De uma forma ou de outra, ele teria um papel ativo a desempenhar. Tinha certeza disso.

Laidell era uma casa grande. Seu proprietário, David Keeley, era um daqueles homens quietos com personalidades indeterminadas que parecem contar como parte da mobília. A imperceptibilidade dele não tinha nada a ver com sua inteligência — David Keeley era um matemático brilhante e havia escrito um livro que era totalmente incompreensível para 99% dos humanos. Mas, como tantos homens de intelecto brilhante, ele não irradiava qualquer vigor corporal ou magnetismo. Era uma piada permanente que David Keeley era um verdadeiro "homem invisível". Os lacaios passavam por ele com as bandejas e os convidados se esqueciam de dizer "como vai" ou "adeus".

Sua filha Madge era muito diferente. Uma jovem bem-humorada, cheia de energia e vida. Completa, saudável e normal, e extremamente bonita.

Foi ela quem recebeu Mr. Satterthwaite quando ele chegou.

— Que bom que o senhor veio, afinal.

— Muito encantador da sua parte me deixar mudar de ideia. Madge, minha querida, você está muito bem.

— Ah! Eu estou sempre bem.

— Sim, eu sei. Mas é mais do que isso. Você parece... bem, florescer é a palavra que tenho em mente. Aconteceu alguma coisa, minha querida? Alguma coisa... bem... especial?

Ela riu e corou um pouco.

— É uma pena, Mr. Satterthwaite. O senhor sempre adivinha as coisas.

Ele pegou a mão dela.

— Então é isso, é? Encontrou o príncipe encantado?

Era um termo antiquado, mas Madge não se opôs. Ela gostava bastante dos modos antiquados de Mr. Satterthwaite.

— Acho que sim... sim. Mas ninguém deve saber. É um segredo. Mas eu realmente não me importo que o senhor saiba, Mr. Satterthwaite. O senhor é sempre tão gentil e simpático.

Mr. Satterthwaite gostava de ouvir falar de romances. Ele era sentimental e vitoriano.

— Não devo perguntar quem é o eleito? Bem, então tudo o que posso dizer é que espero que ele seja digno da honra que você está conferindo a ele.

O velho Mr. Satterthwaite sabia sair pela tangente, pensou Madge.

— Ah! Vamos nos dar muito bem, eu acho — disse ela. — Veja só, nós gostamos de fazer as mesmas coisas, e isso é muito importante, não é? Nós realmente temos muito em comum... e sabemos tudo um sobre o outro, essas coisas. Na realidade já estamos nisso há bastante tempo. Isso dá uma sensação de segurança tão boa, não é?

— Sem dúvida — disse Mr. Satterthwaite. — Mas, na minha experiência, nunca se pode realmente saber tudo sobre outra pessoa. Isso faz parte do interesse e do encanto da vida.

— Ah! Vou arriscar — disse Madge, rindo, e subiram para se trocar para o jantar.

Mr. Satterthwaite estava atrasado. Ele não havia levado um valete, e ter as coisas dele desempacotadas por um estranho sempre o deixava um pouco agitado. Ele desceu para encontrar todos reunidos e, no estilo moderno, Madge apenas disse:

— Oh! Aqui está Mr. Satterthwaite. Estou morrendo de fome. Vamos entrar.

Ela foi abrindo o caminho, junto de uma mulher alta de cabelos grisalhos, uma mulher de personalidade marcante, que tinha uma voz muito clara, bastante incisiva, e o rosto bem definido e bonito.

— Como vai, Satterthwaite? — disse Mr. Keeley.

Mr. Satterthwaite deu um pulo.

— Como vai o senhor? — disse ele. — Receio que não o tenha visto.

— Ninguém vê — disse Mr. Keeley, com tristeza.

Eles entraram. A mesa era de mogno, baixa e oval. Mr. Satterthwaite foi colocado entre a jovem anfitriã e uma garota morena baixinha, uma garota muito simpática, com uma voz alta e uma risada retumbante e determinada que expressava mais a determinação de ser alegre a todo custo do que qualquer alegria real. Seu nome parecia ser Doris, e ela era o tipo de jovem que Mr. Satterthwaite mais detestava. Não havia, na visão dele, qualquer justificativa artística para a existência dela.

Do outro lado de Madge estava um homem de cerca de 30 anos, cuja semelhança com a mulher de cabelos grisalhos os proclamava mãe e filho.

Ao lado dele...

Mr. Satterthwaite prendeu a respiração.

Ele não sabia exatamente o que era. Não era beleza. Era outra coisa — algo muito mais evasivo e intangível do que a beleza.

Ela estava ouvindo a conversa bastante ponderada de Mr. Keeley na mesa de jantar, com a cabeça um pouco inclinada para o lado. Ela estava lá, pareceu a Mr. Satterthwaite, e ainda assim não estava lá! Ela era de alguma forma muito menos real do que qualquer outra pessoa sentada ao redor da mesa oval. Algo na inclinação do corpo dela era lindo, era mais do que lindo. Ela olhou para cima, os olhos encontraram os de Mr. Satterthwaite por um instante do outro lado da mesa, e a palavra que ele queria saltou na mente dele.

Encantamento — era isso. Ela possuía a qualidade do encantamento. Poderia ter sido uma daquelas criaturas que são apenas meio humanas — alguém daquele povo fantástico que vivia em colinas ocas. Ela fazia os outros todos parecerem muito reais...

Mas, ao mesmo tempo, de uma maneira estranha, ela despertava a piedade dele. Era como se a semi-humanidade a prejudicasse. Ele procurou uma frase e a encontrou.

— Um pássaro com uma asa quebrada — disse Mr. Satterthwaite.

Satisfeito, ele voltou a mente para o tema que vinha sendo discutido, escoteiras, e esperou que a jovem Doris não tivesse notado a abstração dele. Quando ela se virou para o homem do outro lado dela, um homem que Mr. Satterthwaite mal havia notado, ele mesmo se virou para Madge.

— Quem é a senhora sentada ao lado de seu pai? — perguntou em voz baixa.

— Mrs. Graham? Ah, não! O senhor quis dizer Mabelle. Não a conhece? Mabelle Annesley. Ela era uma Clydesley, uma das malfadadas Clydesley.

Ele teve um sobressalto. Os malfadados Clydesley. Ele se lembrava. Um irmão deu um tiro em si mesmo, uma irmã se afogou, outra morreu em um terremoto. Uma família estranha e condenada. Essa garota devia ser a mais nova delas.

Os pensamentos dele foram interrompidos de repente. A mão de Madge tocou a dele debaixo da mesa. Todo mundo estava falando. Ela inclinou levemente a cabeça para a esquerda.

— Aquele ali — ela murmurou brevemente.

Mr. Satterthwaite assentiu rápido, compreendendo. Então aquele jovem Graham era o homem escolhido por Madge. Bem, ela dificilmente poderia ter se saído melhor no que diz respeito às aparências — e Mr. Satterthwaite era um observador astuto. Um jovem agradável, simpático e bastante prático. Eles formariam um belo par, com a cabeça no lugar, jovens bons, saudáveis e sociáveis.

Laidell tinha regras antiquadas. As senhoras saíram primeiro da sala de jantar. Mr. Satterthwaite aproximou-se de Graham e começou a falar com ele. A avaliação que fez do rapaz se confirmou, mas havia algo nele que o fazia parecer um pouco fora do padrão. Roger Graham era distraído, a mente parecia distante, a mão tremia ao recolocar o copo na mesa.

"Algo o preocupa", pensou Mr. Satterthwaite, aguçado. "Não é tão importante quanto ele pensa que é, ouso dizer. Mesmo assim, me pergunto o que seria."

Mr. Satterthwaite tinha o hábito de engolir algumas pastilhas digestivas após as refeições. Tendo esquecido de trazê-las consigo, subiu ao quarto para buscá-las.

A caminho da sala de visitas, passou pelo longo corredor do andar térreo. Na metade do caminho havia uma sala conhecida como sala do terraço. Quando Mr. Satterthwaite olhou pela porta aberta ao passar, parou de repente.

O luar entrava no quarto. As vidraças de treliça davam-lhe um estranho padrão rítmico. Uma figura estava sentada no parapeito baixo da janela, inclinando-se um pouco para o lado e tocando suavemente a corda de um ukulele — não em um ritmo de jazz, mas em um ritmo muito mais antigo, o ritmo de cavalos encantados correndo por colinas mágicas.

Mr. Satterthwaite ficou fascinado. Ela usava um vestido de *chiffon* azul-escuro fosco, plissado e preguead0 de modo a parecer as penas de um pássaro. Ela se inclinava sobre o instrumento, cantando com ele.

Ele entrou na sala lentamente, passo a passo. Estava perto dela quando ela olhou para cima e o viu. Ela não ficou alarmada, ele notou, nem pareceu surpresa.

— Espero não estar me intrometendo — começou ele.

— Por favor, sente-se.

Ele se sentou perto dela em uma cadeira de carvalho polido. Ela cantarolava baixinho, sem palavras.

— Há muita magia na noite de hoje — disse ela. — O senhor não acha?

— Sim, há muita magia por aí.

— Eles queriam que eu fosse buscar meu ukulele — ela explicou. — E, ao passar por aqui, pensei que seria tão adorável ficar sozinha aqui, no escuro e ao luar.

— Então eu... — Mr. Satterthwaite começou a se levantar, mas ela o deteve.

— Não vá. O senhor... o senhor se encaixa, de alguma forma. É estranho, mas o senhor se encaixa.

Ele se sentou novamente.

— Foi uma noite estranha — disse ela. — Eu estava na floresta esta tarde e conheci um homem, um tipo de homem tão estranho, alto e moreno, feito uma alma perdida. O sol estava se pondo, e a luz através das árvores o fazia parecer uma espécie de arlequim.

— Ah! — Mr. Satterthwaite se inclinou à frente, seu interesse aumentou.

— Eu queria falar com ele... ele... ele se parecia tanto com alguém que conheço. Mas o perdi entre as árvores.

— Acho que o conheço — disse Mr. Satterthwaite.

— O senhor? Ele é... interessante, não é?

— Sim, ele é interessante.

Houve uma pausa. Mr. Satterthwaite estava perplexo. Havia algo, sentiu, que ele deveria fazer, e não sabia o que era. Mas com certeza... com certeza tinha a ver com essa garota. Ele disse, de um modo meio desajeitado:

— Às vezes, quando estamos infelizes, queremos fugir...

— Sim. Isso é verdade. — Ela parou de repente. — Ah! Eu entendo o que o senhor quer dizer. Mas o senhor está errado. É apenas o contrário. Eu queria ficar sozinha porque estou feliz.

— Feliz?

— Terrivelmente feliz.

Ela falou bem baixinho, mas Mr. Satterthwaite teve uma súbita sensação de choque. O que essa garota estranha queria dizer com ser feliz não era o mesmo que Madge Keeley queria dizer com as mesmas palavras. Felicidade, para Mabelle Annesley, significava algum tipo de êxtase intenso e vívido... algo que não era apenas humano, mas mais que humano. Ele se encolheu um pouco.

— Eu... não sabia — disse ele, de um modo desajeitado.

— Claro que o senhor não podia saber. E não é... a coisa real... ainda não estou feliz, mas vou ficar. — Ela se inclinou para a frente. — O senhor sabe como é estar em uma floresta, uma grande floresta com sombras escuras e árvores muito próximas ao seu redor, uma floresta da qual nunca se pode sair. E então, de repente, bem na sua frente, você vê o país dos seus sonhos, brilhante e bonito. Você só precisa sair das árvores e da escuridão, e o encontra...

— Tantas coisas parecem bonitas — disse Mr. Satterthwaite — antes que as alcancemos. Algumas das coisas mais feias do mundo parecem as mais bonitas...

Escutaram passos. Mr. Satterthwaite virou a cabeça. Um homem loiro com um rosto estúpido, um tanto rígido, estava ali parado. Era o homem que Mr. Satterthwaite mal notara na mesa de jantar.

— Estão esperando por você, Mabelle — disse ele.

Ela se levantou, a expressão havia sumido do rosto, a voz era monótona e calma.

— Estou indo, Gerard — disse ela. — Eu estava conversando com Mr. Satterthwaite.

Ela saiu da sala, seguida por Mr. Satterthwaite. Ele olhou por cima do ombro enquanto andava e percebeu a expressão no rosto do marido dela. Um olhar faminto e desesperado.

"Encantamento", pensou Mr. Satterthwaite. "Ele certamente o sente também. Pobre sujeito... pobre sujeito."

A sala de visitas estava bem iluminada. Madge e Doris Coles foram enfáticas em reprovações.

— Mabelle, sua monstrinha... você saiu faz séculos.

Ela se sentou em um banquinho baixo, afinou o ukulele e cantou. Todos escutaram.

"Mas será possível que tantas canções idiotas possam ser escritas sobre o tema 'meu amor'?", pensou Mr. Satterthwaite.

Mas ele precisava admitir que as melodias sincopadas de lamento eram comoventes. Embora, é claro, não chegassem aos pés das valsas antigas.

O ar ficou muito enfumaçado. O ritmo sincopado continuou.

"Nenhuma conversa", pensou Mr. Satterthwaite. "Nenhuma boa música. Nenhuma *paz*." Desejou que o mundo não tivesse se tornado definitivamente tão barulhento.

De repente, Mabelle Annesley parou, sorriu para ele do outro lado da sala e começou a cantar uma canção de Grieg.

Meu cisne, meu belo...

Era uma das favoritas de Mr. Satterthwaite. Ele gostava do tom de surpresa ingênua no final.

Era então apenas um cisne? Apenas um cisne então?

Depois disso, a festa acabou. Madge ofereceu bebidas enquanto o pai pegava o ukulele descartado e começava a mexer nele distraidamente. O grupo trocou boas-noites, aproximando-se cada vez mais da porta. Todos falaram ao mesmo tempo. Gerard Annesley escapuliu sem chamar atenção, deixando os demais.

Do lado de fora da porta da sala de visitas, Mr. Satterthwaite deu a Mrs. Graham um cerimonioso boa-noite. Havia duas escadas, uma próxima, a outra no final de um longo corredor. Foi por esta última que Mr. Satterthwaite chegou ao quarto. Mrs. Graham e o filho passaram pela escada próxima, onde o quieto Gerard Annesley já os precedia.

— É melhor você pegar seu ukulele, Mabelle — disse Madge.
— Você vai esquecê-lo de manhã se não o fizer. Você tem que acordar tão cedo.

— Vamos, Mr. Satterthwaite — disse Doris Coles, agarrando-o ruidosamente por um braço. — Dormir cedo... essas coisas.

Madge segurou-o pelo outro braço e os três correram pelo corredor ao som das gargalhadas de Doris. Eles pararam no final para esperar por David Keeley, que estava seguindo em um ritmo muito mais calmo, apagando as luzes elétricas conforme vinha. Os quatro subiram a escada juntos.

Mr. Satterthwaite estava se preparando para descer à sala de refeições para o café da manhã no dia seguinte quando escutou uma leve batida na porta e Madge Keeley entrou. O rosto dela estava branco, e o corpo todo tremia.

— Ah, Mr. Satterthwaite.

— Querida, o que aconteceu? — Ele pegou a mão dela.

— Mabelle... Mabelle Annesley...

— Sim?

O que havia acontecido? O quê? Algo terrível, ele sabia. Madge mal conseguia pronunciar as palavras.

— Ela... ela se enforcou ontem à noite... Atrás da porta dela. Ah! É horrível demais. — Ela caiu no choro, soluçando.

Enforcou-se. Impossível. Incompreensível!

Ele disse algumas palavras antiquadas e reconfortantes para Madge e desceu correndo as escadas. Encontrou David Keeley parecendo perplexo e incompetente.

— Telefonei para a polícia, Satterthwaite. Aparentemente isso tem que ser feito. Assim disse o médico. Ele acabou de examinar o... o... Bom Deus, é uma coisa bestial. Ela deve ter ficado desesperadamente infeliz para fazer isso desse jeito. Aquela música esquisita da noite passada. O canto do cisne, hein? Ela parecia um cisne... um cisne negro.

— Sim.

— O canto do cisne — repetiu Keeley. — Mostra que ela já pensava nisso, hein?

— É o que parece, sim, certamente é o que parece.

Ele hesitou, então perguntou se poderia ver, no caso...

O anfitrião compreendeu o pedido.

— Se o senhor quiser. Esqueci que o senhor tem uma queda por tragédias humanas.

Ele guiou o caminho pela larga escadaria. Mr. Satterthwaite o seguiu. Na parte de cima, perto da escada, ficava o quarto ocupado por Roger Graham, e em frente a ele, do outro lado do corredor, o quarto da mãe dele. A porta deste último estava entreaberta e um tênue fio de fumaça flutuava por ela.

Uma surpresa momentânea invadiu a mente de Mr. Satterthwaite. Não havia imaginado Mrs. Graham como uma mulher que fumasse tão cedo. Na verdade, tivera a impressão de que ela sequer fumava.

Eles seguiram pelo corredor até a penúltima porta. David Keeley entrou no quarto e Mr. Satterthwaite o seguiu.

O quarto não era muito grande e mostrava sinais de ter sido ocupado por um homem. Uma porta na parede levava a um segundo quarto. Um pedaço de corda cortada ainda pendia de um gancho no alto da porta. Na cama...

Mr. Satterthwaite ficou parado por um minuto olhando o amontoado de *chiffon* amarrotado. Percebeu que era plissado como a plumagem de um pássaro. Observou o rosto dela rapidamente e não olhou novamente.

Seu olhar foi da porta com a corda pendurada para a porta de comunicação pela qual tinham entrado.

— Isso estava aberto?

— Sim. Pelo menos é o que a empregada diz.

— Annesley dormiu lá? Ele ouviu alguma coisa?

— Ele diz que não ouviu nada.

— Quase inacreditável — murmurou Mr. Satterthwaite. Olhou para o corpo na cama.

— Onde ele está?

— Annesley? Está lá embaixo com o médico.

Desceram e descobriram que um inspetor de polícia havia chegado. Mr. Satterthwaite ficou agradavelmente surpreso ao reconhecer nele um velho conhecido, Inspetor Winkfield. O inspetor subiu com o médico e, alguns minutos depois, veio um pedido para que todos os membros do grupo se reunissem na sala de visitas.

As persianas estavam fechadas, e todo o quarto tinha um aspecto fúnebre. Doris Coles parecia assustada e abatida. De vez em quando, ela enxugava os olhos com um lenço. Madge estava resoluta e alerta, os sentimentos totalmente sob controle agora. Mrs. Graham estava composta, como sempre, o rosto grave e impassível. A tragédia parecia ter afetado seu filho mais profundamente do que qualquer outra pessoa. Ele parecia uma verdadeira ruína naquela manhã. David Keeley, como sempre, ficou em segundo plano.

O marido enlutado estava sentado sozinho, um pouco afastado dos demais. Havia um estranho olhar atordoado nele, como se mal pudesse perceber o que havia acontecido.

Mr. Satterthwaite, sereno por fora, fervilhava por dentro com a importância de um dever a cumprir em breve.

Inspetor Winkfield, seguido por Dr. Morris, entrou e fechou a porta atrás de si. Ele pigarreou e disse:

— Esta é uma ocorrência muito triste, muito triste, tenho certeza. É necessário, dadas as circunstâncias, que eu faça algumas perguntas a todos. Vocês não vão se opor, tenho certeza. Vou começar com Mr. Annesley. Perdoe minha pergunta, senhor, mas sua boa senhora já havia ameaçado tirar a vida alguma vez?

Mr. Satterthwaite abriu os lábios num impulso, depois os fechou. Haveria tempo o bastante. Melhor não falar cedo demais.

— Eu... não, acho que não.

A voz estava tão hesitante, tão peculiar, que todos olharam de soslaio para ele.

— O senhor não tem certeza?

— Sim... tenho... certeza. Ela nunca tentou.

— Ah! O senhor sabia que ela estava infeliz de alguma forma?

— Não. Eu... não, não sabia.

— Ela não disse nada para o senhor? Sobre se sentir deprimida, por exemplo?

— Eu... não, nada.

O que quer que o inspetor estivesse pensando, ele não disse nada. Em vez disso, seguiu para o próximo ponto.

— O senhor poderia me descrever brevemente os eventos da noite passada?

— Nós... fomos todos nos deitar. Adormeci imediatamente e não escutei nada. O grito da empregada me despertou esta manhã. Corri para a sala ao lado e encontrei minha esposa... a encontrei...

A voz rachou. O inspetor assentiu.

— Sim, sim, isso é o bastante. Não precisamos entrar nisso. Quando o senhor viu sua esposa pela última vez na noite anterior?

— Eu... lá embaixo.

— No andar de baixo?

— Sim, saímos todos juntos da sala de estar. Subi direto, deixando os demais conversando no corredor.

— E o senhor não voltou a ver sua esposa? Ela não disse boa-noite quando foi para a cama?

— Eu estava dormindo quando ela subiu.

— Mas ela o seguiu só alguns minutos depois. Foi isso, não foi, senhor?

Ele olhou para David Keeley, que assentiu.

— Ela ainda não tinha aparecido meia hora depois.

Annesley falou de um modo teimoso. Os olhos do inspetor se desviaram gentilmente para Mrs. Graham.

— Ela não ficou no seu quarto conversando, madame?

Foi imaginação de Mr. Satterthwaite ou houve uma pequena pausa antes que Mrs. Graham dissesse, com a costumeira calma e os modos decididos:

— Não, fui direto para o meu quarto e fechei a porta. Não ouvi nada.

— E o senhor diz, meu senhor... — o inspetor voltou a atenção para Annesley — ...que dormiu e não escutou nada. A porta de comunicação estava aberta, não estava?

— Eu... acredito que sim. Mas minha esposa teria entrado no quarto pela outra porta do corredor.

— Mesmo assim, senhor, teria havido alguns sons... um ruído de asfixia, um tamborilar de saltos na porta...

— *Não.*

Foi então que Mr. Satterthwaite, incapaz de se conter, falou de modo impetuoso. Todos os olhos se voltaram para ele com surpresa. Ele próprio ficou nervoso, gaguejou e corou.

— Eu... peço perdão, inspetor. Mas preciso falar. O senhor está no caminho errado, no caminho totalmente errado. Mrs. Annesley não se matou, tenho certeza disso. Ela foi assassinada.

Houve um silêncio mortal, então o Inspetor Winkfield disse baixinho:

— O que o leva a dizer isso, senhor?

— Eu... é um sentimento. Um sentimento muito forte.

— Mas acho, senhor, que deve haver mais que isso. Deve haver algum motivo em particular.

Bem, é claro que *havia* uma razão em particular. Havia a mensagem misteriosa de Mr. Quin. Mas não se podia dizer isso a um inspetor de polícia. Mr. Satterthwaite procurou desesperadamente e não encontrou nada.

— Ontem à noite, quando estávamos conversando, ela disse que estava muito feliz. Muito feliz, só isso. Isso não se parece com uma mulher pensando em cometer suicídio.

Ele estava triunfante. E acrescentou:

— Ela voltou para a sala de estar para buscar seu ukulele, para que não o esquecesse de manhã. Isso também não parece suicídio.

— Não — admitiu o inspetor. — Não, talvez não.

Ele se virou para David Keeley.

— Ela levou o ukulele para cima com ela?

O matemático tentou se lembrar.

— Acho... sim, levou. Ela subiu levando-o na mão. Lembro-me de vê-lo assim que ela dobrou o corredor vindo da escada, antes de eu desligar a luz aqui embaixo.

— Ah! — exclamou Madge. — Mas está aqui agora.

Ela apontou dramaticamente para onde o ukulele estava em uma mesa.

— Isso é curioso — disse o inspetor. Ele deu alguns passos e tocou a campainha.

Com uma ordem rápida, o mordomo foi procurar a criada cuja tarefa era arrumar os quartos pela manhã. Ela veio e foi bastante positiva na resposta. O ukulele estava lá logo de manhã, quando ela tirou o pó.

O Inspetor Winkfield a dispensou e então disse, seco:

— Gostaria de falar em particular com Mr. Satterthwaite, por favor. Todos podem ir. Mas ninguém deve sair da casa.

Mr. Satterthwaite começou a falar assim que a porta se fechou atrás dos outros.

— Eu... tenho certeza, inspetor, que o senhor tem o caso sob controle. Perfeitamente. Apenas senti que, tendo, como falei, um sentimento muito forte...

O inspetor interrompeu o discurso com a mão erguida.

— O senhor está certo, Mr. Satterthwaite. A dama foi assassinada.

— O senhor sabia disso? — Mr. Satterthwaite ficou desapontado.

— Houve algumas coisas que intrigaram o Dr. Morris. — Ele olhou para o médico, que havia permanecido com eles, e o médico concordou com um aceno de cabeça. — Fizemos um exame minucioso. A corda que estava em volta do pescoço dela não era a corda com a qual ela foi estrangulada, o que fez o trabalho foi algo muito mais fino, mais parecido com um fio. Havia cortado direto na carne. A marca da corda estava sobreposta a ela. Ela foi estrangulada e depois pendurada na porta para fazer parecer suicídio.

— Mas quem...?

— Pois é — disse o inspetor. — Quem? Essa é a questão. E o marido dormindo no quarto ao lado, que não deu boa-noite à esposa e não ouviu nada? Devo dizer que não tem muito o que procurar. Precisamos descobrir em que termos eles estavam. É aí que o senhor pode ser útil para nós, Mr. Satterthwaite. O senhor tem trânsito livre aqui e pode sentir o clima das coisas de um modo que nós não podemos. Descubra como estava a relação entre os dois.

— Não aprecio muito... — começou Mr. Satterthwaite, enrijecendo.

— Não terá sido o primeiro mistério de assassinato no qual o senhor nos ajuda. Lembro-me do caso de Mrs. Strangeways.

O senhor tem um *talento* para esse tipo de coisa. Um *talento* incrível.

Sim, era verdade, ele tinha um talento. Ele disse baixinho:

— Farei o meu melhor, inspetor.

Gerard Annesley teria matado a esposa? Será? Mr. Satterthwaite se lembrou daquele olhar de miséria na noite anterior. Ele a amava, e estava sofrendo. O sofrimento leva um homem a atos estranhos.

Mas havia algo mais, algum outro fator. Mabelle havia falado de si mesma como saindo de uma floresta, ela estava ansiosa pela felicidade, não uma felicidade silenciosa e racional, mas uma felicidade que era irracional, um êxtase selvagem...

Se Gerard Annesley tinha falado a verdade, Mabelle tinha ido para o quarto ao menos meia hora mais tarde do que ele. No entanto, David Keeley a tinha visto subindo aquelas escadas. Havia dois outros quartos ocupados naquela ala. Havia o de Mrs. Graham e o do filho dela.

O filho dela. Mas ele e Madge...

Certamente Madge teria adivinhado... Mas Madge não era do tipo que adivinha as coisas. Mesmo assim, não há fumaça sem fogo... Fumaça!

Ah! Ele se lembrou. *Um fio de fumaça saindo pela porta do quarto de Mrs. Graham.*

Ele agiu por impulso. Subiu as escadas e foi direto ao quarto dela. Estava vazio. Ele fechou a porta atrás de si e a trancou.

Foi até a lareira. Um monte de fragmentos carbonizados. Muito cautelosamente, ele os varreu com o dedo. Teve sorte. No centro havia alguns fragmentos não queimados, fragmentos de cartas...

Fragmentos muito desconexos, mas que lhe disseram algo de valor.

A vida pode ser maravilhosa, Roger querido. Eu nunca soube... toda a minha vida foi um sonho até eu te conhecer, Roger...

...Gerard sabe, eu acho... Sinto muito, mas o que posso fazer? Nada é real para mim além de você, Roger... Estaremos juntos em breve.

O que você vai dizer a ele em Laidell, Roger? Você escreve de um modo estranho, mas eu não tenho medo...

Com muito cuidado, Mr. Satterthwaite colocou os fragmentos em um envelope da escrivaninha. Ele foi até a porta, a destrancou e a abriu, e então ficou cara a cara com Mrs. Graham.

Foi um momento constrangedor, e Mr. Satterthwaite ficou brevemente sem expressão. Ele fez o que talvez fosse o melhor: abordou a situação com simplicidade.

— Estive vasculhando seu quarto, Mrs. Graham. Encontrei uma coisa... um pacote de cartas mal queimadas.

Uma onda de alarme passou pelo rosto dela. Desapareceu em um piscar de olhos, mas estava lá.

— Cartas de Mrs. Annesley para seu filho.

Ela hesitou por um minuto, depois disse baixinho:

— É verdade. Achei que seria melhor queimá-las.

— Por que motivo?

— Meu filho está noivo. Essas cartas, se tivessem sido divulgadas devido ao suicídio da pobre garota, poderiam ter causado muita dor e problemas.

— Seu filho poderia queimar as próprias cartas.

Ela não tinha uma resposta para isso. Mr. Satterthwaite buscou uma vantagem.

— A senhora encontrou essas cartas no quarto dele, trouxe-as para o seu quarto e as queimou. Por quê? A senhora estava com medo, Mrs. Graham.

— Não tenho o hábito de ter medo, Mr. Satterthwaite.

— Não, mas este foi um caso desesperado.

— Desesperado?

— Seu filho poderia estar em perigo de ser preso... por assassinato.

— Assassinato!

Ele viu o rosto dela ficar branco. Ele prosseguiu rapidamente:

— A senhora escutou Mrs. Annesley entrar no quarto de seu filho ontem à noite. Ele havia contado a ela sobre o noivado? Não, vejo que não. Ele disse a ela, então. Eles brigaram e ele...

— Isso é mentira!

Eles estavam tão absortos no duelo de palavras que não ouviram passos se aproximando. Roger Graham apareceu atrás deles sem ser percebido por qualquer um dos dois.

— Está tudo bem, mamãe. Não se preocupe. Entre no meu quarto, Mr. Satterthwaite.

Mr. Satterthwaite o seguiu até o quarto dele. Mrs. Graham se virou e não tentou segui-los. Roger Graham fechou a porta.

— Ouça, Mr. Satterthwaite, o senhor acha que matei Mabelle. O senhor acha que eu a estrangulei aqui e a levei e a pendurei naquela porta, mais tarde, quando todos estavam dormindo?

Mr. Satterthwaite o encarou. Então disse, surpreendentemente:

— Não, acho que não.

— Dou Graças a Deus por isso. Eu não poderia ter matado Mabelle. Eu... eu a amava. Ou não? Não sei. É um emaranhado que não consigo explicar. Gosto de Madge, sempre gostei. E ela é um tipo tão bom. Nós combinamos um com o outro. Mas Mabelle era diferente. Era... não consigo explicar, uma espécie de encantamento. Acho que eu tinha... medo dela.

Mr. Satterthwaite assentiu.

— Era loucura, uma espécie de êxtase desconcertante... Mas era impossível. Não teria funcionado. Esse tipo de coisa... não dura. Agora eu sei o que significa ter um feitiço lançado sobre você.

— Sim, deve ter sido assim — disse Mr. Satterthwaite, pensativo.

— Eu... eu queria sair disso tudo. Eu ia contar à Mabelle... ontem à noite.

— Mas não fez isso?

— Não, não fiz — disse Graham lentamente. — Juro para o senhor, Mr. Satterthwaite, que nunca mais a vi depois que disse boa-noite lá embaixo.

— Eu acredito em você — disse Mr. Satterthwaite.

Ele se levantou. Não havia sido Roger Graham que matara Mabelle Annesley. Ele poderia ter fugido dela, mas não poderia tê-la matado. Ele tinha medo dela, medo daquela qualidade selvagem e intangível de fada. Ele conhecera o encantamento e virara as costas para ele. Tinha ido para a coisa segura e sensata que sabia que "daria certo" e abandonara o sonho intangível que poderia levá-lo não sabia aonde.

Era um jovem sensato e, como tal, desinteressante para Mr. Satterthwaite, que era um artista e um conhecedor da vida.

Deixou Roger Graham no quarto dele e desceu. A sala de visitas estava vazia. O ukulele de Mabelle estava em um banquinho perto da janela. Ele o pegou e o tocou distraidamente. Não sabia nada do instrumento, mas seu ouvido lhe dizia que estava abominavelmente desafinado. Ele experimentou girar uma tarraxa.

Doris Coles entrou na sala. Ela olhou para ele com reprovação.

— Pobre do ukulele da Mabelle — disse ela.

A condenação clara fez Mr. Satterthwaite se sentir obstinado.

— Afine para mim — disse ele. — Se puder — acrescentou.

— Claro que posso — disse Doris, ofendida com a sugestão de incompetência em qualquer sentido.

Ela o tomou dele, tocou uma corda, girou uma tarraxa rapidamente, e a corda arrebentou.

— Bem, eu nunca... Ah! Entendi. Mas que extraordinário! É a corda errada, um tamanho maior. É uma corda Lá. Que estupidez colocá-la. Claro que arrebenta quando você tenta afiná-la. Como as pessoas são estúpidas.

— Sim — disse Mr. Satterthwaite. — Elas são, mesmo quando tentam ser espertas.

O tom dele era tão estranho que ela o encarou. Ele pegou o ukulele dela e removeu a corda quebrada. Saiu do quarto segurando-a na mão. Na biblioteca ele encontrou David Keeley.

— Aqui — disse ele.

Ele estendeu a corda. Keeley pegou.

— O que é isso?

— Uma corda de ukulele quebrada.

Ele fez uma pausa e então continuou:

— *O que você fez com a outra?*

— A outra?

— *Aquela com que você a estrangulou*. Você foi muito inteligente, não foi? Foi feito muito rápido, naquele momento estávamos todos rindo e conversando no corredor. Mabelle voltou a esta sala para pegar o ukulele. Você havia tirado a corda enquanto brincava com ela pouco antes. Você a pegou pela garganta com ela e a estrangulou. Então saiu e trancou a porta e se juntou a nós. Mais tarde, na calada da noite, você desceu e... e se livrou do corpo pendurando-o na porta do quarto dela. E colocou outra corda no ukulele, *mas era a corda errada*, é por isso que você foi estúpido.

Houve uma pausa.

— Mas por que você fez isso? — disse Mr. Satterthwaite. — Em nome de Deus, *por quê*?

Mr. Keeley riu, uma risadinha engraçada que fez Mr. Satterthwaite sentir-se bastante enjoado.

— Foi tão simples — disse ele. — Por isso! E então... ninguém nunca me notou. Ninguém nunca percebeu o que eu estava fazendo. Achei... achei que ia rir deles...

E novamente ele deu aquela risadinha furtiva e olhou para Mr. Satterthwaite com olhos loucos.

Mr. Satterthwaite ficou feliz que naquele momento o Inspetor Winkfield tivesse entrado na sala.

Vinte e quatro horas depois, a caminho de Londres, Mr. Satterthwaite acordou de um cochilo e encontrou um homem alto e moreno sentado à frente dele no vagão. Ele não ficou totalmente surpreso.

— Meu caro Mr. Quin!
— Sim, aqui estou.
— Mal posso encarar o senhor. Estou envergonhado... falhei — disse Mr. Satterthwaite, devagar.
— Tem certeza?
— Eu não a salvei.
— Mas descobriu a verdade?
— Sim, isso sim. Um ou outro daqueles jovens poderia ter sido acusado, poderia até ter sido considerado culpado. Então, de qualquer forma, salvei a vida de um homem. Mas, ela... ela... aquela estranha e encantadora criatura... — a voz falhou.

Mr. Quin olhou para ele.
— A morte é o maior mal que pode acontecer a alguém?
— Eu... bem... talvez... Não...

Mr. Satterthwaite lembrou... Madge e Roger Graham... O rosto de Mabelle ao luar, a serena felicidade sobrenatural dela...

— Não — ele admitiu. — Não, talvez a morte não seja o maior mal...

Lembrou-se do *chiffon* azul de babados do vestido dela que lhe parecera a plumagem de um pássaro... Um pássaro com uma asa quebrada...

Quando olhou para cima, viu-se sozinho. Mr. Quin não estava mais ali.

Mas havia deixado algo para trás.

No assento havia um pássaro grosseiramente esculpido, feito de alguma pedra azul-escura. Provavelmente não tinha nenhum grande mérito artístico. Mas tinha outra coisa.

Tinha a vaga qualidade de encantamento.

Assim disse Mr. Satterthwaite — e Mr. Satterthwaite era um conhecedor.

Capítulo 11

O Fim do Mundo

Mr. Satterthwaite viera à Córsega por causa da duquesa. O lugar não combinava com ele. Na Riviera ele tinha certeza de conforto, e estar confortável significava muito para Mr. Satterthwaite. Mas, embora gostasse de conforto, também gostava de uma duquesa. À sua maneira, inofensiva, cavalheiresca e antiquada, Mr. Satterthwaite era um esnobe. Ele gostava das melhores pessoas. E a Duquesa de Leith era uma duquesa muito autêntica. Não havia açougueiros de Chicago na ascendência dela. Ela era filha de um duque, bem como esposa de um.

De resto, era uma velhinha de aparência bastante esfarrapada, muito dada a usar enfeites de contas pretas nas roupas. Tinha muitos diamantes em engastes antiquados, e os usava como a mãe, antes dela, os usara: pregados nela indiscriminadamente. Alguém havia sugerido uma vez que a duquesa ficava de pé no meio da sala enquanto a criada atirava-lhe broches ao acaso. Ela ajudava generosamente instituições de caridade e cuidava bem dos inquilinos e dependentes, mas era extremamente mesquinha com pequenas quantias. Pegava carona com os amigos e fazia compras em lojas de saldões.

A duquesa foi tomada por um desejo pela Córsega. Cannes a aborrecera e ela tivera uma discussão amarga com o proprietário do hotel sobre o preço dos quartos.

— E você irá comigo, Satterthwaite — disse ela com firmeza. — Não precisamos ter medo de escândalo a essa altura da vida.

Mr. Satterthwaite ficou delicadamente lisonjeado. Ninguém jamais havia mencionado escândalo em relação a ele antes. Ele era insignificante demais. Escândalo, e com uma duquesa — que maravilha!

— É um lugar pitoresco, sabe — disse a duquesa. — Tem bandidos... todo esse tipo de coisa. E extremamente barato, pelo que ouvi. Manuel foi positivamente insolente esta manhã. Esses proprietários de hotéis precisam ser colocados em seu lugar. Eles não podem esperar conseguir as melhores pessoas se continuarem assim. Eu disse isso a ele com clareza.

— Creio que se pode voar para lá confortavelmente. De Antibes — disse Mr. Satterthwaite.

— Eles provavelmente cobram um bom dinheiro por isso — disse a duquesa, bruscamente. — Descubra para nós, sim?

— Certamente, duquesa.

Mr. Satterthwaite ainda estava vibrando de satisfação, apesar do fato de que o papel dele ali era claramente o de um mensageiro de luxo.

Quando soube o preço de uma passagem de avião, a duquesa recusou prontamente.

— Eles não acham que vou pagar uma quantia ridícula como essa para entrar em uma daquelas coisas desagradáveis e perigosas.

Então foram de barco, e Mr. Satterthwaite suportou dez horas de desconforto agudo. Para começar, como o barco partia às sete, ele tinha certeza de que haveria jantar a bordo. Mas não houve jantar. O barco era pequeno e o mar, agitado. Mr. Satterthwaite foi decantado em Ajaccio nas primeiras horas da manhã, mais morto do que vivo.

A duquesa, pelo contrário, estava muito bem-disposta. Ela nunca se importava com o desconforto se sentisse que estava economizando dinheiro. Entusiasmou-se com a cena do cais, com as palmeiras e o sol nascente. Toda a população parecia ter aparecido para assistir à chegada do barco, e o lançamento da passarela de desembarque foi acompanhado de gritos empolgados e orientações.

— *On dirait* — disse um francês robusto que estava ao lado deles. — *Que jamais avant on n'a fait cette manoeuvre là*!

— Aquela minha criada passou mal a noite toda — disse a duquesa. — A garota é uma perfeita idiota.

Mr. Satterthwaite deu um sorriso fraco.

— Um desperdício de boa comida, é o que eu acho — continuou a duquesa, firme.

— Ela conseguiu alguma comida? — perguntou Mr. Satterthwaite com inveja.

— Por acaso eu trouxe alguns biscoitos e um chocolate a bordo comigo — disse a duquesa. — Quando descobri que não havia jantar, dei tudo para ela. As classes mais baixas sempre fazem tanto alarde por não comer.

Com um grito de triunfo foi realizado o lançamento da passarela. Um grupo que mais parecia um coral de bandidos de alguma comédia musical correu a bordo e arrancou a bagagem das mãos dos passageiros à força.

— Vamos, Satterthwaite — disse a duquesa. — Quero um banho quente e um pouco de café.

Assim como Mr. Satterthwaite. Ele, no entanto, não foi totalmente bem-sucedido. No hotel foram recebidos por um gerente fazendo uma reverência e levados para os quartos. A duquesa tinha um banheiro anexo. Mr. Satterthwaite, no entanto, foi direcionado para um banheiro que parecia estar situado no quarto de outra pessoa. Esperar que a água estivesse quente àquela hora da manhã era, talvez, irracional. Mais tarde ele tomou um café preto forte, servido em um pote sem tampa. As venezianas e a janela do quarto dele foram escancaradas, e o ar fresco da manhã entrou perfumado. Um dia de azul e verde deslumbrantes.

O garçom acenou com um floreio para chamar a atenção para a vista.

— Ajaccio — disse ele solenemente. — *Le plus beau port du monde!*

E partiu abruptamente.

Olhando para o azul profundo da baía, com as montanhas nevadas ao fundo, Mr. Satterthwaite estava quase inclinado a concordar com ele. Terminou seu café e, deitando-se na cama, adormeceu.

No *déjeuner*, a duquesa estava de bom humor.

— Isso é exatamente do que você precisa, Satterthwaite — disse ela. — Tirar de você aqueles ares de velha solteirona empoeirada. — Ela olhou ao redor da sala com um *lorgnette*. — Mas veja só, lá está Naomi Carlton Smith.

Ela indicou uma garota sentada sozinha em uma mesa à janela. Uma garota de ombros redondos, um pouco curvada. O vestido dela parecia ser feito de algum tipo de saco marrom. Ela tinha cabelos pretos, cortados desordenadamente.

— Uma artista? — perguntou Mr. Satterthwaite.

Ele sempre foi bom em classificar as pessoas.

— Isso mesmo — disse a duquesa. — Ao menos, considera-se uma. Eu soube que ela esteve vagando por algum lugar estranho do globo. Pobre feito um rato de igreja, orgulhosa como Lúcifer e com um parafuso a menos, como todos os Carlton Smith. A mãe dela era minha prima de primeiro grau.

— Ela é do lado dos Knowlton, então?

A duquesa assentiu.

— Ela tem sido sua pior inimiga — comentou. — Uma garota esperta também. Misturou-se com um jovem muito indesejável. Um daqueles de Chelsea. Escrevia peças ou poemas ou algo insalubre. Ninguém se interessou, é claro. Então ele roubou as joias de alguém e foi pego. Não lembro que fim deram nele. Cinco anos de prisão, acho. Mas talvez você se lembre? Foi no inverno passado.

— No inverno passado eu estava no Egito — explicou Mr. Satterthwaite. — Tive uma gripe muito forte no final de janeiro, e os médicos insistiram que eu viajasse para o Egito depois. Eu perdi muita coisa.

Na voz dele soava um tom de sincero arrependimento.

— Aquela garota me parece estar deprimida — disse a duquesa, levantando mais uma vez seu *lorgnette*. — Isso não posso permitir.

Ao sair, ela parou na mesa de Miss Carlton Smith e deu um tapinha no ombro da garota.

— Ora, Naomi, não se lembra de mim?

Naomi levantou-se de má vontade.

— Sim, eu me lembro, duquesa. Eu vi a senhora entrar. Achei mais provável que a senhora não me reconhecesse.

Ela pronunciou as palavras preguiçosamente, com uma completa indiferença de modos.

— Quando terminar seu almoço, venha conversar comigo no terraço — ordenou a duquesa.

— Está bem.

Naomi bocejou.

— Maus modos chocantes — disse a duquesa a Mr. Satterthwaite, voltando a caminhar ao lado dele. — Todos os Carlton Smith são assim.

Eles tomaram o café do lado de fora, ao sol. Estavam lá havia cerca de seis minutos quando Naomi Carlton Smith saiu do hotel e se juntou a eles. Ela sentou-se frouxamente em uma cadeira com as pernas esticadas de maneira deselegante à frente dela.

Tinha um rosto estranho, com o queixo saliente e profundos olhos cinzentos. Um rosto inteligente e infeliz — um rosto que por pouco não era bonito.

— Bem, Naomi — disse a duquesa rapidamente. — E o que tem feito da vida?

— Ah, não sei. Apenas passando o tempo.

— Esteve pintando?

— Um pouco.

— Mostre-me suas coisas.

Naomi sorriu. Ela não ficou intimidada pela autocrata. Estava se divertindo. Entrou no hotel e saiu novamente com um portfólio.

— A senhora não vai gostar deles, duquesa — disse ela, em advertência. — Diga o que quiser. Não vai ferir meus sentimentos.

Mr. Satterthwaite aproximou um pouco mais a cadeira. Ele estava interessado. Em um minuto, estava ainda mais interessado. A duquesa foi francamente antipática.

— Não consigo sequer ver como é que as coisas deveriam ser — reclamou ela. — Meu Deus, menina, nunca houve um céu dessa cor, ou um mar tampouco.

— É assim que os vejo — disse Naomi, plácida.

— Ugh! — soltou a duquesa, inspecionando outro. — Isso me dá arrepios.

— É para dar — disse Naomi. — A senhora está me fazendo um elogio sem saber.

Era um estudo vorticista esquisito de um figo-da-índia, quase irreconhecível. Verde-acinzentado, com manchas de cor violenta onde a fruta brilhava feito joias. Uma massa rodopiante de maldade, carnuda, purulenta. Mr. Satterthwaite estremeceu e virou o rosto.

Ele viu Naomi olhando para ele e balançando a cabeça em compreensão.

— Eu sei — disse ela. — Mas é *brutal*.

A duquesa pigarreou.

— Parece muito fácil ser artista hoje em dia — observou ela, fulminante. — Não há tentativa alguma de copiar as coisas. Você só passa um pouco de tinta... não sei com o quê, não um pincel, tenho certeza...

— Espátula — interpôs Naomi, dando outro largo sorriso.

— Um bocado de cada vez — continuou a duquesa. — Amontoado. E pronto! Todo mundo diz: "Que inteligente". Bem, eu não tenho paciência para esse tipo de coisa. Prefiro...

— ...uma bela pintura de um cachorro ou um cavalo, de Edwin Landseer.

— E por que não? — perguntou a duquesa. — O que há de errado com Landseer?

— Nada — disse Naomi. — Ele é bom. Vocês são bons. Quem está no topo das coisas é sempre bonito, brilhante e liso. Eu respeito a senhora, duquesa, a senhora tem força. A senhora enfrentou a vida de igual para igual e saiu por cima. Mas as pessoas que estão por baixo veem o lado de baixo das coisas. E isso é interessante de certa forma.

A duquesa olhou para ela.

— Não faço a menor ideia do que você está falando — declarou.

Mr. Satterthwaite ainda estava examinando os esboços. Ele percebia o que a duquesa não conseguia ver, a perfeição da técnica por trás deles. Ele ficou surpreso e encantado. Ele olhou para a garota.

— Você me venderia um desses, Miss Carlton Smith? — perguntou ele.

— O senhor pode ficar com o que quiser por cinco guinéus — disse a garota, indiferente.

Mr. Satterthwaite hesitou por alguns instantes e então escolheu um estudo de cactos e babosa. Em primeiro plano havia um borrão vívido de uma mimosa amarela, o escarlate da flor de babosa dançava dentro e fora da imagem, e inexorável, matematicamente subjacente ao todo, estavam o padrão oblongo do cacto e o motivo da espada da babosa.

Ele fez uma pequena reverência para a garota.

— Estou muito feliz por ter garantido isso, e acho que fiz uma barganha. Algum dia, Miss Carlton Smith, poderei vender este esboço com um lucro muito bom, se eu quiser!

A garota se inclinou para ver qual ele havia pegado. Ele viu um novo olhar surgir nos olhos dela. Pela primeira vez ela estava realmente ciente da existência dele, e havia respeito no rápido olhar que lhe lançou.

— O senhor escolheu o melhor — disse ela. — Eu... fico feliz.

— Bem, suponho que você saiba o que está fazendo — disse a duquesa. — E ouso dizer que você está certo. Ouvi falar que é um grande conhecedor. Mas não pode me dizer que todas essas coisas novas são arte, porque não são. Ainda assim, não precisamos entrar nisso. Ora, só vou ficar alguns dias aqui e quero ver um pouco da ilha. Suponho que você tenha um carro, Naomi?

A garota assentiu.

— Excelente — disse a duquesa. — Faremos uma viagem para algum lugar amanhã.

— É um carro de apenas dois lugares.

— Bobagem, deve haver um banco de trás, suponho, que servirá para Mr. Satterthwaite?

Um suspiro trêmulo percorreu Mr. Satterthwaite. Ele havia observado as estradas da Córsega naquela manhã. Naomi o observava pensativa.

— Receio que meu carro não seja bom para vocês — disse ela. — É terrivelmente surrado, feito um ônibus velho. Comprei-o de segunda mão por uma ninharia. Ele me leva para lá e para cá com dificuldade. Mas não posso levar passageiros. No entanto, há uma garagem muito boa na cidade. A senhora pode alugar um carro lá.

— Alugar um carro? — disse a duquesa, escandalizada. — Que ideia. Quem é aquele homem bonito, meio amarelado, que chegou em um carro de quatro lugares pouco antes do almoço?

— Imagino que esteja se referindo a Mr. Tomlinson. Ele é um juiz indiano aposentado.

— Isso explica a pele amarelada — disse a duquesa. — Eu estava com medo de que pudesse ser icterícia. Ele parece um tipo bastante decente. Vou falar com ele.

Naquela noite, ao descer para jantar, Mr. Satterthwaite encontrou a duquesa resplandecente em veludo preto e diamantes, conversando seriamente com o dono do carro de quatro lugares. Ela acenou com autoridade.

— Venha aqui, Mr. Satterthwaite, Mr. Tomlinson está me contando coisas muito interessantes, e o que acha? Ele vai nos levar em uma expedição amanhã no carro dele.

Mr. Satterthwaite a olhou com admiração.

— Precisamos entrar para jantar — disse a duquesa. — Venha e sente-se à nossa mesa, Mr. Tomlinson, e então o senhor pode continuar com o que estava me dizendo.

Mais tarde, a duquesa declarou:

— Um tipo de homem bastante decente.

— Com um tipo de carro bastante decente — retrucou Mr. Satterthwaite.

— Seu levado — disse a duquesa, e deu-lhe uma sonora batida nos nós dos dedos com o leque preto sujo que sempre carregava. Mr. Satterthwaite estremeceu de dor.

— Naomi também vem — disse a duquesa. — No carro dela. Essa garota precisa ser tirada de si. Ela é muito egoísta. Não exatamente egocêntrica, mas totalmente indiferente a tudo e a todos. Você não concorda?

— Não acho que isso seja possível — disse Mr. Satterthwaite, devagar. — Digo, os interesses de alguém estão sempre em *algum lugar*. Existem, claro, aqueles que giram em torno de si mesmos, mas concordo com a senhora, ela não é desse tipo. Ela é totalmente desinteressada em si mesma. E ainda assim tem uma personalidade forte. Deve haver *alguma coisa*. A princípio, pensei que fosse a arte dela, mas não é. Nunca conheci alguém tão distante da vida. Isso é perigoso.

— Perigoso? O que quer dizer?

— Bem, veja só, deve significar algum tipo de obsessão, e obsessões são sempre perigosas.

— Satterthwaite — disse a duquesa —, não seja tolo. E me escute. Sobre amanhã...

Mr. Satterthwaite ouviu. O que era basicamente seu papel em vida.

Eles partiram cedo na manhã seguinte, levando o almoço com eles. Naomi, que estava na ilha havia seis meses, iria à frente. Mr. Satterthwaite foi até ela enquanto ela esperava para começar.

— Tem certeza de que... eu não posso ir com você? — disse ele, melancólico.

Ela balançou a cabeça.

— O senhor ficará muito mais confortável na parte de trás do outro carro. Assentos bem acolchoados, essas coisas. Essa arapuca velha aqui chacoalha demais. O senhor seria jogado para o alto quando passássemos pelos buracos.

— E depois, claro, pelas colinas.

Naomi riu.

— Ah, eu só disse isso para salvá-lo de ir no banco de trás. A duquesa poderia perfeitamente se dar ao luxo de alugar um carro. Ela é a mulher mais avarenta da Inglaterra. Mesmo assim, a velhinha é divertida, e não consigo evitar gostar dela.

— Então eu poderia ir com você, afinal? — disse Mr. Satterthwaite, ansioso.

Ela olhou para ele com curiosidade.

— Por que o senhor está tão ansioso para ir comigo?

— Precisa perguntar? — Mr. Satterthwaite fez uma reverência engraçada à moda antiga.

Ela sorriu, mas balançou a cabeça.

— Essa não é a razão — disse ela, pensativa. — É estranho... Mas o senhor não pode vir comigo, não hoje.

— Outro dia, talvez — sugeriu Mr. Satterthwaite, educadamente.

— Ah, outro dia! — ela riu de repente, uma risada muito estranha, pensou Mr. Satterthwaite. — Outro dia! Bem, veremos.

Eles partiram. Atravessaram a cidade e depois contornaram a longa curva da baía, ziguezagueando para o interior, para atravessar um rio e depois regressar à costa com centenas de pequenas enseadas arenosas. E então começaram a subir. Serpentearam por curvas agudas e sinuosas, sempre para cima pela estrada íngreme e tortuosa. A baía azul estava bem abaixo deles e, do outro lado, Ajaccio brilhava ao sol, branca feito uma cidade de conto de fadas.

Para um lado e para o outro, para um lado e para o outro, com o precipício primeiro de um lado deles, depois do outro. Mr. Satterthwaite sentiu-se um pouco tonto e também um pouco enjoado. A estrada não era muito larga. E ainda assim eles subiram.

Estava frio agora. O vento vinha para eles direto dos picos nevados. Mr. Satterthwaite levantou a gola do casaco e abotoou-o apertado sob o queixo.

Estava muito frio. Do outro lado da água, Ajaccio ainda estava banhada pela luz do sol, mas aqui em cima nuvens grossas e cinzentas vinham flutuando sobre a face do sol. Mr. Satterthwaite deixou de admirar a vista. Ele ansiava por um hotel aquecido a vapor e uma poltrona confortável.

À frente deles, o pequeno carro de dois lugares de Naomi avançava com firmeza. Para cima, ainda para cima. Eles estavam no topo do mundo agora. Em ambos os lados havia colinas mais baixas, colinas que desciam para vales. Eles olharam diretamente para os picos nevados. E o vento veio rasgando sobre eles, afiado, como uma faca. De repente, o carro de Naomi parou, e ela olhou para trás.

— Chegamos — disse ela. — No Fim do Mundo. E não acho que seja um dia muito bom para isso.

Todos saíram. Haviam chegado a uma pequena vila, com meia dúzia de cabanas de pedra. Um nome imponente estava impresso em letras de trinta centímetros de altura.

— Coti Chiaveeri.

Naomi deu de ombros.

— Esse é o nome oficial, mas prefiro chamá-lo de Fim do Mundo.

Ela deu alguns passos, e Mr. Satterthwaite se juntou a ela. Eles estavam além das casas agora. A estrada havia terminado. Como Naomi havia dito, aquele era o fim, a parte de trás do além, o começo do nada. Atrás deles a faixa branca da estrada, na frente deles — nada. Apenas muito, muito abaixo, o mar...

Mr. Satterthwaite respirou fundo.

— É um lugar extraordinário. A gente sente que qualquer coisa pode acontecer aqui, que poderíamos encontrar... qualquer um...

Ele parou, pois bem na frente deles um homem estava sentado em uma pedra, com o rosto virado para o mar. Eles não o tinham visto até aquele momento, e a sua aparição foi repentina como um truque de mágica. Ele poderia ter surgido da paisagem ao redor.

— Será que... — começou Mr. Satterthwaite.

Mas naquele minuto o estranho se virou, e Mr. Satterthwaite viu o rosto dele.

— Ora, Mr. Quin! Que extraordinário. Miss Carlton Smith, quero apresentar-lhe meu amigo Mr. Quin. Ele é o mais incomum dos sujeitos. Você é, você sabe que é. Você sempre aparece na hora certa...

Ele parou, com a sensação de que havia dito algo estranhamente significativo, e ainda assim não conseguia pensar o que seria.

Naomi apertou a mão de Mr. Quin em seu estilo abrupto de sempre.

— Estamos aqui para um piquenique — disse ela. — E me parece que estaremos muito bem congelados até os ossos.

Mr. Satterthwaite estremeceu.

— Talvez possamos encontrar um local protegido? — disse ele, com incerteza.

— O que não é aqui — concordou Naomi. — Ainda assim, vale a pena ver, não é?

— Sim, de fato. — Mr. Satterthwaite virou-se para Mr. Quin. — Miss Carlton Smith chama este lugar de Fim do Mundo. Um bom nome, hein?

Mr. Quin assentiu com a cabeça lentamente, várias vezes.

— Sim... um nome muito sugestivo. Acho que só se chega uma vez na vida a um lugar como este, um lugar onde não se pode mais ir adiante.

— O que o senhor quer dizer? — perguntou Naomi bruscamente.

Ele se virou para ela.

— Bem, geralmente há uma escolha, não é? Para a direita ou para a esquerda. Para a frente ou para trás. Aqui... há a estrada atrás de você, e à sua frente... nada.

Naomi o encarou. De repente ela estremeceu e começou a refazer os passos em direção aos demais. Os dois homens a acompanharam. Mr. Quin continuou a falar, mas o tom agora era o de uma conversa casual.

— O carro pequeno é seu, Miss Carlton Smith?
— Sim.
— A senhorita dirige sozinha? É preciso, eu acho, muita coragem para fazer isso por aqui. As curvas são bastante assustadoras. Um momento de desatenção, uma falha no freio, o carro sai da pista e vai rolando, rolando... seria muito fácil acontecer.

Eles agora haviam se juntado aos demais. Mr. Satterthwaite apresentou o amigo. Ele sentiu um puxão no braço. Era Naomi. Ela o afastou dos outros.

— Quem é ele? — ela perguntou ferozmente.

Mr. Satterthwaite olhou para ela com espanto.

— Bem, eu mal sei. Digo, eu o conheço há alguns anos, nós nos encontramos de vez em quando, mas no sentido de saber, realmente...

Ele parou. Eram futilidades o que ele estava proferindo, e a garota ao lado não estava ouvindo. Ela estava de pé com a cabeça abaixada, as mãos apertadas ao lado do corpo.

— Ele sabe das coisas — disse ela. — Ele sabe das coisas... Como ele sabe?

Mr. Satterthwaite não teve resposta. Ele só podia olhar para ela em silêncio, incapaz de compreender a tempestade que a sacudia.

— Estou com medo — ela murmurou.
— Com medo de Mr. Quin?
— Tenho medo dos olhos dele. Ele vê coisas...

Algo frio e úmido caiu na bochecha de Mr. Satterthwaite. Ele olhou para cima.

— Ora, está nevando — exclamou ele, muito surpreso.
— Um bom dia para um piquenique — disse Naomi.

Ela havia recuperado o controle de si mesma com um esforço.

O que se deveria fazer? Uma babel de sugestões começou. A neve caía grossa e rápida. Mr. Quin fez uma sugestão e todos aceitaram. Havia um pequeno *casse-croûte* de pedra no final da fileira de casas. Houve uma debandada em direção a ele.

— Vocês têm suas provisões — disse Mr. Quin —, e eles provavelmente poderão lhes fazer um café.

Era um lugar minúsculo, bastante escuro, pois a única janelinha pouco iluminava, mas de uma extremidade vinha um brilho agradável de calor. Uma velha corsa estava jogando um punhado de galhos no fogo. Ele ardeu, e com a luz os recém-chegados perceberam que havia outros diante deles.

Três pessoas estavam sentadas na ponta de uma mesa de madeira nua. Havia algo irreal na cena aos olhos de Mr. Satterthwaite, e havia algo ainda mais irreal nas pessoas.

A mulher que estava sentada na ponta da mesa parecia uma duquesa, isto é, parecia mais uma concepção popular de duquesa. Ela era a imagem ideal de uma grande dama dos palcos. A cabeça aristocrática estava erguida, o cabelo primorosamente penteado era branco como a neve. Ela estava vestida de cinza — cortinas macias que caíam sobre ela em dobras artísticas. Uma longa mão branca sustentava o queixo, a outra segurava um pãozinho com patê de *foie gras*. À direita dela estava um homem de rosto muito branco, cabelo muito preto e óculos de aro de tartaruga. Ele estava maravilhosamente vestido. Naquele momento, a cabeça estava jogada para trás e o braço esquerdo estendido, como se estivesse prestes a declamar alguma coisa.

À esquerda da senhora de cabelos brancos estava um homenzinho de aparência alegre e careca. Após o primeiro olhar, ninguém mais olhou para ele.

Houve apenas um momento de incerteza, e então a duquesa (a duquesa autêntica) assumiu o comando.

— Esta tempestade não está terrível? — ela disse agradavelmente, avançando e sorrindo um sorriso determinado e eficiente que achava muito útil nas obras de caridade e nas outras comissões de que participava. — Suponho que vocês tenham sido pegos nisso, assim como nós? Mas a Córsega é um lugar maravilhoso. Só cheguei esta manhã.

O homem de cabelo preto se levantou, e a duquesa, com um sorriso gracioso, deslizou para o assento que ele ocupara.

A senhora de cabelos brancos falou.

— Estamos aqui há uma semana — disse ela.

Mr. Satterthwaite teve um sobressalto. Alguém que uma vez tivesse ouvido aquela voz poderia esquecê-la? Ela ecoou pela sala de pedra, carregada de emoção, uma melancolia requintada. Parecia-lhe que ela havia dito algo maravilhoso, memorável, cheio de significado. Ela havia falado do fundo do coração.

Ele falou apressadamente com Mr. Tomlinson.

— O homem de óculos é Mr. Vyse, você sabe, o produtor.

O juiz indiano aposentado olhava para Mr. Vyse com bastante antipatia.

— O que ele produz? — perguntou ele. — Crianças?

— Oh, meu Deus, não — disse Mr. Satterthwaite, chocado com a mera menção de algo tão grosseiro em relação a Mr. Vyse. — Peças.

— Acho que vou sair de novo. Está muito quente aqui — disse Naomi.

A voz dela, forte e áspera, fez Mr. Satterthwaite pular. Ela se dirigiu quase às cegas, ao que parecia, para a porta, afastando Mr. Tomlinson do caminho. Mas, na entrada, ficou cara a cara com Mr. Quin, e ele bloqueou o caminho.

— Volte e sente-se — disse ele.

A voz era autoritária. Para surpresa de Mr. Satterthwaite, a garota hesitou por um minuto e então obedeceu. Ela se sentou ao pé da mesa o mais longe possível dos demais.

Mr. Satterthwaite apressou-se e abordou o produtor.

— O senhor talvez não se lembre de mim — disse ele. — Meu nome é Satterthwaite.

— Claro! — uma longa mão ossuda disparou e envolveu a outra em um aperto doloroso. — Meu bom homem. Que bom o encontrar aqui. O senhor conhece Miss Nunn, é claro?

Mr. Satterthwaite deu um pulo. Não admirava que aquela voz fosse familiar. Milhares, em toda a Inglaterra, haviam se comovido com aqueles maravilhosos timbres carregados de emoção. Rosina Nunn! A maior atriz dramática da Inglaterra. Mr. Satterthwaite também já estivera sob o feitiço dela. Não havia ninguém como ela para interpretar um papel — para trazer os tons mais sutis de significado. Ele sempre pensara nela como uma atriz do tipo intelectual, que compreendia e entrava na alma do papel.

Ele poderia ser desculpado por não a reconhecer. Rosina Nunn era volátil nos gostos. Durante 25 anos havia sido loira. Depois de uma turnê pelos Estados Unidos, voltara com as madeixas do corvo e assumira a tragédia a sério. Esse efeito "marquesa francesa" era o último capricho dela.

— Ah, a propósito, Mr. Judd, marido de Miss Nunn — disse Vyse, apresentando descuidadamente o careca.

Rosina Nunn tivera vários maridos, Mr. Satterthwaite sabia. Mr. Judd era evidentemente o mais recente.

Mr. Judd estava ocupado desembrulhando pacotes de um cesto ao lado. Ele se dirigiu à esposa.

— Mais um patê, querida? Esse último não estava tão denso quanto você gosta.

Rosina Nunn entregou o pãozinho a ele, enquanto murmurava simplesmente:

— Henry cria as refeições mais encantadoras. Eu sempre deixo o comissariado para ele.

— Alimente as feras — disse Mr. Judd, e riu. Ele deu um tapinha no ombro de sua esposa.

— Ele a trata como se ela fosse um cãozinho — murmurou a voz melancólica de Mr. Vyse no ouvido de Mr. Satterthwaite. — Corta a comida para ela. Criaturas estranhas, as mulheres.

Mr. Satterthwaite e Mr. Quin desembrulharam o almoço. Ovos cozidos, presunto frio e queijo gruyère foram distribuídos ao redor da mesa. A duquesa e Miss Nunn pareciam estar mergulhadas em murmúrios de confidências. Fragmentos surgiram no contralto profundo da atriz.

— O pão deve ser levemente torrado, entendeu? Depois é só pôr uma camada *bem* fina de geleia. Enrole e coloque no forno por um minuto, não mais. Simplesmente delicioso.

— Aquela mulher vive para comer — murmurou Mr. Vyse.

— Simplesmente vive para isso. Ela não consegue pensar em mais nada. Lembro-me de *Cavaleiros ao mar*, você sabe, "e é o momento de silêncio que terei". Eu *não conseguia* ter o efeito que queria. Por fim, disse-lhe para pensar em bombons de menta... ela gosta muito de bombons de menta. Consegui o efeito de uma vez, uma espécie de olhar distante que atingia sua alma.

Mr. Satterthwaite ficou em silêncio. Ele se lembrava.

Mr. Tomlinson pigarreou à frente, preparando-se para entrar na conversa.

— O senhor produz peças, ouvi dizer, hein? Eu mesmo gosto de uma boa peça. *Jim, o escrevente*, ora, isso sim era uma peça!

— Meu Deus — disse Mr. Vyse, e o corpo todo estremeceu.

— Um pequeno dente de alho — disse Miss Nunn à duquesa. — Diga isso ao seu cozinheiro. É maravilhoso.

Ela suspirou feliz e se virou para o marido.

— Henry — disse, queixosa. — Nunca nem *vi* o caviar.

— Você está quase sentada em cima dele — respondeu Mr. Judd alegremente. — Você o colocou atrás de si na cadeira.

Rosina Nunn o pegou apressadamente e sorriu para a mesa.

— Henry é maravilhoso demais. Eu sou tão terrivelmente distraída. Nunca sei onde coloquei nada.

— Como no dia em que você guardou suas pérolas na bolsa de esponja — disse Henry jocosamente. — E depois a deixou no hotel. Palavra, eu dei um bocado de telefonemas naquele dia.

— Elas tinham seguro — disse Miss Nunn, sonhadora. — Ao contrário da minha opala.

Um espasmo de dor requintada e dilacerante percorreu o rosto dela.

Várias vezes, na companhia de Mr. Quin, Mr. Satterthwaite tivera a sensação de participar de uma peça. A impressão estava muito forte agora. Isso era um sonho. Cada um tinha um papel. As palavras "minha opala" eram sua deixa. Ele se inclinou à frente.

— Sua opala, Miss Nunn?

— Você está com a manteiga, Henry? Obrigada. Sim, minha opala. Foi roubada, sabe. E eu nunca a consegui de volta.

— Conte-nos — pediu Mr. Satterthwaite.

— Bem... eu nasci em outubro, então me traz sorte usar opalas, e por isso eu queria uma que fosse realmente bonita. Esperei muito tempo por isso. Disseram que era uma das mais perfeitas que se conhecia. Não muito grande, mais ou menos do tamanho de uma moeda de dois xelins, mas oh! A cor e o fogo.

Ela suspirou. Mr. Satterthwaite observou que a duquesa estava inquieta e parecia desconfortável, mas nada poderia parar Miss Nunn agora. Ela continuou, e as inflexões requintadas da voz dela fizeram a história parecer uma antiga saga lúgubre.

— Foi roubada por um jovem chamado Alec Gerard. Ele escrevia peças.

— Peças muito boas — disse Mr. Vyse, profissional. — Ora, uma vez mantive uma de suas peças em cartaz por seis meses.

— O senhor a produziu? — perguntou Mr. Tomlinson.

— Ah, *não* — disse Mr. Vyse, chocado com a ideia. — Mas sabe que uma vez realmente pensei em fazer isso?

— Havia um papel maravilhoso para mim — disse Miss Nunn. — *Os filhos de Rachel*, era como se chamava, embora não houvesse ninguém chamada Rachel na peça. Ele veio falar comigo sobre isso, no teatro. Eu gostei dele. Era um rapaz bonito e muito tímido, coitado. Eu me lembro... — Um lindo olhar distante tomou conta do rosto dela. — Ele me comprou alguns bombons de menta. A opala estava sobre a penteadeira. Ele havia estado na Austrália e sabia alguma coisa sobre opalas. Ele a levou até a luz para olhá-la. Suponho que deve tê-la enfiado no bolso então. Assim que ele se foi eu dei por falta dela. Houve uma grande confusão. Você se lembra?

Ela se virou para Mr. Vyse.

— Ah, eu me lembro — disse Mr. Vyse com um gemido.

— Encontraram o estojo vazio no quarto dele — continuou a atriz. — Ele estava terrivelmente endividado, mas no dia seguinte conseguiu pagar grandes somas ao banco. Ele inventou uma explicação dizendo que um amigo dele havia apostado um dinheirinho para ele em um cavalo, mas ele não conseguiu apresentar esse amigo. Disse que devia ter colocado o estojo no bolso por engano. Acho que foi uma coisa terrivelmente fraca de se dizer, não é? Ele podia ter pensado em algo melhor do que isso... Eu tive que ir e prestar depoimento. Havia fotos minhas em todos os jornais. Meu assessor de imprensa disse que era uma publicidade muito boa, mas eu preferia ter minha opala de volta.

Ela balançou a cabeça tristemente.

— Quer um pouco de abacaxi em calda? — perguntou Mr. Judd.

Miss Nunn se animou.

— Onde está?

— Eu acabei de lhe entregar.

Miss Nunn olhou atrás de si e na frente, olhou para a bolsinha de seda cinza e, em seguida, puxou lentamente uma grande bolsa de seda roxa que estava no chão ao lado dela. Começou a virar o conteúdo lentamente sobre a mesa, para grande interesse de Mr. Satterthwaite.

Havia um estojo de pó de arroz, um batom, um pequeno porta-joias, um novelo de lã, outro estojinho de pó, dois lenços, uma caixa de bombons, um abridor de cartas esmaltado, um espelho, uma caixinha de madeira marrom-escura, cinco cartas, uma noz, um pequeno quadrado de crepe de China cor de malva, um pedaço de fita e a ponta de um croissant. Por último veio o abacaxi em calda.

— *Eureka* — murmurou Mr. Satterthwaite baixinho.
— Perdão?
— Nada — disse Mr. Satterthwaite apressadamente. — Que lindo abridor de cartas.
— É mesmo, não é? Alguém me deu. Não consigo lembrar quem.
— Isso é uma caixa indiana — comentou Mr. Tomlinson. — Coisinhas engenhosas, não são?
— Alguém me deu isso também — disse Miss Nunn. — Já tenho há muito tempo. Ficava sempre sobre minha penteadeira no teatro. Mas não acho muito bonita, o senhor acha?

A caixa era de madeira lisa marrom-escura. Abria na lateral. Na parte de cima havia duas abas simples de madeira que podiam ser giradas.

— Não é bonita, talvez — disse Mr. Tomlinson com uma risada. — Mas aposto que a senhora nunca viu uma igual.

Mr. Satterthwaite se inclinou para a frente. Ele tinha um sentimento de empolgação.

— Por que disse que era engenhosa? — perguntou.
— Bem, e não é?

O juiz apelou para Miss Nunn. Ela o encarou sem expressão.

— Imagino que eu não deva mostrar para eles o truque, hein?

Miss Nunn continuou inexpressiva.

— Que truque? — perguntou Mr. Judd.
— Pelo amor de Deus, vocês não sabem?

Ele olhou ao redor para os rostos curiosos.

— Vejam isso. Posso pegar a caixa por um instante? Obrigado.

Ele a abriu.

— Agora, então, alguém pode me dar algo para colocar nela, algo não muito grande? Aqui está, um pedacinho de queijo gruyère. Vai servir perfeitamente. Eu o coloco dentro, e fecho a caixa.

Ele se atrapalhou por um momento com as mãos.

— Vejam agora...

Ele abriu a caixa novamente. Estava vazia.

— Bem, eu nunca... — disse Mr. Judd. — Como o senhor faz isso?

— É bem simples. Vire a caixa de cabeça para baixo e mova a aba esquerda até a metade, depois feche a aba direita. Agora, para trazer nosso pedaço de queijo de volta, devemos reverter isso. A aba da direita até a metade e a da esquerda fechada, ainda mantendo a caixa de cabeça para baixo. E agora... Ei, *presto*!

A caixa se abriu. Um suspiro percorreu a mesa. O queijo estava lá, mas também havia outra coisa. Uma coisa redonda que refletia todas as cores do arco-íris.

— *Minha opala!*

Foi uma nota aguda de clarinete. Rosina Nunn ficou de pé, com as mãos no peito.

— Minha opala! Como foi parar ali?

Henry Judd pigarreou.

— Eu... ahm... eu acho, Rosy, minha garota, que você mesma deve ter colocado ali.

Alguém se levantou da mesa e saiu para ao ar livre aos tropeços. Era Naomi Carlton Smith. Mr. Quin a seguiu.

— Mas quando? Você quer dizer...?

Mr. Satterthwaite a observava enquanto a verdade lhe caía sobre a cabeça. Levou mais de dois minutos antes que ela conseguisse entender.

— Quer dizer ano passado... no teatro.

— Você sabe — disse Henry se desculpando. — Você realmente *bagunça* as coisas, Rosy. Veja o que fez com o caviar hoje.

Miss Nunn estava seguindo dolorosamente os processos mentais dela.

— Eu simplesmente coloquei ali sem pensar, e então suponho que tenha virado a caixa e feito a coisa por acidente, mas então... mas então... — ela finalmente entendeu. — Mas então Alec Gerard não a roubou, afinal. Oh! — Ela deu um grito a plenos pulmões, profundo, comovente. — Que terrível!

— Bem — disse Mr. Vyse —, isso pode ser corrigido agora.

— Sim, mas ele está na prisão há um ano. — E então ela os surpreendeu. Virou-se bruscamente para a duquesa. — Quem é aquela garota, aquela que acabou de sair?

— Miss Carlton Smith — disse a duquesa —, estava noiva de Mr. Gerard. Ela... sofreu bastante com tudo aquilo.

Mr. Satterthwaite se afastou discretamente. A neve havia parado. Naomi estava sentada no muro de pedra. Segurava um caderno de desenho, alguns gizes de cera coloridos estavam espalhados ao redor. Mr. Quin estava de pé ao lado dela.

Ela estendeu o caderno de desenho para Mr. Satterthwaite. Era um esboço ainda, mas havia genialidade. Um redemoinho caleidoscópico de flocos de neve com uma figura no centro.

— Muito bom — disse Mr. Satterthwaite.

Mr. Quin olhou para o céu.

— A tempestade acabou — disse ele. — As estradas estarão escorregadias, mas não acho que haverá acidente algum... agora.

— Não haverá acidente algum — disse Naomi. A voz vinha carregada de algum significado que Mr. Satterthwaite não entendia. Ela se virou e sorriu para ele, um sorriso súbito e deslumbrante. — Mr. Satterthwaite pode voltar comigo se quiser.

Ele entendeu então até que ponto o desespero a havia levado.

— Bem — disse Mr. Quin —, devo me despedir de vocês.

Ele se afastou.

— Para onde ele está indo? — perguntou Mr. Satterthwaite, olhando para ele.

— De volta para de onde veio, suponho — disse Naomi com uma voz estranha.

— Mas... mas não há nada lá — disse Mr. Satterthwaite, pois Mr. Quin estava indo para aquele ponto na beira do penhasco onde o haviam visto pela primeira vez. — Você sabe, você mesma disse que era o Fim do Mundo.

Ele devolveu o caderno de desenho.

— É muito bom — disse ele. — Uma semelhança muito boa. Mas por que... ahm... por que você o desenhou fantasiado?

Os olhos dela encontraram os dele por um breve segundo.

— Eu o vejo assim — disse Naomi Carlton Smith.

Capítulo 12

Beco do Arlequim

Mr. Satterthwaite nunca soube ao certo o que o levou a se hospedar com os Denman. Eles não eram da espécie dele, quer dizer, não pertenciam nem ao grande mundo nem aos círculos artísticos mais interessantes. Eles eram filisteus, e filisteus estúpidos. Mr. Satterthwaite os conheceu primeiro em Biarritz, aceitou um convite para ficar com eles, foi, ficou entediado e, no entanto, estranhamente, voltou várias vezes.

Por quê? Ele estava se fazendo essa pergunta no dia 21 de junho, enquanto saía de Londres em seu Rolls Royce.

John Denman era um homem de 40 anos, uma figura sólida e bem estabelecida, respeitada no mundo dos negócios. Os amigos dele não eram amigos de Mr. Satterthwaite, as ideias menos ainda. Ele era um homem inteligente no próprio ramo, mas desprovido de imaginação fora dele.

"Por que estou fazendo isso?" Mr. Satterthwaite se perguntou mais uma vez. E a única resposta que lhe veio pareceu tão vaga e tão inerentemente absurda que ele quase a descartou. A única razão que se apresentava era o fato de que um dos cômodos da casa (uma casa confortável e bem equipada) havia despertado sua curiosidade. O cômodo era a própria sala de estar de Mrs. Denman.

Dificilmente seria uma expressão da personalidade dela, porque, até onde Mr. Satterthwaite podia julgar, ela não tinha personalidade. Ele nunca tinha conhecido uma mulher tão completamente inexpressiva. Ela era, ele sabia, russa de nascimento. John Denman estivera na Rússia na eclosão da guerra europeia, lutara com as tropas russas, por pouco escapara com vida na eclosão da Revolução e levara consigo aquela moça russa, uma refugiada sem um tostão. Casou-se com ela apesar da forte desaprovação dos pais dele.

A sala de estar de Mrs. Denman não era nada notável. Era bem e solidamente mobiliada com bons móveis Hepplewhite, um pouco mais masculina do que feminina na atmosfera. Mas nela havia um item incongruente: um biombo chinês de laca, uma coisa amarelo-creme e rosa pálido. Qualquer museu ficaria feliz em possuí-lo. Era uma peça de colecionador, rara e bonita.

Estava fora de lugar naquele sólido fundo inglês. Deveria ter sido a nota-chave da sala, com tudo organizado para se harmonizar sutilmente com ela. E, no entanto, Mr. Satterthwaite não podia acusar os Denman de mau gosto. Tudo mais na casa estava em perfeita harmonia.

Ele balançou a cabeça. A coisa o intrigava, por mais trivial que fosse. Era por causa disso, assim ele realmente acreditava, que voltara várias vezes à casa. Talvez fosse a fantasia de uma mulher, mas essa solução não o satisfez quando ele pensou em Mrs. Denman, uma mulher quieta, de feições duras, falando inglês tão corretamente que ninguém jamais teria adivinhado que era estrangeira.

O carro parou no destino e ele desceu, a mente ainda pensando no problema do biombo chinês. O nome da casa dos Denman era Ashmead, e ela ocupava cerca de cinco acres de Melton Heath, que fica a trinta milhas de Londres, quinhentos metros acima do nível do mar e é, na maior parte, habitada por aqueles que têm amplas rendas.

O mordomo recebeu Mr. Satterthwaite com gentileza. Mr. e Mrs. Denman estavam fora, em um ensaio, e esperavam que Mr. Satterthwaite se sentisse em casa até que eles voltassem.

Mr. Satterthwaite assentiu e começou a cumprir essas injunções entrando no jardim. Depois de um exame superficial dos canteiros de flores, andou por um caminho sombreado e logo chegou a uma porta no muro. Estava destrancada, e ele passou por ela, indo dar em uma viela estreita.

Mr. Satterthwaite olhou para a esquerda e para a direita. Uma alameda muito charmosa, sombreada e verde, com altas sebes, uma alameda rural e sinuosa, no bom e velho estilo. Lembrou-se do endereço impresso: ASHMEAD, BECO DO ARLEQUIM — e lembrou-se também do nome local que Mrs. Denman lhe dissera uma vez.

— "Beco do Arlequim" — murmurou baixinho para si mesmo. — Me pergunto...

Ele dobrou uma esquina.

Não na época, mas depois, ele se perguntou por que daquela vez não se surpreendeu ao encontrar aquele seu amigo indescritível: Mr. Harley Quin. Os dois homens apertaram as mãos.

— Então *você* está aqui embaixo — disse Mr. Satterthwaite.

— Sim — disse Mr. Quin. — Vou me hospedar na mesma casa que você.

— Vai se hospedar lá?

— Sim. Isso o surpreende?

— Não — disse Mr. Satterthwaite, devagar. — Apenas... bem, o senhor nunca fica em um lugar por muito tempo, não é?

— Só o tempo necessário — disse Mr. Quin com seriedade.

— Compreendo — disse Mr. Satterthwaite.

Caminharam em silêncio por alguns minutos.

— Esta travessa... — começou Mr. Satterthwaite, e parou.

— Pertence a mim — disse Mr. Quin.

— Imaginei que sim — disse Mr. Satterthwaite. — De algum modo, achei que deveria. Há também o outro nome dela, o nome local. Chamam-na de a Rua dos Amantes. O senhor sabia disso?

Mr. Quin assentiu.

— Mas certamente — ele disse com gentileza — deve haver uma "Rua dos Amantes" em cada vilarejo?

— Acho que sim — disse Mr. Satterthwaite, e suspirou um pouco.

De repente, sentiu-se um tanto velho e desconectado das coisas, uma coisa meio enrugada e murcha. De cada lado dele estavam as sebes, muito verdes e vivas.

— Onde essa rua termina, eu me pergunto? — ele indagou de repente.

— Termina... *aqui* — disse Mr. Quin.

Eles chegaram na última curva. O caminho terminava em um terreno baldio, e quase aos pés deles se abria um grande poço. Nele havia latas brilhando ao sol e outras latas que estavam vermelhas demais de ferrugem para brilhar, botas velhas, fragmentos de jornais, 101 quinquilharias que não importavam mais para ninguém.

— Um monte de lixo — exclamou Mr. Satterthwaite, e respirou fundo e indignado.

— Às vezes há coisas muito maravilhosas em um monte de lixo — disse Quin.

— Eu sei, eu sei — exclamou Mr. Satterthwaite.

Ele citou, com só um pouquinho de autoconsciência:

— "Traga-me as duas coisas mais belas da cidade, disse Deus." Você sabe como continua, não é?

Mr. Quin assentiu.

Mr. Satterthwaite ergueu os olhos para as ruínas de um pequeno chalé à beira da parede do penhasco.

— Dificilmente seria uma vista bonita para uma casa — observou ele.

— Imagino que isso não fosse um monte de lixo naquela época — disse Mr. Quin. — Acho que os Denman moraram ali quando se casaram. Eles se mudaram para a casa grande quando os velhos morreram. A casa foi demolida quando começaram a extrair a rocha aqui, mas nada foi feito, como pode ver.

Eles se viraram e começaram a refazer os passos.

— Suponho — disse Mr. Satterthwaite, sorrindo — que muitos casais venham vagando por esta rua nessas noites quentes de verão.

— Provavelmente.

— Amantes — disse Mr. Satterthwaite. Ele repetiu a palavra pensativo e sem o embaraço normal típico de um inglês. Mr. Quin tinha esse efeito sobre ele. — Amantes... O senhor fez muito pelos amantes, Mr. Quin.

O outro baixou a cabeça sem responder.

— O senhor os salvou da tristeza. De algo pior que tristeza, da morte. Tem sido um defensor dos próprios mortos.

— Está falando de si mesmo, do que *o senhor* fez, não de mim.

— É a mesma coisa. O senhor sabe que é — insistiu Mr. Satterthwaite, enquanto o outro não falava. — Agiu por meio de mim. Por alguma razão ou outra, não age diretamente.

— Às vezes eu faço isso — disse Mr. Quin.

A voz tinha um tom diferente. Sem conseguir evitar, Mr. Satterthwaite estremeceu um pouco. A tarde, pensou, devia estar esfriando. E, no entanto, o sol parecia mais brilhante do que nunca.

Naquele momento, uma garota dobrou a esquina diante deles. Era uma garota muito bonita, de cabelos loiros e olhos azuis, usando um vestido de algodão rosa. Mr. Satterthwaite a reconheceu como Molly Stanwell, que ele já havia encontrado ali antes.

Ela acenou para recebê-lo.

— John e Anna acabaram de voltar — ela exclamou. — Eles imaginaram que o senhor já teria chegado, mas eles simplesmente precisavam ir ao ensaio.

— Ensaio de quê? — perguntou Mr. Satterthwaite.

— Essa coisa de baile de máscaras... não sei bem como se vai chamar. Vai ter canto e dança e todos os tipos de coisas nele. Mr. Manly, lembra-se dele, daqui de baixo? Ele tinha uma voz de tenor muito boa, e vai ser pierrô, e eu serei pierrete. Dois profissionais virão para a dança, arlequim e colombina, sabe. E então haverá um grande coro de garotas. Lady Roscheimer anda tão interessada em treinar meninas do vilarejo para cantar. Ela realmente está se preparando para isso. A música é linda, mas muito moderna, quase sem melodia em nenhuma parte. Claude Wickam. Talvez o senhor o conheça?

Mr. Satterthwaite assentiu, pois, como já foi mencionado, era o *métier* dele conhecer todo mundo. Ele sabia tudo sobre aquele aspirante a gênio, Claude Wickam, e sobre Lady Roscheimer, que era uma judia gorda com uma queda por jovens de persuasão artística. E ele sabia tudo sobre Sir Leopold Roscheimer, que gostava que a esposa fosse feliz e, o mais raro entre os maridos, não se importava que ela fosse feliz à maneira dela.

Encontraram Claude Wickam tomando chá com os Denman, enchendo a boca indiscriminadamente com qualquer coisa à mão, falando rapidamente e acenando com as mãos longas e brancas que pareciam ter articulações duplas. Os olhos míopes espiaram através de grandes óculos de armação de chifre.

John Denman, ereto, ligeiramente corado, com a menor tendência possível à elegância, ouvia com um ar de atenção entediada. Com a aparição de Mr. Satterthwaite, o músico transferiu as observações para ele. Anna Denman estava sentada atrás das coisas do chá, quieta e inexpressiva como sempre.

Mr. Satterthwaite lançou-lhe um olhar dissimulado. Alta, esquelética, muito magra, com a pele bem esticada sobre as maçãs do rosto altas, cabelos pretos repartidos ao meio, uma pele castigada pelo tempo. Uma mulher ao ar livre que não ligava para o uso de cosméticos. Uma boneca holandesa de mulher, de madeira, sem vida, e ainda assim...

Ele pensou: "*Deveria* haver significado por trás desse rosto, e ainda assim não há. Isso é o que está completamente errado. Sim, completamente errado". E, para Claude Wickam, ele disse:

— Desculpe? O que o senhor estava dizendo?

Claude Wickam, que gostava do som da própria voz, começou tudo de novo.

— A Rússia — disse ele — era o único país do mundo pelo qual valia a pena se interessar. Eles experimentavam. Com vidas, admita-se, mas ainda assim eles experimentavam. Magnífico! — Ele enfiou um sanduíche na boca com uma mão e acrescentou uma mordida na *éclair* de chocolate que estava balançando na outra. — Tome, por exemplo — disse ele (de boca cheia) —, o balé russo.

Lembrando-se de sua anfitriã, ele se virou para ela. O que *ela* achava do balé russo?

A pergunta era obviamente apenas um prelúdio para o ponto importante: o que Claude Wickam pensava do balé russo, mas a resposta dela foi inesperada e o desorientou completamente.

— Eu nunca vi.

— O quê? — Ele olhou para ela de boca aberta. — Mas seguramente...

A voz dela continuou, nivelada e sem emoção.

— Antes do meu casamento, eu era dançarina. Então agora...

— Eternas férias — disse o marido.

— Dança... — ela deu de ombros. — Sei todos os truques. Não me interessa.

— Ah!

Levou apenas um momento para Claude recuperar a compostura. A voz dele continuou.

— Falando em vidas — disse Mr. Satterthwaite — e sobre experimentar com elas. A nação russa fez um experimento caro.

Claude Wickam virou-se para ele.

— Eu sei o que o senhor vai dizer — gritou ele. — Kharsanova! A imortal, a única Kharsanova! O senhor a viu dançar?

— Três vezes — disse Mr. Satterthwaite. — Duas em Paris, uma em Londres. Eu... nunca vou esquecer.

Ele falou com uma voz quase reverente.

— Eu também a vi — disse Claude Wickam. — Eu tinha dez anos. Um tio me levou. Deus! Nunca vou esquecer aquilo.

Ele jogou um pedaço de pão com força em um canteiro de flores.

— Há uma estatueta dela em um museu em Berlim — disse Mr. Satterthwaite. — É maravilhosa. Essa impressão de fragilidade, como se você pudesse quebrá-la com um movimento da unha do polegar. Eu a vi como colombina, no Cisne, como a ninfa moribunda. — Ele fez uma pausa, balançando a cabeça. — Era um gênio. Serão longos anos até que outra assim nasça. Ela também era jovem. Destruída de forma ignorante e desenfreada nos primeiros dias da Revolução.

— Tolos! Homens loucos! Monstros! — disse Claude Wickam. Ele se engasgou com um gole muito grande de chá.

— Estudei com Kharsanova — disse Mrs. Denman. — Lembro-me bem dela.

— Ela era maravilhosa? — disse Mr. Satterthwaite.

— Sim — disse Mrs. Denman, baixinho. — Era maravilhosa.

Claude Wickam partiu e John Denman deu um profundo suspiro de alívio que fez a esposa rir.

Mr. Satterthwaite assentiu.

— Sei o que o senhor está pensando. Mas, apesar de tudo, a música que aquele rapaz escreve *é* música.

— Imagino que sim — disse Denman.

— Ah, sem dúvida. Por quanto tempo mais... bem, aí é diferente.

John Denman olhou para ele com curiosidade.

— O que o senhor quer dizer?

— Quero dizer que o sucesso chegou cedo. E isso é perigoso. Sempre perigoso. — Ele olhou para Mr. Quin. — O senhor concorda comigo?

— O senhor está sempre certo — disse Mr. Quin.

— Vamos subir para a minha sala — disse Mrs. Denman. — É agradável lá.

Ela liderou o caminho, e eles a seguiram. Mr. Satterthwaite respirou fundo ao avistar o biombo chinês. Ele ergueu o olhar para encontrar Mrs. Denman o observando.

— O senhor é o homem que está sempre certo — disse ela, balançando a cabeça lentamente para ele. — O que acha do meu biombo?

Ele sentiu que de alguma forma as palavras eram um desafio para ele, e respondeu quase hesitante, tropeçando um pouco nelas.

— Ora, é... é lindo. Mais do que isso, é único.

— O senhor está certo. — Denman veio atrás dele. — Compramos no início de nossa vida de casados. Conseguimos por cerca de um décimo do valor dele, mas, mesmo assim... bem, nos deixou quebrados por mais de um ano. Você se lembra, Anna?

— Sim — disse Mrs. Denman. — Eu me lembro.

— Na verdade, não devíamos tê-lo comprado, não naquela época. Agora, claro, é diferente. Havia um de laca muito bom na Christie's outro dia. Exatamente o de que precisamos para tornar este quarto perfeito. Deixar tudo chinês. Tirar as outras coisas. Você acreditaria, Satterthwaite, que minha esposa não quer nem ouvir falar disso?

— Gosto desta sala como está — disse Mrs. Denman.

Havia um olhar curioso no rosto dela. Mais uma vez Mr. Satterthwaite sentiu-se desafiado e derrotado. Ele olhou ao redor e, pela primeira vez, notou a ausência de qualquer toque pessoal. Não havia fotografias, nem flores, nem bugigangas. Não era como a sala de uma mulher. Exceto por aquele fator incongruente do biombo chinês, poderia ter sido uma sala de mostruário exibida em alguma grande casa de móveis.

Ele a encontrou sorrindo para ele.

— Ouça — disse ela. Ela se inclinou para a frente e, por um momento, pareceu menos inglesa e definitivamente mais estrangeira. — Falo com o senhor porque o senhor vai entender. Compramos aquele biombo com mais do que dinheiro, com amor. Por amor, porque era lindo e único, ficamos sem outras coisas, coisas de que precisávamos e que fizeram falta. Essas outras peças chinesas de que meu marido fala, essas que iríamos comprar apenas com dinheiro, não devíamos pagar nada de nós mesmos.

O marido riu.

— Ah, faça como você quiser — disse ele, mas com um traço de irritação na voz. — Mas está tudo errado contra esse pano de fundo inglês. Esse outro material é bom o suficiente, sólido e genuíno, não é falso, mas é medíocre. Um bom e simples Hepplewhite tardio.

Ela assentiu.

— Bom, sólido e genuinamente inglês — ela murmurou baixinho.

Mr. Satterthwaite a encarou. Ele captou um significado por trás dessas palavras. A sala inglesa, a beleza flamejante do biombo chinês... Não, havia sumido de novo.

— Encontrei Miss Stanwell no beco — disse ele, em tom casual. — Ela me disse que será pierrete nesse show hoje à noite.

— Sim — disse Denman. — E ela é muito boa também.

— Ela tem pés desajeitados — disse Anna.

— Bobagem — disse o marido. — Todas as mulheres são iguais, Satterthwaite. Não suportam ouvir outra mulher ser elogiada. Molly é uma garota muito bonita, então é claro que toda mulher precisa enfiar a faca nela.

— Eu falava da dança — disse Anna Denman. Ela parecia levemente surpresa. — Ela é muito bonita, sim, mas os pés se movem desajeitadamente. Você não pode me dizer mais nada, porque eu entendo de dança.

Mr. Satterthwaite interveio com tato.

— Vocês chamaram dois dançarinos profissionais, é isso?

— Sim. Para o balé propriamente dito. O Príncipe Oranoff os está trazendo no carro dele.

— Sergius Oranoff?

A pergunta veio de Anna Denman. O marido se virou e olhou para ela.

— Você o conhece?

— Eu o conhecia... na Rússia.

Mr. Satterthwaite achou que John Denman parecia perturbado.

— Ele vai reconhecer você?

— Sim. Ele vai me reconhecer.

Ela riu — uma risada baixa, quase triunfante. Não havia nada da Boneca Holandesa no rosto dela agora. Ela assentiu com tranquilidade para o marido.

— Sergius. Então ele está trazendo os dois dançarinos. Ele sempre se interessou por dança.

— Eu me lembro.

John Denman falou abruptamente, depois se virou e saiu da sala. Mr. Quin o seguiu. Anna Denman foi até o telefone e pediu um número. Ela deteve Mr. Satterthwaite com um gesto quando ele estava prestes a seguir o exemplo dos outros dois homens.

— Posso falar com Lady Roscheimer? Ah! É você. Aqui é Anna Denman falando. O Príncipe Oranoff já chegou? O quê? *O quê?* Ah, minha nossa! Mas que medonho.

Ela escutou por mais alguns momentos, então recolocou o fone no gancho. Ela se virou para Mr. Satterthwaite.

— Houve um acidente. Tinha de ser com Sergius Ivanovitch dirigindo. Ah, ele não mudou em todos esses anos. A dançarina não se feriu muito, mas está um pouco machucada e abalada demais para dançar esta noite. O braço do homem está quebrado. O próprio Sergius Ivanovitch está ileso. O diabo cuida dos seus, talvez.

— E a apresentação de hoje à noite?

— Exatamente, meu amigo. Algo deve ser feito a respeito.

Ela se sentou, pensativa. Logo olhou para ele.

— Sou uma péssima anfitriã, Mr. Satterthwaite. Não estou entretendo o senhor.

— Garanto-lhe que não é necessário. Mas há uma coisa, Mrs. Denman, que eu gostaria muito de saber.

— Sim?

— Como a senhora conheceu Mr. Quin?

— Ele costuma vir aqui — disse ela, lentamente. — Acho que ele é dono de terras nesta parte do mundo.

— Ele é, ele é. Ele me disse isso esta tarde — disse Mr. Satterthwaite.

— Ele é... — Ela fez uma pausa. Os olhos dela encontraram os de Mr. Satterthwaite. — Acho que o senhor sabe o que ele é melhor do que eu — ela concluiu.

— Eu?

— Não é isso?

Ele estava perturbado. A pequena alma alinhada dele a achou perturbadora. Ele sentiu que ela queria forçá-lo além do que ele estava preparado para ir, que ela queria que ele colocasse em palavras o que ele não estava preparado para admitir para si mesmo.

— *O senhor* sabe! — disse ela. — Acho que o senhor sabe a maioria das coisas, Mr. Satterthwaite.

Ali estava o elogio, que pela primeira vez não o afetou. Ele balançou a cabeça com uma humildade incomum.

— O que alguém pode saber? — perguntou ele. — Tão pouco... muito pouco.

Ela assentiu com a cabeça. Logo ela falou de novo, com uma voz estranha e taciturna, sem olhar para ele.

— Supondo que eu lhe contasse uma coisa, o senhor não riria? Não, não acho que o senhor riria. Suponhamos, então, que para alguém seguir no seu... — ela fez uma pausa — ...ofício, na sua profissão, essa pessoa precisasse fazer uso de uma fantasia, fingir para si mesmo algo que não existe, que se deveria imaginar uma certa pessoa... É um fingimento, entende, um faz de conta, nada mais. Mas um dia...

— Sim? — disse Mr. Satterthwaite.

Ele estava profundamente interessado.

— A fantasia se tornou realidade! A coisa que se imaginava, a coisa impossível, a coisa que não podia ser... era real! Isso é loucura? Diga-me, Mr. Satterthwaite. Isso é loucura... ou o senhor acredita nisso também?

— Eu... — Era estranho como ele não conseguia pronunciar as palavras. Como elas pareciam grudadas em algum lugar no fundo da garganta.

— Tolice — disse Anna Denman. — Tolice.

Ela saiu da sala e deixou Mr. Satterthwaite com a confissão de fé não dita.

Ele desceu para jantar e encontrou Mrs. Denman entretendo um convidado, um homem alto e moreno próximo da meia-idade.

— Príncipe Oranoff, Mr. Satterthwaite.

Os dois homens fizeram uma mesura. Mr. Satterthwaite teve a sensação de que, com sua chegada, alguma conversa havia sido interrompida e não seria retomada. Mas não havia nenhuma sensação de tensão. O russo conversava com fluência e naturalidade sobre objetos que eram preciosos para Mr. Satterthwaite. Ele era um homem de muito bom gosto artístico, e eles logo descobriram que tinham muitos amigos em comum. John Denman juntou-se a eles, e a conversa tornou-se mais restrita. Oranoff lamentou o acidente.

— Não foi minha culpa. Gosto de dirigir rápido, sim, mas sou um bom motorista. Foi o destino, o acaso — ele encolheu os ombros —, o senhor de todos nós.

— É o russo em você quem fala, Sergius Ivanovitch — disse Mrs. Denman.

— E encontra um eco em você, Anna Mikalovna — ele respondeu rapidamente.

Mr. Satterthwaite olhou de um para o outro dos três. John Denman, loiro, distante, inglês, e os outros dois, morenos, magros, estranhamente parecidos. Algo surgiu na mente dele... o que era? Ah! Ele sabia agora. O primeiro ato de *A valquíria*. Siegmund e Sieglinde, tão parecidos, e o forasteiro, Hunding. Conjecturas começaram a se agitar no cérebro dele. Seria esse o significado da presença de Mr. Quin? Uma coisa em que ele acreditava firmemente era que, onde quer que Mr. Quin se mostrasse, haveria drama. Seria isso aqui a velha e banal tragédia do triângulo amoroso?

Ele ficou vagamente desapontado. Esperava coisas melhores.

— O que foi combinado, Anna? — perguntou Denman. — A coisa terá de ser adiada, suponho. Ouvi você ligando para os Roscheimer.

Ela balançou a cabeça.

— Não, não há necessidade de adiar.

— Mas não se pode fazer o evento sem o balé...?

— Certamente não se pode ter uma arlequinada sem arlequim e colombina — concordou Anna Denman, seca. — Vou ser a colombina, John.

— Você? — Ele ficou surpreso, perturbado até, pensou Mr. Satterthwaite.

Ela assentiu com a cabeça.

— Não precisa ter medo, John. Não irei desonrar você. Você esquece que essa já foi minha profissão.

Mr. Satterthwaite pensou: "Que coisa extraordinária é uma voz. As coisas que ela diz e as coisas que ela deixa de dizer, mas insinua! Eu gostaria de saber...".

— Bem — disse John Denman a contragosto —, isso resolve metade do problema. E o outro? Onde você encontrará Arlequim?

— Eu *já* o encontrei... ali!

Ela apontou para a porta aberta onde Mr. Quin tinha acabado de aparecer. Ele sorriu de volta para ela.

— Meu Deus, Quin — disse John Denman. — Você conhece alguma coisa desse jogo? Eu nunca teria imaginado.

— Mr. Quin é renomado como especialista — disse a esposa. — Mr. Satterthwaite responderá por ele.

Ela sorriu para Mr. Satterthwaite, e o homenzinho se pegou murmurando:

— Ah, sim, eu respondo por Mr. Quin.

Denman voltou a atenção para outro lugar.

— Você sabe que vai haver um negócio de festa à fantasia depois. Grande incômodo. Teremos que fantasiar você, Satterthwaite.

Mr. Satterthwaite balançou a cabeça decididamente.

— Minha idade será minha desculpa. — Uma ideia brilhante lhe ocorreu: um guardanapo debaixo do braço. — Lá estarei eu, um garçom idoso que já viu dias melhores.

Ele riu.

— Uma profissão interessante — disse Mr. Quin. — Observam muita coisa.

— Preciso vestir uma coisa idiota de pierrô — disse Denman, melancólico. — Está fresco, de todo modo, isso já é algo. E o senhor? — Ele olhou para Oranoff.

— Eu tenho uma fantasia de arlequim — disse o russo. Os olhos dele vagaram por um minuto para o rosto da anfitriã.

Mr. Satterthwaite se perguntou se estava enganado ao imaginar que houve um instante de constrangimento.

— Poderíamos ser três — disse Denman, com uma risada. — Tenho uma velha fantasia de arlequim que minha esposa fez para mim quando nos casamos, para uma apresentação ou outra. — Ele fez uma pausa, olhando para a frente da camisa larga. — Acho que não consigo mais entrar nela agora.

— Não — disse a esposa. — Você não caberia.

E novamente, a voz dela dizia algo mais que meras palavras. Ela olhou para o relógio.

— Se Molly não aparecer logo, não vamos esperar por ela.

Mas naquele momento a garota foi anunciada. Ela já estava usando o vestido branco e verde de pierrete e estava muito charmosa nele, pensou Mr. Satterthwaite.

Ela estava cheia de empolgação e entusiasmo pela apresentação que se aproximava.

— Mas estou ficando muito nervosa — disse ela, enquanto tomavam café depois do jantar. — Sei que minha voz vai vacilar e esquecerei as falas.

— Sua voz é muito encantadora — disse Anna. — Eu não me preocuparia com isso se fosse você.

— Ah, mas eu me preocupo. A outra parte eu não me importo. Digo, a dança. Isso com certeza vai dar certo. Quer dizer, não há muito o que errar com os pés, não é?

Ela apelou para Anna, mas a mulher mais velha não respondeu. Em vez disso, disse:

— Cante algo para Mr. Satterthwaite agora. Você verá que ele irá tranquilizá-la.

Molly foi até o piano. A voz soou fresca e melodiosa em uma velha balada irlandesa.

Sheila, minha morena, o que você está vendo?
O que está vendo, o que está vendo no fogo?
Vejo um rapaz que me ama; e vejo um rapaz que me deixa,
E um terceiro rapaz, misterioso... e ele é o rapaz que me entristece.

A música continuou. Ao final, Mr. Satterthwaite assentiu vigorosamente em aprovação.

— Mrs. Denman está certa. Sua voz é encantadora. Talvez não seja muito treinada, mas é deliciosamente natural, e com aquela qualidade inexplorada de juventude.

— Isso mesmo — concordou John Denman. — Vá em frente, Molly, e não se deixe abater pelo medo do palco. É melhor irmos para os Roscheimer agora.

O grupo se separou para buscar os casacos. Estava uma noite maravilhosa, e eles se propuseram a caminhar, pois a casa ficava a apenas algumas centenas de metros dali.

Mr. Satterthwaite viu-se ao lado do amigo.

— É uma coisa estranha — disse ele —, mas aquela música me fez pensar em você. *Um terceiro rapaz, um rapaz misterioso*, há mistério ali, e onde quer que haja mistério eu... bem, penso em você.

— Eu sou tão misterioso? — sorriu Mr. Quin.

Mr. Satterthwaite assentiu vigorosamente.

— Sim, de fato. Você sabe, até esta noite, eu não tinha ideia de que você fosse um dançarino profissional.

— Sério? — disse Mr. Quin.

— Ouça — disse Mr. Satterthwaite. Ele cantarolou o tema de amor de *A valquíria*. — Isso foi o que ficou soando na minha cabeça durante todo o jantar, enquanto eu olhava para aqueles dois.

— Que dois?

— O Príncipe Oranoff e Mrs. Denman. Você não viu a mudança nela esta noite? É como se... como se uma veneziana tivesse sido aberta de repente e você visse o brilho lá dentro.

— Sim — disse Mr. Quin. — Talvez.

— O mesmo velho drama — disse Mr. Satterthwaite. — Estou certo, não estou? Esses dois pertencem um ao outro. Eles são do mesmo mundo, pensam os mesmos pensamentos, sonham os mesmos sonhos... Dá para ver como isso aconteceu. Dez anos atrás, Denman deve ter sido muito bonito, jovem, arrojado, uma figura de romance. E ele salvou a vida dela. Tudo muito natural. Mas agora, o que ele é, afinal? Um bom sujeito, próspero, bem-sucedido. Mas... bem, é material inglês medíocre, bom e honesto, muito parecido com os móveis Hepplewhite do andar de cima. Tão inglês, e tão comum, quanto aquela linda garota inglesa com a voz fresca e destreinada. Ah, o senhor pode sorrir, Mr. Quin, mas não pode negar o que estou dizendo.

— Não nego nada. O senhor está sempre certo no que vê. E ainda assim...

— Ainda assim o quê?

Mr. Quin se inclinou para a frente. Seus olhos escuros e melancólicos procuraram os de Mr. Satterthwaite.

— O senhor aprendeu tão pouco da vida? — ele suspirou.

Isso deixou Mr. Satterthwaite vagamente inquieto, tão preso em suas reflexões que percebeu que os outros haviam partido sem ele, devido à demora em escolher uma echarpe. Saiu pelo jardim, e pela mesma porta da tarde. A rua estava banhada pelo luar e, ainda quando estava parado na porta, viu um casal enlaçado nos braços um do outro.

Por um momento ele pensou...

E então ele viu. *John Denman e Molly Stanwell*. A voz de Denman veio até ele, rouca e angustiada.

— Eu não posso viver sem você. O que vamos fazer?

Mr. Satterthwaite virou-se para voltar pelo caminho por onde tinha vindo, mas uma mão o deteve. Alguém estava na porta ao lado dele, alguém cujos olhos também tinham visto.

Mr. Satterthwaite precisou apenas ver o rosto dela de relance para entender como todas as conclusões dele estavam totalmente erradas.

A mão angustiada dela o segurou ali até que os outros dois passassem pela rua e desaparecessem de vista. Ele se viu falando com ela, dizendo pequenas coisas tolas destinadas a serem reconfortantes e ridiculamente inadequadas para a agonia que ele havia imaginado. Ela só falou uma vez.

— Por favor — ela disse. — Não me deixe.

Ele achou aquilo estranhamente tocante. Ele era, então, útil para alguém. E continuou dizendo aquelas coisas que não significavam nada, mas que eram, de alguma forma, melhores que o silêncio. Eles seguiram por aquele caminho até os Roscheimer. De vez em quando a mão dela apertava o ombro dele, e ele entendia que ela estava feliz com a companhia dele. Ela só a tirou quando finalmente chegaram ao destino. Ela estava muito ereta, de cabeça erguida.

— Agora vou dançar! — disse ela. — Não tema por mim, meu amigo. Vou dançar.

Ela o deixou de modo abrupto. Ele foi agarrado por Lady Roscheimer, muito cravejada de diamantes e muito cheia de lamúrias. Por ela, ele foi passado para Claude Wickam.

— Estou arruinado! Completamente arruinado. O tipo de coisa que sempre acontece comigo. Todos esses caipiras acham que podem dançar. Eu nunca nem fui consultado... — a voz dele continuou falando sem parar. Ele havia encontrado um ouvinte compreensivo, um homem que *entendia*. Ele se entregou a uma orgia de autopiedade. Só terminou quando começaram os primeiros acordes da música.

Mr. Satterthwaite escapou de seus devaneios. Estava alerta, era novamente o crítico. Wickam era um idiota inexprimível, mas sabia escrever música, coisas delicadamente elaboradas, intangíveis feito uma teia de fadas, mas carente de beleza.

O cenário era bom. Lady Roscheimer nunca poupou despesas ao ajudar seus protegidos. Uma clareira árcade com efeitos de iluminação que lhe davam a atmosfera adequada de irrealidade.

Duas figuras dançavam como nos tempos antigos. Um esbelto arlequim cintilando de lantejoulas ao luar com varinha mágica e rosto mascarado... Uma colombina branca dando piruetas como um sonho imortal...

Mr. Satterthwaite sentou-se aprumado. Ele já havia vivido aquilo antes. Sim, certamente...

Agora, o corpo dele estava longe da sala de visitas de Lady Roscheimer. Estava em um museu de Berlim, vendo uma estatueta de uma imortal colombina.

Arlequim e colombina continuaram dançando. O vasto mundo era deles para que dançassem por todo ele...

A luz do luar... e uma figura humana. Pierrô vagando pela floresta, cantando para a lua. Pierrô que viu colombina e não tem descanso. Os dois imortais desaparecem, mas colombina olha para trás. Ela ouviu a canção de um coração humano.

Pierrô vagando pela floresta... Trevas... a voz dele se perdendo ao longe...

O verde do vilarejo, a dança das meninas do vilarejo, pierrôs e pierretes. Molly como pierrete. Não era nenhuma dançarina, Anna Denman estava certa, mas tinha uma voz jovial e afinada enquanto cantava sua música, "Pierrete dançando no verde".

Uma boa música. Mr. Satterthwaite assentiu em aprovação. Wickham não se negava a escrever uma melodia quando havia necessidade. As vozes da maioria das garotas da aldeia davam-lhe calafrios, mas ele concluiu que Lady Roscheimer era insistentemente filantrópica.

Eles pressionam pierrô para se juntar à dança. Ele se recusa. Com o rosto branco ele vagueia, o eterno amante buscando seu ideal. A noite cai. Arlequim e colombina, invisíveis, dançam indo e vindo pela multidão inconsciente. O lugar está deserto, apenas pierrô, cansado, adormece em um trecho gramado. Arlequim e colombina dançam ao redor dele. Ele acorda e vê colombina. Ele a corteja em vão, suplica, suplica...

Ela fica incerta. Arlequim acena para ela ir embora. Mas ela não o vê mais. Ela está ouvindo pierrô, a canção de amor dele declamada mais uma vez. Ela cai nos braços dele, e a cortina desce.

O segundo ato é a cabana de pierrô. Colombina senta-se à lareira. Ela está pálida, cansada. Ela escuta — o quê? Pierrô canta para ela, atraindo-a de volta aos pensamentos dele mais uma vez. A noite escurece. Escuta-se um trovão... Colombina põe de lado a roca. Ela está ansiosa, agitada... Ela não ouve mais pierrô. É a própria música dela que está no ar, a música de arlequim e colombina... Ela está acordada. Ela lembra.

Um estrondo de trovão! Arlequim está na porta. Pierrô não pode vê-lo, mas colombina salta com uma risada alegre. As crianças vêm correndo, mas ela as empurra de lado. Com outro estrondo de trovão, as paredes caem, e colombina dança noite adentro com arlequim.

Vem a escuridão, e através dela a melodia que pierrete cantou. A luz chega lentamente. Estamos na cabana outra vez. Pierrô e pierrete envelhecidos e grisalhos sentam-se em frente ao fogo em duas poltronas. A música é alegre, mas suave. Pierrete acena com a cabeça na cadeira dela. Pela janela entra um raio de luar, e com ele o tema da canção há muito esquecida de pierrô. Ele se mexe na cadeira.

Música suave, música de fadas... Arlequim e colombina lá fora. A porta se abre, e colombina entra dançando. Ela se debruça sobre o adormecido pierrô, beija-o nos lábios...

Crash! Um relâmpago. Ela está do lado de fora novamente. No centro do palco está a janela iluminada e, através dela, são vistas as duas figuras de arlequim e colombina dançando devagar para longe, ficando cada vez mais fracas...

Um tronco cai. Pierrete pula raivosa, corre até a janela e puxa a cortina. Assim termina, em uma discórdia repentina...

Mr. Satterthwaite ficou muito quieto entre os aplausos e ovações. Por fim, ele se levantou e saiu. Encontrou Molly Stanwell, corada e ansiosa, recebendo elogios. Viu John Denman, empurrando e abrindo caminho pela multidão, os olhos brilhando com uma chama renovada. Molly veio na direção dele, mas, quase inconscientemente, ele a colocou de lado. Não era ela que ele estava procurando.

— Minha esposa? Onde ela está?

— Acho que foi para o jardim.

No entanto, foi Mr. Satterthwaite que a encontrou, sentada em um banco de pedra sob um cipreste. Quando ele chegou perto dela, fez uma coisa estranha. Ele se ajoelhou e levou a mão dela aos lábios.

— Ah! — disse ela. — O senhor acha que eu dancei bem?

— A senhora dançou... como sempre dançou, Madame Kharsanova.

Ela inspirou profundamente.

— Então... o senhor adivinhou.

— Só existe uma Kharsanova. Ninguém poderia vê-la dançar e esquecer. Mas por que... por quê?

— Que outra possibilidade há?

— O que quer dizer?

Ela havia falado com muita simplicidade. Agora, era tão simples agora.

— Ah! Mas o senhor entende. O senhor é do mundo. Uma grande dançarina, ela pode ter amantes, sim... mas um marido, isso é diferente. E ele... ele não queria a outra. Ele queria que eu pertencesse a ele como... como Kharsanova jamais poderia ter pertencido.

— Entendo — disse Mr. Satterthwaite. — Compreendo. Então a senhora desistiu?

Ela assentiu.

— A senhora deve tê-lo amado muito — disse Mr. Satterthwaite, gentilmente.

— Para fazer tal sacrifício? — Ela riu.

— Não é bem isso. Para fazer isso de maneira tão alegre.

— Ah, sim... talvez... o senhor esteja certo.

— E agora? — perguntou Mr. Satterthwaite.

O rosto dela ficou sério.

— Agora? — Ela fez uma pausa, então ergueu a voz e falou para as sombras. — É você, Sergius Ivanovitch?

O Príncipe Oranoff saiu ao luar. Ele pegou a mão dela e sorriu para Mr. Satterthwaite sem constrangimento.

— Há dez anos lamentei a morte de Anna Kharsanova — disse ele, com simplicidade. — Ela era para mim como meu outro eu. Hoje eu a encontrei novamente. Não nos separaremos mais.

— No fim do beco, em dez minutos — disse Anna. — Não falharei com você.

Oranoff assentiu e saiu novamente. A dançarina se virou para Mr. Satterthwaite. Um sorriso brincou nos lábios dela.

— Bem, o senhor não está satisfeito, meu amigo?

— A senhora sabe — disse Mr. Satterthwaite, abruptamente — que seu marido está procurando pela senhora?

Ele viu o tremor que passou pelo rosto da dançarina, mas a voz dela era firme o suficiente.

— Sim — ela disse, muito séria. — Isso é bem possível.

— Eu vi os olhos dele. Eles... — ele parou abruptamente.

Ela ainda estava calma.

— Sim, talvez. Por uma hora. Uma hora de magia, nascida de memórias passadas, de música, de luar... E isso é tudo.

— Então não há nada que eu possa dizer? — Ele se sentiu velho, desanimado.

— Durante dez anos vivi com o homem que amo — disse Anna Kharsanova. — Agora estou indo para o homem que por dez anos me amou.

Mr. Satterthwaite não disse nada. Ele não tinha mais argumentos. Além disso, realmente parecia a solução mais simples. Só que... de algum modo, não era a solução que ele queria. Ele sentiu a mão dela no ombro dele.

— Eu sei, meu amigo, eu sei. Mas não existe uma terceira opção. Sempre se procura uma coisa: o amante perfeito, eterno, apaixonado... É a música do arlequim que se escuta. Nenhum amante satisfaz, pois todos os amantes são mortais. E arlequim é apenas um mito, uma presença invisível... a menos que...

— Sim — disse Mr. Satterthwaite. — Sim?

— A menos que... o nome dele seja... Morte!

Mr. Satterthwaite estremeceu. Ela se afastou e foi engolida pelas sombras...

Ele não saberia dizer por quanto tempo ficou ali sentado, mas de repente se assustou, com a sensação de que estava perdendo um tempo valioso. Afastou-se apressado, impelido em certa direção quase contra vontade.

Ao sair para o beco, teve uma estranha sensação de irrealidade. Magia. Magia e luar! E duas figuras vindo na direção dele...

Oranoff na fantasia de arlequim. Foi o que pensou a princípio. Então, quando passaram por ele, percebeu o erro. Aquela figura ágil e oscilante pertencia a apenas uma pessoa: Mr. Quin.

Eles seguiram pelo beco — os pés leves como se estivessem pisando em nuvens. Mr. Quin virou a cabeça e olhou para trás, e Mr. Satterthwaite teve um choque, pois não era o rosto de Mr. Quin como ele já o tinha visto antes. Era o rosto de um estranho — não, não exatamente um estranho. Ah! Ele sabia agora, era o rosto de John Denman como poderia ter sido antes que a vida fosse boa demais com ele. Ansioso, aventureiro, o rosto ao mesmo tempo de um menino e um amante...

A risada dela flutuou até ele, clara e feliz... Ele olhou para eles e viu ao longe as luzes de um pequeno chalé. Olhou-os como um homem em um sonho.

Foi rudemente despertado por uma mão no ombro dele e virado para encarar Sergius Oranoff. O homem parecia pálido e distraído.

— Onde ela está? Onde ela está? Ela prometeu... e não veio.

— Madame acabou de subir pelo beco... sozinha.

Quem falara havia sido a criada de Mrs. Denman que estava na sombra da porta atrás deles. Ela estivera esperando com as roupas da patroa.

— Eu estava aqui e a vi passar — acrescentou.

Mr. Satterthwaite lançou-lhe uma palavra dura.

— Sozinha? Sozinha, você disse?

Os olhos da criada se arregalaram de surpresa.

— Sim, senhor. O senhor não a viu partir?

Mr. Satterthwaite agarrou-se a Oranoff.

— Rápido — ele murmurou. — Estou... estou com medo.

Eles correram pela rua juntos, o russo falando em frases desconexas e rápidas.

— Ela é uma criatura maravilhosa. Ah! Como ela dançou esta noite. E aquele seu amigo. Quem é ele? Ah! Mas ele é maravilhoso, único. Antigamente, quando ela dançava a colombina de Rimsky Korsakoff, nunca encontrava o arlequim perfeito. Mordroff, Kassnine, nenhum deles era perfeito. Tinha a própria fantasia. Ela me contou uma vez. De que ela sempre dançava com um arlequim de sonhos, um homem que não estava realmente lá. Era o próprio arlequim, ela disse, que vinha dançar com ela. Foi essa fantasia que a fez ser uma colombina tão maravilhosa.

Mr. Satterthwaite assentiu. Havia apenas um pensamento em sua cabeça.

— Depressa — disse ele. — Precisamos chegar a tempo. Ah! Precisamos chegar a tempo.

Eles dobraram a última esquina... e chegaram ao poço profundo e a algo deitado nele que não estivera lá antes, o corpo de uma mulher deitada em uma pose maravilhosa, os braços abertos e a cabeça jogada para trás. Um rosto e um corpo mortos que eram triunfantes e belos ao luar.

As palavras voltaram a Mr. Satterthwaite vagamente. As palavras de Mr. Quin: "...coisas muito maravilhosas em um monte de lixo". Ele as entendia agora.

Oranoff murmurava frases quebradas. As lágrimas escorriam pelo rosto.

— Eu a amava. Sempre a amei. — Ele usou quase as mesmas palavras que haviam ocorrido a Mr. Satterthwaite no início do dia. — Nós éramos do mesmo mundo, ela e eu. Tínhamos os mesmos pensamentos, os mesmos sonhos. Eu a teria amado sempre...

— Como pode saber?

O russo olhou para ele, assustado com o tom impaciente da voz de Mr. Satterthwaite.

— Como pode saber? — continuou Mr. Satterthwaite. — É o que todos os amantes pensam, o que todos os amantes dizem... Que há somente um amor...

Ele se virou e quase trombou com Mr. Quin. De maneira agitada, Mr. Satterthwaite o pegou pelo braço e o puxou para o lado.

— Era *você* — disse ele. — Era *você* que estava com ela agora mesmo?

Mr. Quin esperou um minuto e então disse gentilmente:

— Pode colocar dessa forma, se quiser.

— E a criada não o viu?

— A criada não me viu.

— Mas *eu* vi. Por que isso?

— Talvez, como resultado do preço que o senhor pagou, o senhor veja coisas que outras pessoas... não veem.

Mr. Satterthwaite olhou para ele sem entender por alguns instantes. Então começou de repente a tremer todo, feito uma folha ao vento.

— Que lugar é esse? — ele murmurou. — O que é este lugar?

— Eu lhe disse hoje cedo. É o *meu* beco.

— Uma Rua dos Amantes — murmurou Mr. Satterthwaite. — E as pessoas passam por aqui.

— A maioria das pessoas, cedo ou tarde.

— E no final dele, o que elas encontram?

Mr. Quin sorriu. Sua voz era muito gentil. Ele apontou para a cabana em ruínas acima deles.

— A casa dos seus sonhos, ou um monte de lixo, quem pode dizer?

Mr. Satterthwaite ergueu os olhos para ele de repente. Uma revolta selvagem sobreveio nele. Sentiu-se enganado, ludibriado.

— Mas *eu*... — Sua voz tremeu. — *Eu* nunca passei pelo seu beco...

— E se arrepende?

Mr. Satterthwaite hesitou. Mr. Quin parecia tomar uma dimensão enorme... Mr. Satterthwaite teve uma visão de algo ao mesmo tempo ameaçador e aterrorizante... Alegria, tristeza, desespero.

E a pequena alma confortável dele encolheu-se, horrorizada.

— Se arrepende? — Mr. Quin repetiu a pergunta. Havia algo terrível nele.

— Não — gaguejou Mr. Satterthwaite. — N-não.

E então, de repente, ele se recuperou.

— Mas eu vejo coisas — ele exclamou. — Posso ter sido apenas um observador da vida, mas vejo coisas que outras pessoas não veem. Você mesmo disse, Mr. Quin...

Mas Mr. Quin havia desaparecido.

Notas sobre O misterioso Mr. Quin

Em *Uma autobiografia*, Agatha Christie reflete sobre sua escrita entre 1929 e 1932, época em que produziu duas coletâneas de contos: "(...) uma delas inteiramente de histórias com o Mr. Quin. São as minhas favoritas. Escrevia contos de tempos em tempos, não com muita frequência, com intervalos talvez de três a quatro meses, às vezes mais. O pequeno Mr. Satterthwaite, que era, como se poderia dizer, o emissário de Mr. Quin, também se tornou um dos meus personagens favoritos".

Cada história desta coletânea envolve um mistério que é resolvido pelo Mr. Satterthwaite e Mr. Quin. Satterthwaite é um socialite observador que ganha a habilidade de desvendar cada mistério com a ajuda de Mr. Quin, um personagem que aparece quase magicamente em momentos oportunos. Por isso, esses contos têm um lado mais sombrio e sobrenatural do que a maioria das obras de Christie.

A dedicatória do livro diz "Para Arlequim, o Invisível". Essa foi a única vez que Christie dedicou um livro a um de seus personagens fictícios.

Roundhead era o termo designado aos opositores ao reinado de Carlos I (1625-1649) que se recusavam a usar as habituais perucas brancas e cacheadas da época.

Char-à-banc é um tipo de ônibus conversível, popular na Inglaterra, usado para passeios longos.

O termo "esconderijo de padre" se refere a antigas salas secretas em casarões ingleses, feitas para esconder sacerdotes durante perseguições religiosas.

O pequeno *casse-croûte* de pedra é um estabelecimento que serve refeições leves.